annabac
SUJETS & CORRIGÉS 2024

HGGSP
SPÉCIALITÉ

Tle générale

- **Florence Holstein**
  Professeure agrégée d'histoire-géographie
- **Jean-Philippe Renaud**
  Professeur agrégé d'histoire-géographie
- **Christophe Clavel**
  Professeur agrégé d'histoire-géographie-géopolitique
  à l'IES Business School
- **Anthony Guyon**
  Professeur agrégé d'histoire-géographie
  Docteur en histoire
- **Barbara Jamin de Capua**
  Professeure certifiée d'histoire-géographie
- **Laurent van De Wandel**
  Professeur agrégé d'histoire

Avec la collaboration de Denise Maréchal

ISSN 1168-3775 ISBN 978-2-278-10573-1

Achevé d'imprimer par Macrolibros en Espagne
Dépôt légal n° 10573-1/01 - Août 2023

PAPIER À BASE DE FIBRES CERTIFIÉES

Hatier s'engage pour l'environnement en réduisant l'empreinte carbone de ses livres. Celle de cet exemplaire est de : 700 g éq. CO_2
Rendez-vous sur www.hatier-durable.fr

Hatier

SOMMAIRE GÉNÉRAL

Avec votre Annabac, préparez-vous à l'épreuve

d'HGGSP et au Grand Oral **en 4 étapes !**

Les sujets et les fiches classés par thème

Pour chaque thème, voici les ressources de votre Annabac.

Indiquez sur cette liste l'avancement de vos révisions.
☐ À retravailler encore ☒ Désormais OK !

De nouveaux espaces de conquête

Affirmations de puissance, rivalités et coopérations

La Chine : à la conquête de l'espace, des mers et des océans

Faire la guerre, faire la paix

Formes de conflits et modalités de construction de la paix

Les États-Unis et la question environnementale : tensions et contrastes

- Coordination éditoriale : Grégoire Thorel et Gaëlle Messé, assistés de Rachel Le Nouail
- Graphisme : Dany Mourain et le studio Favre & Lhaïk
- Prépresse : Hatier et Nadine Aymard
- Illustrations : Juliette Baily
- Cartographie : Philippe Valentin
- Schémas : STDI
- Mise en page : STDI
- Iconographie : Hatier illustration

S'échauffer, s'approprier les méthodes

INFOS et CONSEILS sur les épreuves

Deux sujets ÉTAPE PAR ÉTAPE

1 En quoi consiste le programme d'HGGSP en Terminale ?

Le programme d'HGGSP en Terminale s'articule autour de 6 grands thèmes, dont 4 sont évalués lors de l'épreuve écrite.

A Thème 1 : De nouveaux espaces de conquête

● **Axe 1** : Conquêtes, affirmations de puissance et rivalités
– La course à l'espace, des années 1950 à l'arrivée de nouveaux acteurs
– La dissuasion nucléaire et les forces de projection maritimes

● **Axe 2** : Enjeux diplomatiques et coopérations
– Coopérer pour développer la recherche : la station spatiale internationale
– Rivalités et coopérations pour les ressources des mers et des océans

● **Objet conclusif** : La Chine : à la conquête de l'espace, des mers et des océans

B Thème 2 : Faire la guerre, faire la paix : formes de conflits et modes de résolution

● **Axe 1** : La dimension politique de la guerre
– De la guerre de Sept Ans aux guerres napoléoniennes
– Le modèle de Clausewitz à l'épreuve des « guerres irrégulières » : d'Al-Qaida à Daech

● **Axe 2** : Le défi de la construction de la paix
– Faire la paix par les traités : les traités de Westphalie (1648)
– Faire la paix par la sécurité collective : l'ONU sous Kofi Annan (1997-2006)

● **Objet conclusif** : Le Moyen-Orient : conflits régionaux et tentatives de paix impliquant des acteurs internationaux (étatiques et non étatiques)

C Thème 3 : Histoire et mémoires

● **Axe 1** : Histoire et mémoires des conflits
– Les causes de la Première Guerre mondiale
– Mémoires et histoire de la guerre d'Algérie

● **Axe 2** : Histoire, mémoire et justice
– Les tribunaux *gacaca* face au génocide des Tutsi
– Le tribunal pénal international pour l'ex-Yougoslavie (TPIY)

● **Objet conclusif** : L'histoire et les mémoires du génocide des Juifs et des Tsiganes

D Thème 4 : Identifier, protéger et valoriser le patrimoine : enjeux géopolitiques*

- **Axe 1** : Usages sociaux et politiques du patrimoine
– Réaménager la mémoire. Les usages de Versailles de l'Empire à nos jours
– Conflits de patrimoine. Les frises du Parthénon depuis le XIXe siècle

- **Axe 2** : La préservation du patrimoine, entre tensions et concurrences
– Paris entre protection et nouvel urbanisme
– La question patrimoniale au Mali
– Venise, entre valorisation touristique et protection du patrimoine

- **Objet conclusif** : La France et le patrimoine

E Thème 5 : L'environnement, entre exploitation et protection : un enjeu planétaire

- **Axe 1** : Exploiter, préserver et protéger
– Exploiter et protéger une ressource « naturelle » : la forêt française depuis Colbert
– « Révolution néolithique » et « révolution industrielle », deux ruptures ?

- **Axe 2** : Le changement climatique : approches historique et géopolitique
– L'évolution du climat en Europe du Moyen Âge au XIXe siècle
– Le climat, enjeu des relations internationales

- **Objet conclusif** : Les États-Unis et la question environnementale

F Thème 6 : L'enjeu de la connaissance*

- **Axe 1** : Produire et diffuser des connaissances
– L'alphabétisation des femmes du XVIe siècle à nos jours dans le monde
– Produire de la connaissance scientifique : la question de la radioactivité de 1896 aux années 1950

- **Axe 2** : La connaissance, enjeu politique et géopolitique
– Les services secrets soviétiques et américains durant la guerre froide
– Circulation et formation des étudiants, transferts de technologie et puissance économique : l'exemple de l'Inde

- **Objet conclusif** : Le cyberespace : conflictualité et coopération entre les acteurs

* *Thème non évalué lors de l'épreuve écrite de la session 2024.*

2 Quelles sont les épreuves du nouveau bac en HGGSP ?

Vous avez choisi la spécialité HGGSP en Terminale. Vous devrez donc passer l'épreuve écrite correspondante, mais également préparer une question en HGGSP en vue du Grand Oral.

A En résumé

L'épreuve écrite de spécialité (coeff. 16) →

DÉROULEMENT
- **Quand ? en mars**
- **Durée : 4 heures**
- **Structure : 1 dissertation et 1 étude critique de document(s) portant sur des thèmes différents du programme**
- **Barème : 20 points (10 pour chaque exercice)**

Le Grand Oral (coeff. 10) →

TRAVAIL EN AMONT
Sur deux questions dont l'une au moins se rapportant au programme de HGGSP

DÉROULEMENT
- **Quand ? au 3e trimestre**
- **Durée : 20 min**
- **Structure : exposé sur l'une des deux questions + entretien**

B L'épreuve écrite

1. La structure de l'épreuve

- Le sujet comporte **deux exercices**, notés chacun sur 10 points : une dissertation et une étude critique portant sur un ou deux document(s).
- Chaque exercice porte sur des thèmes différents du programme. En **année paire**, il peut s'agir des thèmes 1, 2, 3 et 5 du programme ; en **année impaire**, des thèmes 2, 4, 5 et 6. Les notions rencontrées en classe de première doivent par ailleurs être connues et peuvent être mobilisées.

> ATTENTION **Les thèmes non évalués à l'écrit peuvent faire l'objet d'une évaluation lors du Grand Oral : les thèmes 4 et 6 en année paire, les thèmes 1 et 3 en année impaire.**

2. Comment s'y préparer ?

- Vous devez bien évidemment fournir un **travail régulier** toute l'année, afin qu'au moment des révisions, vous n'ayez qu'à vous remettre en tête les notions déjà maîtrisées. Cela vous permettra également de mieux gérer votre stress le jour J !

> CONSEIL **Il est important de mémoriser au fur et à mesure les points essentiels du cours. Pour cela, faites des fiches et vérifiez régulièrement que vous n'avez pas oublié ce que vous avez appris.**

- Vous devez aussi **vous entraîner en temps limité**, dans les conditions de l'épreuve. Cela vous permettra de mieux vous organiser dans les différentes étapes de votre travail : lecture et analyse du sujet, mobilisation de vos connaissances, formulation de la problématique, élaboration du plan…

C Le « Grand Oral »

1. Les trois temps de l'épreuve

Les trois temps du Grand Oral

1. LA PRÉPARATION
- **Sur la question choisie par le jury (parmi les deux que vous avez travaillées)**
- **20 minutes pour mettre en ordre vos idées et préparer un support à remettre au jury**

2. L'EXPOSÉ
- **Présentation synthétique en 5 minutes**
- **Debout, sans notes**

3. L'ENTRETIEN
- **Sur l'exposé dans un premier temps (10 minutes)**
- **Puis sur votre projet de poursuite d'études (5 minutes)**

2. Comment s'y préparer ?

▶ Reportez-vous à la section « **Réussir le Grand Oral** », en fin d'ouvrage.

3 Comment réussir l'épreuve écrite ?

La dissertation et l'étude critique de document(s) doivent respecter des règles formelles. Pour l'une comme pour l'autre, la mise au point de la problématique, la construction du plan et le soin apporté à la rédaction sont des critères essentiels.

A Réussir la dissertation

L'exercice de dissertation consiste à traiter un sujet donné dans un **devoir argumenté et structuré**, comportant une introduction, un développement et une conclusion. Cela demande un travail de réflexion et de rédaction, que vous réussirez en procédant de façon méthodique.

1. Analyser le sujet

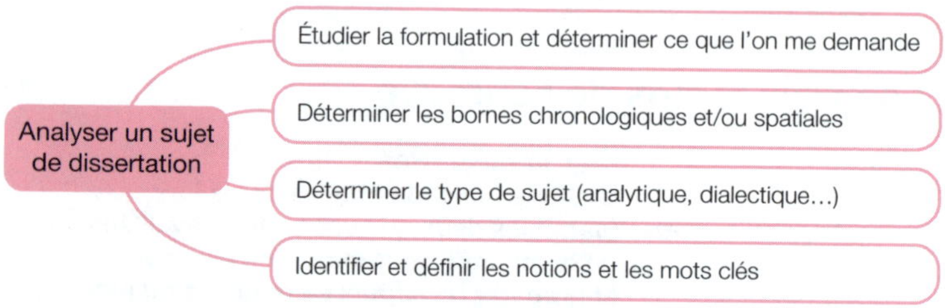

2. Dégager la problématique

- L'analyse du sujet et l'appel à vos connaissances aboutissent à la formulation d'une problématique, c'est-à-dire d'une question qui va vous servir de **fil conducteur**, et à laquelle vous allez tenter de répondre.
- La problématique doit souligner les **enjeux du sujet**. Elle en reprend les notions clés et, si possible, précise ses limites (chronologiques/spatiales).

3. Construire le plan

- Le plan permet de répondre à la problématique. Il compte **deux ou trois parties**, elles-mêmes subdivisées en deux ou trois sous-parties (un paragraphe chacune). Chaque partie doit faire progresser la réflexion sur le sujet.
- Au brouillon, préparez votre plan, en faisant appel à vos connaissances et en étant le plus précis possible (**idées essentielles**, **exemples**). Cela vous permettra ensuite de rédiger directement sur votre copie.

> CONSEIL **Soyez précis(e) dans le vocabulaire utilisé. La maîtrise des notions spécifiques est un des critères de l'évaluation.**

4. Rédiger le devoir

● Le devoir commence par une **introduction**. Celle-ci présente le sujet, justifie son intérêt et formule la problématique. Vous devez apporter le plus grand soin à votre introduction, et la rédiger une première fois au brouillon.

LES 5 ÉTAPES CLÉS DE L'INTRODUCTION

1. une accroche permettant de situer le sujet dans un contexte plus large
2. la définition des mots clés du sujet
3. la fixation des bornes chronologiques et spatiales
4. la formulation d'une problématique
5. l'annonce du plan

● Dans chaque partie, énoncez l'**idée principale**, puis démontrez-la par des idées secondaires (vos **sous-parties**) appuyées sur des **exemples** (personnages, faits, dates…).

● Enfin, faites le bilan en une phrase qui servira de **transition** vers la partie suivante.

> À NOTER **Si le sujet s'y prête, vous pouvez intégrer une production graphique à votre développement. Un fond de carte peut être fourni.**

● Votre devoir se termine par une **conclusion**, qui reprend les idées directrices de chaque partie et répond à la problématique. Elle s'achève par une ouverture vers un sujet connexe qui montre la richesse de celui que vous avez travaillé.

B Réussir l'étude critique de document(s)

L'étude critique de document(s) (ECD) se compose d'un titre et d'un ou deux documents de nature différente, accompagnés d'une consigne. Vous devez analyser ce ou ces documents dans un développement construit et argumenté.

1. Identifier le(s) document(s)

Identifier un document

- Déterminer sa nature, son genre et sa source
- Repérer sa date et son contexte, éventuellement l'espace ou l'échelle auxquels il renvoie
- Identifier son auteur et, le cas échéant, son destinataire
- Déterminer le thème qu'il aborde, son point de vue et son intention

2. Comprendre la consigne

● La consigne qui accompagne le(s) document(s) vise à orienter votre travail. Pour bien comprendre ce que l'on vous demande, repérez les **notions** et **mots clés** et définissez-les.

● Déterminez les **bornes chronologiques et spatiales** du sujet, puis faites appel à vos connaissances pour dégager les **enjeux**.

3. Dégager la problématique et construire le plan

● Formulez la question qui servira de **fil conducteur** à l'étude du (des) document(s). La problématique reprend les notions de la consigne. L'objectif est de montrer l'apport du (des) document(s) à la problématique.

● Votre plan doit permettre d'y répondre de façon logique, en **deux ou trois parties**. Construisez-le au brouillon, en sélectionnant et en regroupant les informations pertinentes du ou des documents.

4. Rédiger le devoir

● L'**introduction** doit présenter de façon détaillée le(s) document(s), en le(s) replaçant dans leur contexte. Elle se poursuit avec la problématique et l'annonce du plan.

> À NOTER **La présentation d'un document précise sa nature, son genre, sa source, son auteur, sa date, son contexte, son échelle, son destinataire et le thème abordé.**

● Le **développement** suit le plan élaboré au brouillon. Faites systématiquement référence au(x) document(s), en le(s) citant ou en relevant des informations ciblées. Respectez toujours la démarche suivante : affirmation/justification (en citant le document)/explicitation du document.

COMMENT FAIRE QUAND IL Y A DEUX DOCUMENTS ?

• Certains sujets comportent deux documents : un texte et une photographie, un texte et un tableau, un texte et une carte… Vous allez devoir montrer en quoi ils peuvent se confirmer, se compléter ou s'opposer.

• La méthode est la même qu'avec un seul document, mais veillez particulièrement au point de vue de chaque document.

• Dans votre rédaction, évitez de consacrer un paragraphe entier à chaque document : efforcez-vous de les associer dans chacune de vos parties.

● La **conclusion** répond à la problématique, en reprenant les idées directrices de chaque partie. Elle s'achève sur un bilan critique du (des) document(s) : quel est son (leur) intérêt historique et géographique ? Quelles sont ses (leurs) limites ?

Guerre et paix dans l'Europe moderne

2 heures
10 points

▶ Faire la guerre, faire la paix en Europe aux XVIIe et XVIIIe siècles.

ÉTAPE 1 au brouillon — Analyser le sujet

10 min

Commencez par examiner la formulation du sujet. Identifiez le thème du programme concerné, définissez les notions et mots clés et précisez les bornes chronologiques et spatiales.

Formulation
- Deux propositions séparées par une virgule
- Bornes chronologiques et spatiales indiquées
- Proche de l'intitulé du thème 2 du programme

Notions et mots clés
- Faire la guerre : logiques des conflits armés
- Faire la paix : règles présidant à la résolution des conflits

Faire la guerre, faire la paix en Europe aux XVIIe et XVIIIe siècles

Bornes chronologiques et spatiales
- Début du XVIIe siècle : guerre de Trente Ans
- Fin du XVIIIe siècle : coalitions contre la France révolutionnaire
- En Europe

En tenant compte de ces informations, déterminez à quel type de sujet vous avez affaire. Vous demande-t-on :
- de retracer une évolution ?
- de décrire une situation ?
- d'analyser un phénomène ?
- de discuter une affirmation ?

Le sujet invite à analyser les caractéristiques des conflits européens à l'époque moderne (enjeux, acteurs, terrains d'affrontement...), ainsi que leurs modes de résolution.

ÉTAPE 2 au brouillon — Dégager la problématique

10 min

Réfléchissez aux différentes questions que suscite le sujet.

- *Quels sont les enjeux des guerres dans l'Europe moderne ?*
- *Quels sont les acteurs de ces conflits ?*
- *À quelles échelles se déroulent-ils ?*
- *Qui participe à la résolution de ces conflits ?*
- *Selon quelles règles sont-ils résolus ?*
- *Quelle grille de lecture peut permettre de les analyser ?*

Délimitez précisément les parties du programme sur lesquelles porte le sujet. Cela va vous permettre de mobiliser vos connaissances en vous posant les bonnes questions.

- *Le sujet porte à la fois sur l'**axe 1** (« la dimension politique de la guerre », référence à Clausewitz...) et sur l'**axe 2** (« le défi de la construction de la paix »).*
- ***De quels conflits dois-je parler ?** Ceux évoqués dans le programme : guerre de Trente Ans (1618-1648), guerre de Sept Ans (1756-1763), guerres de l'époque révolutionnaire et impériale (1792-1815).*
- ***Quels traités de paix dois-je évoquer ?** Les traités de Westphalie (1648), les traités mettant fin à la guerre de Sept Ans (1763).*
- ***Quelle grille d'analyse des conflits peut aider à les comprendre ?** Celle de Carl von Clausewitz (1780-1831), théoricien de la guerre moderne.*

Ce travail de réflexion et la mobilisation de vos connaissances vous permettent de dégager l'enjeu principal du sujet. Formulez-le sous la forme d'une question qui va vous servir de fil conducteur : c'est la problématique.

problématique

Dans quelle mesure la théorie de Clausewitz permet-elle de comprendre les guerres et leur résolution en Europe aux XVIIe et XVIIIe siècles ?

ÉTAPE 3 au brouillon — Construire le plan

15 min

Choisissez le type de plan le plus adapté pour répondre à la problématique. Ici un plan chronologique est le plus pertinent : en effet, le sujet couvre une période longue (deux siècles) marquée par de nombreux conflits. Par souci de clarté, il est préférable de les présenter successivement. Cependant, vous devez les analyser à la lumière de la théorie militaire de Clausewitz.

Chaque partie du plan doit développer une idée clairement formulée, qui fasse le lien avec la problématique.

Partie I

La guerre de Trente Ans (1618-1648) oppose les principaux États européens. Elle est résolue par des traités qui instaurent de nouvelles règles internationales (traités de Westphalie).

Partie II

Les guerres du XVIIIe siècle sont également des conflits entre États, qui sont résolus selon les principes westphaliens.

Dans un deuxième temps, faites appel à vos connaissances pour détailler votre plan. Chaque partie doit être subdivisée en deux ou trois sous-parties correspondant chacune à une **idée directrice**. Chacune de ces idées doit être justifiée par un ou plusieurs **arguments**, illustré(s) par des **exemples** le cas échéant.
Au brouillon, il n'est pas nécessaire de tout rédiger. Cependant, vous devez déjà mobiliser le vocabulaire approprié, dater et localiser les événements et en préciser les acteurs.

Voici ci-dessous ce que pourrait donner ce travail pour la **partie I**.

Partie I
La guerre de Trente Ans et sa résolution (1618-1648)

Idée 1
Un conflit dont les enjeux sont politiques et religieux
ARGUMENTS :
- Les Habsbourg de Vienne veulent dominer le Saint Empire.
- Ils veulent imposer le catholicisme en Europe et dans leurs territoires.

Idée 2
Un conflit marqué par un affrontement entre des États
ARGUMENTS :
- Les Habsbourg de Vienne et d'Espagne affrontent le Danemark, la Suède et la France.
- Le conflit est rythmé par des batailles décisives (ex. : Rocroi, 1643).

Idée 3
Un conflit résolu par des traités novateurs : les traités de Westphalie
ARGUMENTS :
- Les traités débouchent sur une réorganisation territoriale de l'Europe.
- Ils instaurent de nouvelles règles internationales.

Procédez ensuite de la même manière pour la **partie II**.

ÉTAPE 4 au propre

Rédiger l'introduction

10 min

L'introduction pose le sujet : elle explique ce dont vous allez parler et présente le fil conducteur de votre devoir. Elle formalise donc le travail préparatoire que vous avez effectué au brouillon au cours des trois premières étapes : vous devez y définir les mots clés et notions clés ; préciser les bornes chronologiques et spatiales du sujet ; formuler la problématique ; annoncer le plan. Il est préférable de la rédiger une première fois au brouillon.

Pour retenir l'attention du correcteur, commencez par une accroche. Cette dernière peut revêtir des formes diverses : citation, contextualisation du sujet, référence à une période précédente, etc.

[Accroche] *« La guerre n'est que la simple continuation de la politique par d'autres moyens », affirme Carl von Clausewitz dans son traité « De la guerre » paru en 1832. Cette idée-force nous permet d'analyser la guerre à l'époque moderne.* [Présentation du sujet] *Aux XVIIe et XVIIIe siècles, l'Europe est le théâtre d'affrontements entre les États qui cherchent à affirmer leur puissance, mais ceux-ci instaurent également de nouveaux modes de résolution des conflits.*

[Problématique] *Dans quelle mesure la théorie de Clausewitz permet-elle de comprendre les guerres et leur résolution en Europe pendant cette période ?*

[Annonce du plan] *Pour répondre à cette question, nous étudierons d'abord les ressorts de la guerre de Trente Ans et de la paix de Westphalie pour la première moitié du XVIIe siècle* [I] *; puis la logique de deux conflits du XVIIIe siècle, à savoir la guerre de Sept Ans et les guerres de la France révolutionnaire* [II].

CONSEIL
Cette phrase vous permet d'articuler l'accroche avec la présentation du sujet. Elle justifie le choix de votre citation.

ÉTAPE 5 au propre

Rédiger le développement

1 h

Il s'agit maintenant de rédiger au propre en suivant le plan détaillé que vous avez construit au brouillon. Vous devez exprimer clairement chaque idée et chaque argument, les illustrer par des exemples, utiliser des connecteurs logiques. Prévoyez des transitions entre les parties.

I. La guerre de Trente Ans et sa résolution (1618-1648)

1. Un conflit dont les enjeux sont politiques et religieux

La guerre de Trente Ans s'explique par des enjeux tant politiques que religieux. Sur le plan politique, la dynastie des Habsbourg de Vienne entend étendre sa domination sur le Saint Empire romain germanique.

Sur le plan religieux, les Habsbourg veulent imposer le catholicisme à une Europe divisée entre catholiques et protestants. Cependant, au sein même de leurs territoires, ils font face à des princes protestants comme l'Électeur palatin.

LÉGENDE
- Idée directrice
- Argument
- Exemple

2. Un conflit marqué par un affrontement entre des États

Les États sont les acteurs majeurs de la guerre de Trente Ans. S'il s'agit d'abord d'un conflit interne au Saint Empire, celui-ci devient rapidement international. Ainsi, les armées des Habsbourg de Vienne et d'Espagne affrontent le Danemark, la Suède puis la France, qui soutiennent les princes protestants. Selon la terminologie de Clausewitz, le conflit s'apparente à un duel entre États.

Dans cette logique, le conflit est rythmé par des batailles décisives. Ainsi, à Rocroi, en 1643, l'armée française dirigée par le duc d'Enghien (futur Grand Condé) met en déroute l'infanterie espagnole, réputée invincible. Cette bataille pousse les États belligérants à entamer des négociations de paix dès 1644.

INFO +
De 1618 à 1620, l'empereur Ferdinand II réprime la révolte des princes protestants de Bohême, soutenus par les princes protestants allemands.

CONSEIL
Puisque vous avez mis Clausewitz au centre de votre problématique, faites référence à sa théorie dans votre devoir.

3. Un conflit résolu par des traités novateurs : les traités de Westphalie (1648)

Après trois décennies d'un conflit militaire sanglant, les États belligérants redéfinissent les relations internationales par les traités de Westphalie (1648). Ceux-ci sont signés par l'empereur du Saint Empire romain germanique, d'une part, par la Suède et la France, d'autre part. Ils aboutissent à une réorganisation territoriale de l'Europe aux dépens du Saint Empire.

> **CONSEIL**
> Ne perdez pas de temps à détailler les modalités de cette réorganisation, accessoires au regard de la problématique.

Les traités instaurent de nouvelles règles internationales : l'égalité entre les États ; la souveraineté nationale ; l'équilibre international, garant de la paix. Pour préserver l'intégrité de chaque État est adopté le principe de l'unicité de la confession du prince et de ses sujets.

[Transition] Par ses enjeux, son déroulement et sa résolution, la guerre de Trente Ans illustre parfaitement les principes de Clausewitz, qui souligne la dimension politique de la guerre et le rôle fondamental des États.

> **CONSEIL**
> Ce paragraphe conclusif synthétise ce que vous avez développé dans la première partie. Il fait le lien avec la problématique et ouvre sur la partie suivante.

II. Les guerres du XVIIIe siècle et leur résolution

1. Des guerres entre États : l'exemple de la guerre de Sept Ans (1756-1763)

Par ses enjeux, son déroulement et sa résolution, la guerre de Sept Ans se caractérise par une logique étatique. Les enjeux du conflit sont politiques et territoriaux : la Prusse entend combattre l'influence autrichienne dans l'Empire et conserver la Silésie arrachée à l'Autriche lors d'un précédent conflit ; la France et l'Angleterre souhaitent étendre leurs empires coloniaux.
Il s'agit avant tout d'un affrontement entre les grandes puissances militaires européennes du XVIIIe siècle : l'Autriche, la France et leurs alliés (Russie, Suède, Espagne, princes allemands), d'une part, la Prusse et l'Angleterre, de l'autre.

> **INFO +**
> Sous le règne de Frédéric II (1740-1786), la Prusse s'affirme comme la principale puissance militaire européenne.

La guerre de Sept Ans est ponctuée par des batailles décisives. Ainsi, en 1757, la bataille de Rossbach remportée par la Prusse marque le recul de la puissance française en Europe après un siècle de domination.

Les traités de paix signés entre les États belligérants s'inscrivent dans la logique des traités de Westphalie, notamment la recherche d'un équilibre européen. Par le traité de Paris (1763), la France cède à l'Angleterre de nombreuses possessions coloniales (Canada, Indes) tout en en conservant certaines (Martinique, Guadeloupe, comptoirs en Afrique et en Inde). Par le traité de Hubertsbourg (1763), l'Autriche cède définitivement la Silésie à la Prusse qui réussit à faire contrepoids à la puissance autrichienne.

2. Des guerres à l'échelle continentale : l'exemple des guerres de la France révolutionnaire (1792-1799)

De 1792 à 1799, la France révolutionnaire doit successivement affronter deux coalitions des monarchies européennes : la guerre entre dans une nouvelle dimension. L'enjeu de ces guerres est idéologique : pour les États coalisés contre la France, il s'agit de combattre les principes révolutionnaires. Il est aussi politique : ils entendent lutter contre l'impérialisme français en Europe.

Les guerres donnent l'occasion à la France d'obtenir des victoires décisives : ainsi, la bataille de Fleurus (1794) permet de repousser la menace d'une invasion militaire autrichienne et d'ouvrir le chemin des Pays-Bas aux armées révolutionnaires.

La singularité de ces guerres réside dans l'importance de la mobilisation nationale chez les Français, qui souligne le principe populaire défini par Clausewitz. Par la levée en masse (1793) puis le système de la conscription (1798), la guerre devient l'affaire de toute la nation, non plus seulement des militaires professionnels.

INFO +
La levée en masse décrétée par la Convention en 1793 institue un véritable service militaire obligatoire pour sauvegarder l'intégrité du territoire.

ÉTAPE 6 au propre — Rédiger la conclusion

10 min

- La conclusion répond à la problématique. Elle reprend les idées directrices du développement. Elle se termine par une ouverture qui relie le sujet à une autre piste de réflexion.
- Pour laisser au correcteur une bonne impression, votre conclusion doit être soignée, tant dans la forme que dans le contenu. C'est pourquoi il vous est conseillé de la rédiger au brouillon avant de la recopier au propre.

[Réponse à la problématique] *Ainsi, les principes de la théorie militaire de Clausewitz permettent de comprendre les conflits européens et leur mode de résolution aux XVIIe et XVIIIe siècles. En effet, la guerre de Trente Ans et les traités de Westphalie qui y mettent fin confirment l'idée selon laquelle la guerre est un moyen pour les États d'atteindre des objectifs politiques. On retrouve cette logique lors de la guerre de Sept Ans. Toutefois, les guerres opposant la France révolutionnaire aux monarchies coalisées permettent de souligner la singularité de chacun de ces conflits : au principe politique et militaire prédominant jusqu'au milieu du XVIIIe siècle succède le principe populaire avec la mobilisation de la nation française à la fin du XVIIIe siècle.*
[Ouverture] *La théorie de Clausewitz reste une grille d'analyse des conflits pertinente jusqu'au milieu du XXe siècle. Elle inspire des stratèges aussi divers que le général allemand Ludendorff, Lénine ou Mao Zedong.*

CONSEIL
Dans la réponse à la problématique, soulignez une idée directrice de votre démonstration.

CONSEIL
Cette ouverture repose sur une affirmation qui montre au correcteur la solidité de vos connaissances.

ÉTAPE 7 au propre — Se relire

5 min

- Relisez attentivement l'ensemble de votre copie pour corriger les fautes d'orthographe, de grammaire et de conjugaison.
- Évitez les ratures et les astérisques avec des renvois qui donnent l'impression d'un travail peu élaboré.

2 L'étude critique de document(s) *étape* par *étape*

La révolution industrielle et l'environnement

2 heures
10 points

▶ **D'après le document proposé, montrez comment la révolution industrielle a bouleversé l'environnement.**

Le texte à étudier est préparé selon les indications données dans l'étape 2.

DOCUMENT **La révolution industrielle et l'augmentation de la pollution**

En quelques dizaines d'années, la verdure des campagnes s'est muée en couleur de bitume. C'est avec la révolution industrielle et le déploiement à grande échelle des usines de charbon et de houille que la pollution est soudain devenue massive.

Dans la seconde moitié de XIXe siècle, pourtant, à une époque où la France renforce son industrialisation, les Français des villes et des régions industrielles découvrent les méfaits des usines et des mines. […]

Personne ou presque ne peut alors ignorer les conséquences désastreuses de la modernisation économique sur l'environnement, même si la notion de pollution n'est pas encore au cœur des préoccupations de la population. […]

Si *Germinal* révèle en 1884-1885 les tragédies qui se jouent dans le monde de la mine, d'autres écrivains célèbres mettaient déjà en scène quelques années plus tôt la France industrielle dans toute sa noirceur. […]

Les nuisances ne se limitent pas à cette forme de contamination, pourtant particulièrement agressive. À la noirceur de la ville s'agrège une pollution sonore assourdissante, que l'on mesurerait de nos jours en décibels.

Dans l'industrie métallurgique, on entend les marteaux-pilons ébranler le sol de leurs coups sourds. Dans les mines, ce sont les allers-retours assurés par les chevalements, structures qui descendent et remontent les mineurs et leur production, ou le bruit incessant

des puissantes machines d'extraction à vapeur qui trépident pour alimenter les galeries en air pur.
Le « smog » – néologisme qui date du début du XXe siècle, formé à partir des mots « smoke » (fumée) et « fog » (brouillard) – londonien est quant à lui très présent dans les romans de Dickens, qui parle spécifiquement de « pollutions ». […]
Partout où elle a eu lieu, quels que soient la période et le régime, l'industrialisation à marche forcée s'est d'abord installée aux abords des villes ou dans les campagnes. Dans un premier temps, le vert et le noir coexistent, avant que la pollution ne dévore le vert et finisse par ravager villes et campagnes en empoisonnant durablement leurs sols.
Si la prise de conscience vis-à-vis de la pollution industrielle a été relativement tardive, elle n'en reste pas moins un phénomène aussi ancien que l'industrie elle-même.

Diana Cooper-Richet, *The Conversation*, 12 février 2019, repris sur le site www.science-et-vie.com.

ÉTAPE 1 — au brouillon — Étudier le titre et la consigne

5 min

Le titre du sujet et la consigne sont liés ; leur formulation est souvent proche. Ici, vous avez trois termes, dont deux sont des notions du cours :

- L'**environnement** : combinaison d'éléments naturels et socio-économiques formant le cadre de vie des sociétés.
- La **révolution industrielle** : processus reposant sur l'utilisation de nouvelles ressources et l'invention de machines qui permettent d'augmenter la production. Il se traduit par la transformation progressive d'une société à dominante agraire et artisanale en une société industrielle.
- « **a bouleversé** » témoigne d'un changement important de l'environnement en raison de la révolution industrielle.

Au-delà des deux notions, c'est le verbe « a bouleversé » qui doit orienter votre lecture du texte, puis votre problématique.

Le sujet nous invite à étudier l'impact de la révolution industrielle sur l'environnement.

ÉTAPE 2 au brouillon

Lire le texte et faire le lien avec la consigne

15 min

Lisez une première fois le texte. Relevez les termes à expliquer :

- « **industrialisation** » (l. 6) : développement de l'industrie.
- « **pollution** » (l. 10) : dégradation de l'environnement.
- « **industrie métallurgique** » (l. 20) : activités impliquant la production d'acier et de machines en acier comme la locomotive.
- « **mines** » (l. 7) : lieu d'où est extrait le charbon au XIXe siècle.
- « **smog** » (l. 26) : brume faite d'un mélange de polluants atmosphériques.

Faites une **analyse externe du document** : identifiez son auteur, sa date et sa source, ainsi que son lieu (lieu de production du document ou lieu dont il traite). Regardez son titre : lui aussi peut vous aider.

Document

Nature, genre, source
- Article en ligne
- « The Conversation », repris par « Science et Vie »

Auteure
L'historienne Diana Cooper-Richet

Date et contexte
- 2019 : opinion publique sensible au développement durable
- L'Europe occidentale au XIXe siècle

Thème
- L'impact environnemental de la révolution industrielle
- Une pollution multiple

Menez ensuite une **analyse interne** du texte, en le relisant attentivement plusieurs fois. Sélectionnez les passages qui vous paraissent apporter des éléments de réponse à la consigne, et éclairez-les par vos connaissances.

Vous devez alors être entre mesure de dégager deux ou trois thèmes majeurs. Attribuez une couleur à chacun et surlignez les passages correspondants.

Trois grands thèmes se dégagent du texte :

Les manifestations de la révolution industrielle

Son impact sur l'environnement

Une volonté de protéger l'environnement

ÉTAPE 3 *au brouillon*

Formuler la problématique et définir le plan

15 min

La problématique est un élément essentiel, qui permet d'évaluer votre capacité à donner du sens à votre propos. Elle amorce une réflexion qui progresse au fil du devoir et aboutit à la conclusion.

Votre problématique s'appuie sur la consigne. Vous devez l'enrichir avec des termes qui montrent que vous vous l'êtes appropriée. Évitez toutefois les termes qui n'apportent guère de sens, comme ici « évoluer » :

Comment ont évolué l'environnement et la révolution industrielle ?

Évitez les questions fermées, auxquelles vous pouvez répondre par oui ou non :

La révolution industrielle a-t-elle bouleversé l'environnement ?

La problématique doit se présenter sous la forme d'une question nuancée :

PROBLÉMATIQUE *Dans quelle mesure l'environnement a-t-il été bouleversé par la révolution industrielle ?*

Le **plan** doit rendre compte de votre analyse du texte et **répondre à la problématique** et à la consigne. Reprenez les thèmes dégagés du texte et confrontez-les à votre problématique. Affinez la formulation de chaque thème afin qu'il s'articule autour d'une idée qui apporte un élément de réponse.

Partie I

La révolution industrielle est un système de production qui apparaît au XIXe siècle. Il repose sur l'utilisation de nouvelles ressources et de machines qui permettent d'augmenter la production.

Partie II

La révolution industrielle se traduit par des pollutions multiples (air, sols, eaux) qui affectent le cadre de vie des sociétés.

Partie III

L'opinion publique observe ces transformations mais ne saisit pas pleinement la dégradation de l'environnement. Des artistes en font toutefois le cadre de leurs œuvres.

ÉTAPE 4 au brouillon — Préparer le brouillon et compléter le plan détaillé

20 min

- Certains éléments doivent être préparés au brouillon : l'introduction, le plan détaillé avec les passages du texte à citer et les connaissances à apporter, les transitions entre les parties, et enfin la conclusion.
- Soignez la construction du plan détaillé. Chaque partie doit reposer sur une idée clairement formulée, à laquelle chaque sous-partie apporte un argument. Veillez à exploiter le texte dans chaque sous-partie.
- Voici ce que pourrait donner ce travail pour la **partie I**.

Partie I
La révolution industrielle, un nouveau système de production

→ **Argument 1**
Des lieux deviennent emblématiques de la révolution industrielle
TEXTE : de la campagne au bitume (l. 1-2) ; « usines et mines » (l. 7)
CONNAISSANCES : exode rural ; usines Schneider au Creusot

→ **Argument 2**
La révolution industrielle est un processus qui transforme la structure économique et sociale de certains pays
TEXTE : France, 2e moitié du XIXe s. (l. 5) ; « modernisation économique » (l. 9)
CONNAISSANCES : autres pays touchés par la révolution industrielle ; mécanisation, travail à la chaîne

- Procédez ensuite de la même manière pour les **parties II et III**.
- Les **transitions** sont essentielles pour faire apparaître le cheminement de votre réflexion et enchaîner les parties de façon fluide. Vous devez donc les rédiger au brouillon ; par exemple entre la partie I et la partie II :

Le système économique est transformé par la révolution industrielle. Mais le recours aux machines et l'exploitation massive de ressources telles que le charbon ont un fort impact sur l'environnement.

S'ÉCHAUFFER

ÉTAPE 5 au propre

Rédiger l'introduction

10 min

L'introduction pose le sujet et montre comment vous vous l'êtes approprié. Elle doit présenter le document, formuler clairement la problématique et annoncer le plan du développement qui va suivre.

[Accroche] *En 1875, dans son tableau « La Forge », le peintre Adolf Menzel a représenté des ouvriers déshumanisés face à des machines. Il insistait ainsi sur les transformations provoquées par la révolution industrielle.*

[Présentation du sujet] *C'est sur ce thème que revient l'article proposé ici. Rédigé par l'historienne Diana Cooper-Richet, il a été publié sur le site « The Conversation » le 12 février 2019 et repris par la revue « Science et Vie ». L'auteure y montre l'ensemble des pollutions provoquées par la révolution industrielle et la perception qu'ont pu en avoir certains contemporains.*

[Problématique] *Dans quelle mesure, l'environnement a-t-il été bouleversé par la révolution industrielle ?*

[Annonce du plan] *La révolution industrielle apparaît d'abord comme un nouveau système de production* [I]. *Son impact sur l'environnement s'avère rapidement néfaste* [II]. *Quelques voix s'élèvent toutefois pour dénoncer les méfaits du système* [III].

CONSEIL
Sur chaque thème du programme, essayez de connaître une ou deux œuvres que vous pourrez citer, notamment en accroche.

CONSEIL
Même si l'auteure et la source vous sont inconnues, ne vous contentez pas de les recopier : donnez-leur du sens en résumant en une phrase ce que dit le texte.

ÉTAPE 6 au propre

Rédiger le développement

45 min

Le développement constitue le cœur de votre devoir. Vous y avancez des arguments à partir du texte, puis les analysez en vous appuyant notamment sur vos connaissances. Celles-ci vous permettent de confirmer, nuancer et, le cas échéant, critiquer le document.

I. La révolution industrielle, un nouveau système de production

1. Les lieux de la révolution industrielle

La révolution industrielle implique un déplacement des populations qui quittent progressivement les campagnes pour les villes : « En quelques dizaines d'années, la verdure des campagnes s'est muée en couleur de bitume » (l. 1-2). Cet exode rural se fait progressivement ; en France, ce n'est qu'en 1931 que la population urbaine dépasse la population rurale. De plus, contrairement à ce que dit l'auteure, les campagnes ne sont pas complètement transformées : une agriculture moderne y côtoie une agriculture plus traditionnelle.

La première phase de la révolution industrielle repose sur le charbon et l'acier. Comme le rappellent la ligne 7, « les usines et les mines » deviennent les lieux symboliques de la révolution industrielle. Cela implique que les hommes et les femmes vivent à côté des lieux de production, comme au Creusot où sont installées les usines Schneider.

LÉGENDE
- Argument
- Référence au texte
- Apport de connaissances

CONSEIL
Dans cette phrase, vous nuancez ce que dit l'historienne à partir de vos connaissances : vous êtes donc en plein dans l'exercice !

2. Les mécanismes du processus

La révolution industrielle est un processus qui ne touche que certains pays à des moments différents. Si le Royaume-Uni est le premier espace à la connaître, la France entre dans cette nouvelle ère sous le Second Empire (1852-1870), comme le rappelle le texte aux lignes 5 et 6. Le processus gagne aussi l'Allemagne, puis l'Amérique du Nord et le Japon.

L'industrialisation amène à produire plus vite et en plus grande quantité grâce à la mécanisation et au travail à la chaîne. Cela est vu comme un progrès : l'auteure parle de « modernisation économique » (l. 9).

[Transition] Le système économique est transformé par la révolution industrielle. Mais le recours aux machines et l'exploitation massive de ressources telles que le charbon ont un fort impact sur l'environnement.

MOT CLÉ
La révolution industrielle repose sur l'utilisation de nouvelles ressources et l'invention de machines qui permettent d'augmenter la production dans de multiples activités, tant dans les milieux urbains que ruraux.

II. Un impact considérable sur l'environnement

1. Les ravages du charbon

La pollution la plus visible est d'abord celle provoquée par l'extraction et l'utilisation du charbon. Les villes et espaces spécialisés dans l'exploitation des mines de charbon sont en effet dominés par la couleur noire comme dans le Nord de la France. L'auteure insiste d'ailleurs sur cette couleur : « la France industrielle dans toute sa noirceur » (l. 14-15) ; « noirceur de la ville » (l. 17).

Le charbon est devenu la ressource principale de la première phase de la révolution industrielle. L'exploitation des mines est donc massive : « Dans les mines, ce sont les allers-retours assurés par les chevalements, structures qui descendent et remontent les mineurs et leur production » (l. 21-23).

2. Une pollution multiple

Pour autant, Diana Cooper-Richet insiste sur d'autres éléments pour montrer une pollution globale, par exemple la « pollution sonore » (l. 18). Dans les lignes 20 à 25, elle identifie les éléments responsables de ce bruit autant dans l'industrie métallurgique que les mines. Les outils tels les marteaux-pilons provoquent un bruit répétitif et constant.

Des pollutions particulières apparaissent avec l'industrialisation, comme le smog (l. 26), qui caractérise Londres au début du XXe siècle. Ce brouillard, nullement naturel, est causé par la fumée et les rejets toxiques des usines.

[Transition] Les sols, l'eau et l'air ont donc été fortement pollués par la révolution industrielle. Si l'opinion publique n'en a pas fait une priorité, elle a pris conscience des impacts négatifs du processus.

CONSEIL
Une transition conclut d'abord le raisonnement de la partie qui s'achève, puis ouvre sur le propos de celle qui suit.

III. Protéger l'environnement, un enjeu secondaire

1. Une prise de conscience limitée

Concentrées sur les transformations économiques et sociales, les populations ne prennent pas pleinement conscience des méfaits de l'industrialisation : « la prise de conscience vis-à-vis de la pollution industrielle a été relativement tardive » (l. 35-36).

Les ruraux partent vers les villes pour trouver un nouveau travail. Pour ces populations, l'économie l'emporte sur l'environnement, comme le rappelle l'historienne : « Personne ou presque ne peut alors ignorer les conséquences désastreuses de la modernisation économique sur l'environnement, même si la notion de pollution n'est pas encore au cœur des préoccupations de la population » (l. 8-11).

2. Le rôle des intellectuels

Pour autant, les artistes comme les peintres et écrivains ont fait des lieux de l'industrialisation le cadre de leurs œuvres. Le texte revient sur l'un des plus grands auteurs de la fin du XIXe siècle : « "Germinal" révèle en 1884-1885 les tragédies qui se jouent dans le monde de la mine » (l. 12-13). Émile Zola dresse un tableau précis et terrible des mines du Nord derrière son héros Étienne Lantier.

Les intellectuels observaient la société en transformation et se montraient parfois sensibles à l'impact des nouvelles activités sur l'environnement. Ainsi, le smog est « très présent dans les romans de Dickens » (l. 28) comme dans « Bleak House ».

À NOTER
Pour écrire *Germinal*, Émile Zola s'est documenté sur les mines du Nord-Pas-de-Calais et a interrogé des mineurs pour raconter leur vie quotidienne dans son roman.

ÉTAPE 7 au propre — Rédiger la conclusion

5 min

La conclusion clôt votre devoir : c'est la dernière image que vous laissez au correcteur. Pour ne pas la bâcler à la fin de l'épreuve, préparez-la dès le brouillon.

La conclusion est l'aboutissement de votre raisonnement. Elle doit donc répondre à la problématique et résumer votre appréciation du document. Elle se termine par une ouverture sur un autre sujet.

[Réponse à la problématique] *La révolution industrielle a fortement dégradé l'environnement mais rares ont été les politiques mises en place pour y remédier.* [Critique du document] *Le texte a le mérite de présenter l'ensemble des pollutions provoquées par la révolution industrielle, mais l'auteure observe ce processus avec le regard du XXIe siècle. Peu d'acteurs de cette époque, à l'exception des élites artistiques, avaient conscience de ce qu'était l'environnement.* [Ouverture] *La révolution industrielle et la mondialisation ont mis la priorité sur l'économie au détriment des enjeux environnementaux. Toutefois, aujourd'hui le système semble atteindre ses limites et de plus en plus voix, comme celle de Greta Thunberg, s'élèvent pour inverser la tendance.*

CONSEIL
Le recours à l'actualité peut être un bon moyen d'ouvrir votre sujet. Veillez à le faire de façon réfléchie. Cela montre que vous suivez l'actualité et portez un regard critique sur celle-ci.

ÉTAPE 8 au propre — Se relire

5 min

Ne négligez pas cette étape. Gardez un temps pour corriger les fautes d'orthographe (qui sont souvent des fautes d'étourderie) et les éventuels contresens, inévitables dans une épreuve de quatre heures.

S'entraîner sur chaque thème du programme

De nouveaux espaces de conquête

Faire la guerre, faire la paix

Histoire et mémoires

L'environnement

3 Dissertation

Les nouveaux acteurs de la conquête spatiale

2 heures
10 points

INTÉRÊT DU SUJET • Le sujet invite à dresser une typologie des nouveaux acteurs de la conquête spatiale. Mais cette typologie doit être problématisée pour éviter le simple catalogue.

▶ Les nouveaux acteurs de la conquête spatiale.

LES CLÉS DU SUJET

Analyser le sujet

Les nouveaux acteurs de la conquête spatiale

Formulation
Axe 1 du programme. Insister sur les différents types d'acteurs et leur rôle géopolitique

Type de sujet
Typologie problématisée

Bornes chronologiques
Époque contemporaine, depuis la guerre froide

Notions et mots clés
- Nouveaux acteurs : États autres que les États-Unis et la Russie ; acteurs privés
- Conquête, rivalités, enjeux géopolitiques

Dégager la problématique

- La guerre froide entre les États-Unis et l'URSS (la Russie aujourd'hui) a initié la conquête spatiale. On peut donc considérer comme de « nouveaux acteurs » les États et compagnies qui s'affirment en dehors des deux superpuissances. Ces nouveaux acteurs accélèrent et complexifient l'appropriation de l'espace.
- Dans quelle mesure les nouveaux acteurs de la conquête spatiale bouleversent-ils la géopolitique duale héritée de la guerre froide ?

Construire le plan

I. Anciennes et nouvelles puissances spatiales occidentales	• Quelles sont les nouvelles puissances spatiales occidentales ?
II. L'irruption des puissances spatiales émergentes	• Comment les puissances émergentes recomposent-elles la géopolitique de l'espace ?
III. Le boom du *New Space*	• Quels sont les enjeux du *New Space* ?

S'ENTRAÎNER

3 CORRIGÉ GUIDÉ

Les titres et les indications entre crochets ne doivent pas figurer sur la copie.

Introduction

[Accroche] Vous avez 20 millions de dollars pour vos prochaines vacances ? SpaceX peut vous proposer un séjour à 400 km d'altitude à bord de sa capsule *Crew Dragon*. [Présentation du sujet] Inaccessible jusque-là, le tourisme spatial fait partie des prestations offertes par certains nouveaux acteurs de la conquête spatiale. Privés ou étatiques, ceux-ci rebattent les cartes autrefois presque exclusivement détenues par les Américains et les Soviétiques, les seuls à ne pas pouvoir être qualifiés de « nouveaux acteurs » dans ce domaine où ils furent les pionniers. [Problématique] Dans quelle mesure les nouveaux acteurs de la conquête spatiale bouleversent-ils la géopolitique duale héritée de la guerre froide ? [Annonce du plan] Si les Occidentaux – États-Unis exclus – n'ont pas attendu les années 1990 pour se lancer dans l'espace [I], le fait nouveau est l'irruption de pays émergents – certains inattendus – dans la conquête spatiale [II]. Mieux encore, les entreprises du *New Space* présentent des projets aux limites de la science-fiction [III].

> **▶ Le secret de fabrication**
>
> Il est important de capter l'attention du correcteur, afin de distinguer votre copie. Un peu d'actualité liée au sujet, formulée sur un ton plus direct, y parviendra. Il faut ensuite faire le lien avec le sujet : ici, le tourisme spatial vous permet d'introduire les nouveaux acteurs de la conquête spatiale.

I. Anciennes et nouvelles puissances spatiales occidentales

1. Les nouveaux acteurs occidentaux

• Une soixantaine de pays ayant aujourd'hui une agence spatiale, un catalogue exhaustif serait fastidieux et inutile. Les États de l'Union européenne, qui créent l'Agence spatiale européenne (ESA) en 1975 et lancent le programme Ariane en 1979, font partie des premiers acteurs.

• En France, c'est le général de Gaulle qui donne l'impulsion, avec la création du Centre national d'études spatiales (CNES) en 1961. La France a toujours été en pointe : jusqu'à fin 2019, elle était le premier contributeur européen à l'ESA ; le site européen de lancement se situe à Kourou, en Guyane.

• D'autres puissances occidentales ont rejoint les rangs des puissances spatiales. Le Japon crée son agence JAXA en 2003. Ce pays dispose de technologies très avancées, à double usage, civil et militaire, dans le domaine satellitaire, mais aussi des fusées (lanceur H-IIA). Israël fonde son agence spatiale en 1983 et a tenté, sans succès, d'envoyer une sonde sur la Lune en 2019.

2. Anciens et nouveaux enjeux spatiaux pour les Occidentaux

• Les enjeux économiques sont omniprésents pour des États qui fondent une grande partie de leur compétitivité mondiale sur l'innovation et l'avance technologique de leurs produits et services. Les applications liées aux satellites sont légion : télécommunications, positionnement, météo, climatologie, agriculture… Leur chiffre d'affaires annuel dépasse 300 milliards de dollars.

• Les enjeux militaires sont moindres pour des Européens dont beaucoup comptent sur la protection américaine. La France a cependant créé en 2019 un Commandement de l'espace. Les satellites militaires français seront équipés de lasers et des nanosatellites patrouilleurs seront lancés à partir de 2023.

• Les enjeux géostratégiques et géopolitiques sont parfois déterminants, comme c'est le cas pour Israël. Le contexte sécuritaire particulier de ce pays lui fait considérer les technologies spatiales comme indispensables.

[Transition] Les activités spatiales ne sont cependant plus aujourd'hui l'apanage ni des pionniers soviétiques et américains ni des acteurs occidentaux. Des puissances émergentes s'engagent à leur tour dans la conquête spatiale.

II. L'irruption des puissances spatiales émergentes

1. De nouveaux acteurs étatiques émergents

• La Chine est en pointe en la matière. Le budget spatial chinois, bien qu'opaque, est estimé à 11 milliards de dollars, presque quatre fois le budget russe ! En 2019, la Chine a effectué 34 lancements, contre 22 pour la

Russie et 21 pour les États-Unis. Son programme spatial inclut l'alunissage de *Chang'e-4* sur la face cachée de la Lune.

• Démarré en 1975, le programme spatial de l'Inde se caractérise par une certaine frugalité (budget de 1,5 milliard de dollars). La mission Mangalyaan (Mars Orbiter), réalisée avant la mission chinoise, n'a coûté que 74 millions de dollars, moins que le film *Gravity* !

> À NOTER
> L'Inde est spécialisée dans le spatial *low cost*, en accord avec le *jugaad*, terme hindi signifiant « innovation frugale » ou « système D ».

• D'autres acteurs émergent, qui tentent chacun de développer leurs capacités spatiales, tels la Corée du Nord, l'Iran en 2009, ou les Émirats arabes unis.

2. Nouveaux enjeux pour nouveaux acteurs

• Ces acteurs développent des projets spatiaux pour des raisons économiques, afin d'accompagner leur développement. Le secteur spatial est également un vecteur d'innovation technologique majeur, capital pour des pays lancés à la poursuite de l'Occident dans ce domaine.

• Les projets se déploient simultanément dans le domaine de la militarisation de l'espace, avec le lancement de satellites de surveillance et de renseignement, mais aussi d'armes antisatellites (Chine et Inde).

• La conquête spatiale comporte une composante de prestige. Ainsi, la Chine prévoit la mise en orbite d'une station spatiale chinoise, la création d'un établissement chinois permanent sur la Lune, puis une mission martienne.

[Transition] Les nouveaux acteurs étatiques reprennent ainsi les objectifs qui furent jadis ceux des Américains et des Soviétiques : prestige politique et innovation technologique. Tel n'est pas le cas des acteurs du *New Space*.

III. Le boom du *New Space*

1. De nouveaux acteurs privés

• L'agence spatiale américaine, la NASA, consacre depuis l'origine environ 80 % de son budget à des tâches assurées par des sociétés privées. Cette contractualisation s'est récemment développée certaines de ces sociétés ont acquis un rôle indépendant, et non plus de sous-traitance. C'est le *New Space*.

• Essentiellement américaines, les entreprises d'Elon Musk (SpaceX), de James Cameron (Planetary Resources) ou de Jeff Bezos (Blue Origin) sont les exemples les plus connus d'une nébuleuse d'un millier d'entreprises qui ont investi la course à l'espace.

• Parmi les acteurs non américains, le *New Space* russe est surtout constitué de start-up, tels CosmoCourse (tourisme spatial) ou StartRocket (publicité orbitale !). Le *New Space* français est très dynamique, avec Airbus ou bien Kinéis, qui compte envoyer en orbite une miniconstellation de 25 nanosatellites « made in France ».

À NOTER
L'URSS – farouchement anticapitaliste – a toujours privilégié les agences d'État jusqu'à sa chute en 1991.

2. Des enjeux spécifiques

• L'objectif premier de ces acteurs du *New Space* est la recherche du profit. Leurs objectifs sont ambitieux : ravitailler l'ISS (Boeing, SpaceX), connecter le monde entier à Internet (projet Starlink), développer le tourisme spatial (Virgin Galactic, Blue Origin), exploiter les ressources minières extraterrestres, coloniser Mars (SpaceX)…

• Or, le traité de l'Espace de 1967, qui interdit l'appropriation de l'espace ou des corps célestes par les États, ne concerne pas le secteur privé. En 2015, le *Space Act* du président Obama a autorisé les sociétés américaines à extraire les ressources minières des astéroïdes et des planètes. Les perspectives à moyen et long terme sont alléchantes, quoique risquées.

• Les acteurs du *New Space* témoignent d'une dynamique capitaliste. Toutefois, le goût de l'aventure n'en est pas absent. La rentabilité de projets comme celui d'Elon Musk de coloniser Mars et de rendre l'espèce humaine « multiplanétaire » paraît lointaine et le retour sur investissement hasardeux. Mais n'était-ce pas déjà le cas du projet de Christophe Colomb ?

Conclusion

[Réponse à la problématique] La conquête spatiale, autrefois chasse gardée des deux superpuissances de la guerre froide, s'est donc largement démocratisée, voire banalisée. Mais l'affirmation de ces nouveaux acteurs étatiques traduit aussi l'émergence d'un monde multipolaire. La conquête spatiale est toujours un facteur de puissance et de prestige, où les nouveaux acteurs sont pour l'essentiel non occidentaux. Faut-il y voir une nouvelle manifestation du déclin de l'Occident, malgré l'entrée en force d'un *New Space* presque exclusivement occidental ? [Ouverture] Tout n'est cependant pas géopolitique dans la conquête spatiale. L'aventure en demeure partie intégrante. Ainsi la conquête de Mars et la proclamation de SpaceX, *Making life multiplanetary* : slogan ou promesse ? À l'heure où des questions se posent sur l'épuisement des ressources terrestres, la conquête spatiale apporte – certes à long terme – une nouvelle espérance.

4 Dissertation

Espace et océan Arctique

2 heures
10 points

INTÉRÊT DU SUJET • Deux espaces très spécifiques, qu'il faut analyser selon les problématiques du programme, absentes dans l'énoncé. À vous de donner du sens à ce sujet !

▶ Espace et océan Arctique.

S'ENTRAÎNER

LES CLÉS DU SUJET

Analyser le sujet

Espace et océan Arctique

Formulation
• Deux noms reliés par « et »
• Sujet de comparaison, voire de mise en relation quand c'est possible

Bornes spatiales
• Espace : au-delà des 100 km (ligne de Karman)
• Arctique : océan glacial et non les terres arctiques

Type de sujet
Sujet analytique de comparaison

Notions et mots clés
• Notions essentielles du programme appliquées au sujet
• Espace frontière, coopération, rivalités

Dégager la problématique

• Le domaine spatial et l'océan Arctique sont des espaces spécifiques, aux contraintes et aux enjeux comparables. Ce sont des espaces frontières où s'imposent des coopérations et se déploient des rivalités.
• Dans quelle mesure les spécificités des domaines arctique et spatial incitent-elles aux coopérations ou aux rivalités géopolitiques ?

Construire le plan

I. Des espaces frontières à l'appropriation délicate	• Dans quelles mesure espace et océan Arctique sont-ils des espaces frontières ? • Comment sont-ils appropriés par les différents acteurs ?
II. Des espaces aux coopérations nécessaires	• Quelles sont les coopérations mises en œuvre en Arctique ? • Quelles sont les coopérations mises en œuvre dans l'espace ?
III. Des espaces aux rivalités croissantes	• Quelles rivalités géoéconomiques affectent ces deux espaces ? • Quelles sont les rivalités géopolitiques concernant ces deux espaces ?

4 CORRIGÉ **GUIDÉ**

Les titres et les indications entre crochets ne doivent pas figurer sur la copie.

Introduction

[Accroche] Jamais la banquise arctique n'a été aussi réduite en été ! C'est depuis l'espace que les satellites suivent l'évolution de cette zone essentielle au climat mondial. Preuve que l'espace et l'océan Arctique connaissent des interconnexions. [Présentation du sujet] De fait, l'océan Arctique et l'espace sont des milieux particuliers, dont l'appropriation paraît particulièrement complexe. En cela, ils s'opposent particulièrement aux autres milieux accessibles à l'Humanité.

[Problématique] Dans quelle mesure les spécificités des domaines arctique et spatial incitent-elles aux coopérations ou aux rivalités géopolitiques entre les acteurs ? [Annonce du plan] Dans ces espaces frontières à l'appropriation si délicate [I], des coopérations plus intenses qu'ailleurs sont mises en place [II], sans que cela empêche les acteurs d'y déployer des rivalités aussi aiguës qu'ailleurs [III].

> **CONSEIL**
> Évitez absolument de traiter séparément l'espace puis l'Arctique. Vous devez les aborder ensemble.

I. Des espaces frontières à l'appropriation délicate

1. Des espaces frontières

• Espace et océan Arctique présentent des différences manifestes. L'espace peut être défini par la ligne de Karman, soit 100 km au-dessus de la Terre ; l'Arctique est l'océan glacial centré sur le pôle Nord, fermé entre Amérique et Asie par le détroit de Béring et les passages de part et d'autre du Groenland.

• L'espace et l'océan Arctique présentent cependant aussi des caractéristiques comparables. Ce sont des milieux à forte contrainte (vide, pression, altitude ou profondeur, froid intense), donc particulièrement hostiles.

• Cette hostilité commune explique une présence humaine ténue et marginale : le nombre d'humains simultanément présents dans l'espace ne dépasse pas la dizaine, quelques centaines pour l'océan Arctique. On considère ces espaces comme des espaces frontières.

2. Des espaces en voie de territorialisation

• L'appropriation de ces espaces frontières est très progressive et limitée. Mais elle est réelle : en 2007, la Russie a planté au fond de l'océan Arctique un drapeau en titane pour marquer sa présence au pôle Nord ; de même, les Américains ont planté leur drapeau sur la Lune dès 1969.

• Les contraintes très élevées et la nécessité de technologies avancées font que seuls de grands acteurs interviennent. C'est vrai dans l'océan Arctique, où les puissances riveraines mènent le jeu, et c'est aussi le cas dans l'espace, dont la conquête s'ouvre à de nouveaux acteurs de poids, comme la Chine.

• Les prétentions de chaque acteur ont été encadrées par des conventions internationales. Dans le cas de l'océan Arctique, c'est la convention des Nations unies sur le droit de la mer (CNUDM), signée en 1982 à Montego Bay. L'espace est régulé par cinq traités, dont le plus connu est celui de 1967, qui interdit son appropriation par les États.

> **CONSEIL**
> Détaillez si possible la CNUDM, en expliquant ce que sont les eaux territoriales, la zone contiguë et la zone économique exclusive.

[Transition] Les contraintes physiques imposent donc aux acteurs une certaine coopération, limitent et organisent leur appropriation de l'espace et de l'océan Arctique.

II. Des espaces aux coopérations nécessaires

1. Coopérations dans l'Arctique

• Les nouvelles technologies qui permettent la conquête, l'exploitation, la surveillance de l'océan Arctique sont très coûteuses : technologies de forage en mer, de pêche industrielle, de prospection dans des conditions extrêmes.

• En Arctique, contrairement aux apparences, la coopération prévaut. Le Conseil de l'Arctique, créé en 1996, rassemble les huit États riverains et des pays observateurs. En 2010, la Norvège et la Russie ont réglé un différend en mer de Barents. Plusieurs acteurs arctiques ont coopéré pour explorer leur plateau continental : le Danemark et le Canada en 2008.

• Certaines questions font toutefois débat, notamment celle des accès aux passages et aux détroits : le passage canadien du Nord-Ouest est-il constitué d'eaux territoriales ? Et qu'en est-il du passage russe du Nord-Est ?

2. Coopérations dans l'espace

• Les coûts plus élevés encore de la conquête spatiale rendent la coopération nécessaire entre partenaires. De nombreux usages d'équipements spatiaux sont mutualisés : c'est le cas des satellites de télécommunication, qui couvrent le plus souvent plusieurs pays.

• La station spatiale internationale (ISS) requiert ainsi la coopération de 15 pays et des infrastructures au sol sur quatre continents. Américains, Russes, Canadiens, Japonais et Européens s'y relaient, pour mener des expériences en apesanteur et accumuler de l'expérience en vol spatial.

• Ces coopérations vont certainement s'intensifier avec le développement des usages spatiaux : SpaceX planifie ainsi la mise en orbite de 12 000 satellites pour son accès Internet planétaire à très haut débit, Starlink. Le nombre de véhicules en orbite et de déchets spatiaux corrélatifs entraîne un certain nombre de problèmes qui ne pourront être gérés qu'en commun.

> **▶ Le secret de fabrication**
>
> Il est possible de varier l'agencement du plan : par exemple, on peut analyser successivement l'espace et l'océan Arctique dans la partie II, puis revenir à un plan thématique (rivalités géoéconomiques et géopolitiques) dans la partie III.

[Transition] Ces coopérations ne sont toutefois pas exclusives de rivalités entre les différents acteurs, car les enjeux sont énormes.

III. Des espaces aux rivalités croissantes

1. Rivalités géoéconomiques

• Les ressources présentes dans l'océan Arctique sont nombreuses et font l'objet de convoitises croissantes de la part des divers acteurs. L'Arctique est en effet potentiellement riche en ressources, notamment énergétiques : la zone recélerait 13 % des réserves mondiales en pétrole, 30 % en gaz.

• Le réchauffement climatique ouvre de nouvelles routes maritimes entre Europe, Amérique du Nord et Asie, sans limitation de gabarit : entre Shanghai et Rotterdam, 3 000 à 5 000 km de moins par rapport à Suez ! C'est toute une recomposition des échanges mondiaux qui pourrait se produire.

• Dans l'espace aussi se développent des rivalités géoéconomiques : le développement des technologies spatiales a d'abord des effets d'entraînement ; de nouveaux secteurs économiques se développent : tourisme spatial, services spatiaux (lancement, mise en orbite, etc.), extraction minière…

2. Rivalités géopolitiques

• La conquête de ces espaces frontières entraîne évidemment aussi des rivalités géopolitiques. Les États en sont les acteurs privilégiés, mais en nombre restreint. Concernant l'océan Arctique, il s'agit essentiellement des pays riverains, mais de grandes puissances s'y intéressent aussi : la Chine s'est même autoproclamée « État quasi-arctique » ! Seuls quelques puissances ont les moyens de prendre part à la compétition spatiale.

• L'océan Arctique est un espace stratégique depuis la guerre froide, zone d'affrontement direct entre les deux super-puissances, avec les deux composantes militaires que sont les SNLE et les ICBM. La Russie remilitarise son Arctique depuis quelques années ; on compte même une base permanente chinoise au Spitzberg !

MOTS CLÉS
Les SNLE sont les sous-marins nucléaires lanceurs d'engins ; les ICBM sont les missiles balistiques intercontinentaux : tous deux sont des vecteurs de dissuasion nucléaire.

• L'espace aussi se militarise. La dimension de prestige est incontestable, comme l'ont démontré la course à la Lune dans les années 1960, et aujourd'hui la course vers Mars. Toutes les grandes puissances ont aujourd'hui une « force de l'espace » et développent leurs armements spatiaux : renseignement, armes antisatellites, systèmes de bombardement depuis l'espace…

Conclusion

[Réponse à la problématique] Espace et océan Arctique sont donc des espaces de conquête spécifiques. Mais quels que soient les problèmes posés aux acteurs par ces milieux extrêmes, quelles que soient les coopérations que leurs caractéristiques extrêmes leur imposent, les rivalités s'y font jour sans plus de retenue. Ces espaces d'interdépendance complexe n'empêchent nullement les jeux de puissance. [Ouverture] Ces deux espaces présentent en effet toutes les caractéristiques des espaces frontières. Sont-ils pour autant les « dernières frontières » de l'Humanité ?

5 Étude critique de documents

Espace, mers et océans : les ressources énergétiques et minières

2 heures
10 points

INTÉRÊT DU SUJET • Une grande partie des rivalités entre acteurs s'explique par les convoitises générées par les ressources, notamment énergétiques et minières. Évidentes pour les océans, ces ressources le sont moins pour l'espace.

▶ En analysant les documents, en les confrontant et en vous appuyant sur vos connaissances, montrez leur apport à la question du partage, de l'exploitation et de la préservation des ressources dans les mers et océans et dans l'espace.

DOCUMENT 1 L'espace, un gisement de matières premières pour demain ?

Il est convenu de dire que l'homme consomme la Terre. Il consomme entre autres ses minéraux et ses énergies fossiles. Or, la Terre est finie, au sens de limitée. Parmi les matières non organiques ou renouvelables, ce qui est consommé est détruit. [...] Certaines matières premières sont dites critiques lorsque les risques de pénuries sont élevés alors qu'un défaut d'approvisionnement aurait des conséquences importantes. [...]

Ces matières premières ont été recherchées sur terre d'abord, puis dans le sol de plus en plus profondément. Aujourd'hui, les océans sont la nouvelle frontière. Les plateformes pétrolières et gazières se multiplient dans le monde. [...] En fait, on connaît peu le potentiel minéral de la Terre. [...] Des matières premières sur le sol ou dans le sous-sol des planètes, on ne connaît quasiment rien.

On s'est interrogé au tournant des années 2010 sur la pertinence et la nécessité d'entreprendre des recherches minières hors de la Terre. La réponse est encore en suspens. D'une part, la Terre n'a pas révélé toutes ses ressources. Elle reste une inconnue, notamment ses 4/5e recouverts par les mers et les océans. D'autre part, de nouvelles matières, des substitutions technologiques, apparaissent régulièrement. Enfin, l'exploitation des déchets industriels n'en est qu'à ses débuts. Et, ultime point, on ne connaît ni l'évolution de la demande en matières premières, ni le temps éventuel de la rupture. [...]

Il y a donc une forte attente pour conquérir l'espace afin de s'assurer la fourniture de matières premières. Et cette conquête est le fait de sociétés privées, même si les contrats d'État (SpaceX) assurent une base importante d'activité. [...] Le prochain marché est l'exploitation minière des planètes. C'est l'affaire de quelques dizaines d'années. Il faut se poser sur des planètes, tester leur sol et leur sous-sol. L'accélération viendra d'une prochaine hausse des prix des matières premières, comme en 2009-2011.

Philippe Cahen, « Demain, l'espace : pourquoi, comment, avec qui ? » *Diplomatie, Les Grands Dossiers* n° 34, Areion Group, Paris, août-septembre 2016.

S'ENTRAÎNER

DOCUMENT 2 Appropriations et ressources de l'espace maritime mondial

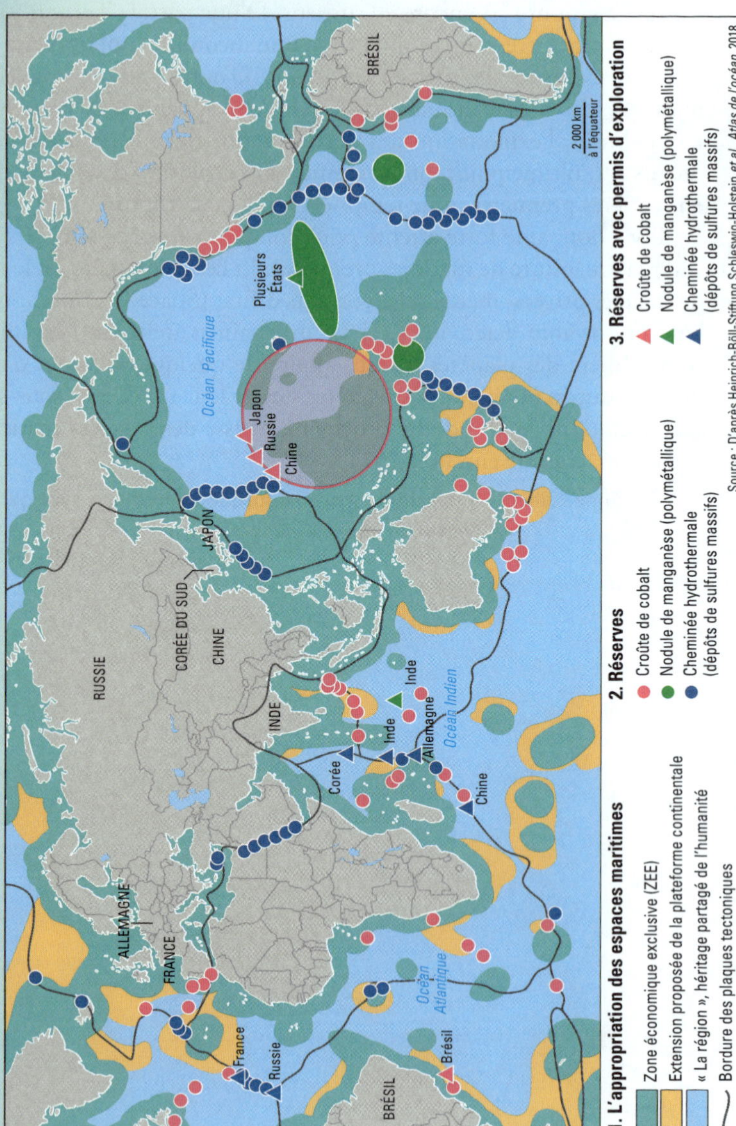

D'après *Atlas de l'océan*,
Heinrich-Böll-Stiftung Schleswig-Holstein, 2018.

LES CLÉS DU SUJET

Identifier les documents

Documents 1 et 2

Nature, genre, source
• Doc. 1 : texte de prospective ; revue géopolitique *Diplomatie*
• Doc. 2 : carte de synthèse ; *Atlas de l'océan*, 2018

Auteur et destinataire
• Texte et carte de spécialistes
• Public averti, voire grand public

Espace et échelle(s)
• Doc. 1 : des espaces maritimes à l'espace terrestre
• Doc. 2 : l'espace maritime mondial

Thème
• Doc. 1 : des ressources terrestres aux ressources de l'espace
• Doc. 2 : appropriation et ressources maritimes mondiales

S'ENTRAÎNER

Comprendre la consigne

• Quelles informations les documents donnent-ils sur le partage, l'exploitation et la préservation des ressources océaniques et spatiales ? Conformément au programme, on peut distinguer les rivalités mais aussi les coopérations entre les acteurs.

• Le document 1 passe des océans à l'espace, dont l'étude constitue l'essentiel de l'article ; le document 2 se concentre sur l'espace maritime. Il faut donc montrer les spécificités de chaque espace.

Dégager la problématique et construire le plan

Dans quelle mesure l'exploitation des ressources océaniques et spatiales fait-elle l'objet de coopération ou de rivalité entre les acteurs ?

I. Quels besoins pour le monde de demain ?	Quel est le contexte dans lequel se situe l'exploitation des ressources océaniques et spatiales ?
II. Des appropriations différentes	Comment États et acteurs privés s'approprient-ils les espaces océaniques et extraterrestres ?
III. Les nouvelles frontières énergétiques et minières	Quelles sont les ressources spécifiques à chaque espace, océanique et extraterrestre ?

5 CORRIGÉ GUIDÉ

Les titres et les indications entre crochets ne doivent pas figurer sur la copie.

Introduction

[Accroche] Les écologistes alertent depuis des années sur l'épuisement des ressources naturelles, énergétiques et minières, de la planète. [Présentation du sujet] Deux documents – un texte tiré des « Grands Dossiers » de la revue *Diplomatie* et une carte issue de l'*Atlas des océans* de 2018 – présentent de nouveaux éléments de bilan de ces ressources. [Problématique] Dans quelle mesure les nouvelles frontières que constituent l'espace, les mers et les océans sont-elles à même d'apporter à l'Humanité les ressources dont elle aura besoin ? [Annonce du plan] Si la satisfaction des besoins du monde de demain inquiète, la pénurie de ressources ne semble justement pas pour demain [I]. Espace et océans constituent en effet des réserves de ressources considérables [II]. Mais ces espaces convoités sont appropriés de façon très différente par l'Humanité [III].

> **▶ Le secret de fabrication**
> L'annonce du plan est toujours un moment délicat. Plutôt que des formulations lourdes (« dans une première partie nous verrons que… »), résumez votre plan en quelques phrases.

I. Quels besoins pour le monde de demain ?

1. Un monde en pénurie ?

• Le document 1 pose la question de la pénurie des ressources énergétiques et minières (« ses minéraux et énergies fossiles », l. 2). En effet, celles-ci ne sont pas renouvelables à l'échelle humaine. Le texte reprend ainsi la critique écologiste du modèle de développement productiviste : « l'homme consomme la Terre » (l. 1). Il pose dès lors la question de « risques de pénuries » (l. 5).

• Les ressources énergétiques et minières terrestres sont finies, et leur « défaut d'approvisionnement aurait des conséquences importantes » (l. 6-7), mettant en péril l'équilibre de nos civilisations. Pour le pétrole, par exemple, qui représente encore aujourd'hui l'essentiel de l'énergie utilisée dans les transports routiers, maritimes et aériens, se pose la question du pic de

Hubbert : celui-ci se produit lorsque la moitié des réserves – la plus facile et rentable à exploiter – est atteinte ; dès lors, la production ne peut que décliner et le coût s'élever.

2. Une pénurie à relativiser

• Nous sommes encore loin de la pénurie. C'est en effet méconnaître les lois de l'offre et de la demande : « on ne connaît ni l'évolution de la demande en matières premières, ni le temps éventuel de la rupture » (l. 21-22). Une demande plus forte en énergie et en minerais va se traduire par une élévation de leur prix, et ainsi permettre la mise en exploitation de gisements autrefois délaissés. Par ailleurs, l'augmentation des prix va favoriser le développement des énergies renouvelables et donc leur rentabilité, ou encore celui du recyclage (« l'exploitation des déchets industriels », l. 20) et donc le passage à une économie semi-fermée où la consommation des ressources est moindre, réduisant ainsi la demande.

• C'est ensuite méconnaître l'innovation technologique. Les « substitutions technologiques » (l. 19) améliorent également les procédés existants. Ainsi, depuis 2005, aux États-Unis, la fracturation hydraulique couplée aux forages horizontaux permet l'exploitation des gaz et pétrole de schiste et aussi des hydrocarbures lourds. Cette nouvelle technologie a permis de repousser la date du pic de Hubbert pour le pétrole et a propulsé les États-Unis au rang de premier producteur mondial de gaz et de pétrole !

CONSEIL
Réutiliser la même expression rhétorique permet de connecter les deux paragraphes et d'amorcer la transition vers la deuxième partie.

[Transition] Mais c'est enfin méconnaître le nouveau champ qui s'offre à la découverte des ressources : l'espace et les océans.

II. Les nouvelles frontières énergétiques et minières

1. Mers et océans : anciennes et nouvelles ressources

• Le texte établit en effet que « les océans sont la nouvelle frontière » (l. 9-10), que les progrès de l'Humanité permettent de repousser sans cesse. De fait, la Terre « reste une inconnue, notamment ses 4/5e recouverts par les mers et les océans » (l. 17-18). Au gré des découvertes, « les plateformes pétrolières et gazières se multiplient dans le monde » (l. 10-11), par exemple dans l'Arctique, ou grâce aux techniques de forage de l'offshore profond, notamment au large de l'Angola ou du Brésil. La carte ne permet cependant pas de les étudier.

MOT CLÉ
L'offshore profond se situe au-delà de 500 m de profondeur. Les installations de forage opèrent jusqu'à 3 000 mètres de profondeur des puits qui peuvent dépasser 7 000 mètres.

• La carte se concentre en effet sur de nouvelles ressources minières offertes par les océans, qui constituent donc des réserves potentielles. Dans les océans reposent ainsi des concrétions rocheuses, riches en minerais variés, qui font jusqu'à 25 cm d'épaisseur sur 6,35 millions de km². Leur exploitation très difficile explique que, sur la carte, ne figurent que des réserves et des zones avec permis d'exploration. C'est le cas au large du Brésil ou dans le Pacifique central. Les cheminées hydrothermales, situées en bordure de plaques tectoniques, sont d'exploitation tout aussi malaisée.

2. Les ressources spatiales : demain l'eldorado ?

• Les ressources offertes par l'espace extraterrestre sont plus mal connues encore : « Des matières premières sur le sol ou dans le sous-sol des planètes, on ne connaît quasiment rien » (l. 12-13). La conquête spatiale n'en est en effet qu'à ses débuts. Les applications spatiales demeurent centrées sur l'espace terrestre.

• Pourtant, le texte (l. 27-30) ouvre des perspectives à « quelques dizaines d'années », en cas de forte « hausse des prix des matières premières ». Dans un tel contexte, et avec l'abaissement des coûts des lancements spatiaux, l'exploration des ressources de l'espace extra-atmosphérique n'est plus une utopie. Le texte ne le précise pas, mais la Lune offre déjà des possibilités, comme l'hélium-3, carburant idéal pour un futur réacteur nucléaire à fusion contrôlée.

[Transition] Si l'eldorado énergétique et minier n'est sans doute pas pour tout de suite, nombreux sont les acteurs qui se pressent déjà pour s'en disputer la propriété.

III. Espace, mers et océans : des appropriations différentes

1. Mers et océans : une appropriation massive

• La carte montre en effet l'appropriation de l'espace maritime mondial par les États, à travers les ZEE. Ces zones économiques exclusives, qui délimitent une zone de 200 milles marins (environ 360 km) où les ressources économiques sont la propriété exclusive de l'État concerné, ont été instituées par la convention des Nations unies sur le droit de la mer, dite convention de Montego Bay (1982).

• La carte montre le caractère massif des zones appropriées. Les trois Méditerranées, européenne, caraïbe, asiatique, le sont en entier. Les grands océans le sont partiellement. L'océan Arctique l'est en totalité sur cette carte, mais la coupure ne montre pas la totalité de cet espace. La plupart des États qui en ont eu la possibilité ont d'ailleurs déposé des demandes d'extension, dont la carte effectue un recensement. La France, par exemple, a déposé des demandes d'extension pour 800 000 km², autour des îles Kerguelen notamment. Que reste-t-il pour les eaux internationales, dites « héritage partagé de l'humanité » ? Un espace mité, qui se réduit au fil des ans.

À NOTER
L'océan Arctique n'est en réalité pas approprié en totalité. Il est l'objet de concurrences acharnées entre les États riverains, dont la Russie.

2. Espace : le champ des possibles

• Pour l'espace extra-atmosphérique, en revanche, l'appropriation par les États est absente des documents. En fait, le traité de l'Espace de 1967, qui fait toujours référence, interdit l'appropriation de l'espace ou des corps célestes par les États. Il prévoit aussi la non-militarisation de la Lune et l'interdiction de mise en orbite d'armes nucléaires. Selon les Nations unies, l'espace extra-atmosphérique rejoint le statut de la haute mer ainsi que le continent antarctique.

• Or, ce traité de l'Espace ne concerne pas le secteur privé, en dépit d'arguties juridiques jusqu'ici vaines. Cela explique sans doute que, en 2015, le Space Act du président Obama ait autorisé les sociétés américaines à extraire les ressources minières des astéroïdes et des planètes…

Conclusion

[Réponse à la problématique] Espace et océans permettent donc, dans une très large mesure, d'infirmer les prophéties apocalyptiques sur la pénurie des ressources naturelles, énergétiques et minières. À deux nuances près : ces espaces, nouvelles frontières de l'Humanité, sont encore mal connus et leur exploitation économique appartient à un futur plus ou moins proche ; surtout, leur appropriation inégale par les États, voire par les entreprises privées, est annonciatrice de conflits géopolitiques aiguisés à mesure que la donne énergétique et minière terrestre sera bouleversée. [Ouverture] Enfin, l'exploitation de ces ressources ne sera-t-elle pas compromise par la lutte contre le réchauffement climatique ?

6 Étude critique de document

Rivalités et coopérations en Méditerranée orientale

2 heures
10 points

INTÉRÊT DU SUJET • Ce sujet mobilise vos connaissances sur les zones de tensions mais aussi de coopérations à propos des ressources maritimes, ici les gisements gaziers récemment découverts en Méditerranée orientale.

DOCUMENT Gaz offshore en Méditerranée orientale

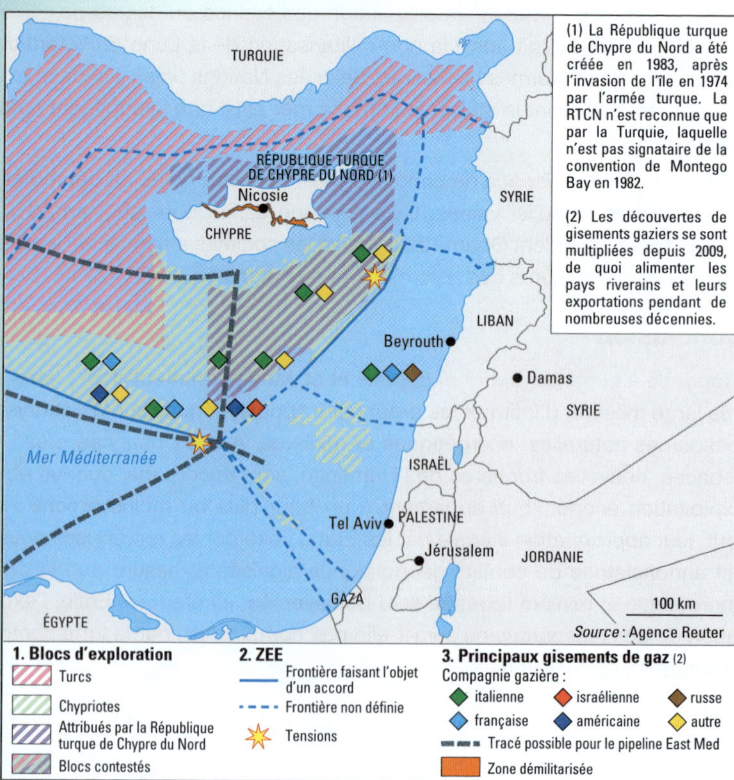

En analysant le document et en vous appuyant sur vos connaissances, montrez les rivalités et les coopérations en Méditerranée orientale autour des enjeux gaziers

LES CLÉS DU SUJET

Identifier le document

Nature, genre, source
- Carte de synthèse
- Reuter : agence de presse

Auteur et destinataire
- Journalistes – site d'information généraliste
- Grand public

Document

Espace et échelle(s)
- Méditerranée orientale
- Échelle régionale

Thème
- Enjeux énergétiques (gaz)
- Rivalités et coopérations

Comprendre la consigne

- La découverte, depuis 2009, d'importants gisements de gaz dans la région provoque des convoitises entre États, générant coopérations mais surtout rivalités.
- Ces rivalités sont d'autant plus vives qu'elles se greffent sur un contexte géopolitique déjà tendu entre les puissances régionales.

Dégager la problématique et construire le plan

Dans quelle mesure la découverte de richesses énergétiques dans la Méditerranée orientale révèle-t-elle les rivalités et coopérations entre les puissances régionales ?

I. Des coopérations à de multiples échelles	• Quels accords de ZEE ? • Par quels moyens les acteurs coopèrent-ils ?
II. De nouvelles rivalités dues aux enjeux gaziers…	• Les tracés des ZEE sont-ils toujours consensuels ? • Quelles sont les limites des blocs d'exploration attribués par les États ?
III. …qui rejouent dans un contexte géopolitique tendu	• Quelles sont les relations entre Israël et la bande de Gaza ? • Quelles sont les relations entre Chypre et la Turquie ?

S'ENTRAÎNER

6 CORRIGÉ GUIDÉ

Les titres et les indications entre crochets ne doivent pas figurer sur la copie.

Introduction

[Accroche] Le Proche-Orient et la Méditerranée orientale font déjà partie des zones de tensions dans le monde. [Présentation du sujet] Or, la découverte récente de gisements gaziers provoque des coopérations, mais surtout des rivalités entre les États riverains. [Problématique] Dans quelle mesure la découverte de ces richesses énergétiques accroît-elle les rivalités mais aussi les coopérations entre les puissances régionales ? [Annonce du plan] En fait, si des coopérations à de multiples échelles peuvent être observées [I], les enjeux gaziers génèrent des rivalités nouvelles d'autant plus vives [II] qu'elles rejouent sur un contexte géopolitique déjà tendu [III].

I. Des coopérations à de multiples échelles

1. Des limites de ZEE parfois consensuelles

- Les limites de ZEE entre Chypre et le Liban, par exemple, ont fait l'objet d'un accord international conformément à la convention de Montego Bay.
- Cette convention des Nations unies sur le droit de la mer, signée en 1982, précise des règles communes, valables notamment pour l'attribution des zones économiques exclusives entre les États (200 milles nautiques, soit environ 370 km). Il est évidemment plus facile de s'entendre lorsque aucune ressource ne se trouve à cheval sur les limites.

2. La coopération avec les firmes gazières pour l'exploitation des gisements

- Les firmes gazières du monde entier coopèrent avec les États : on relève sur le document la présence de firmes italiennes, américaines, françaises, israéliennes et russes, notamment. Elles seules, en effet, possèdent les technologies nécessaires à l'exploitation en offshore profond des gisements gaziers. Le gisement Leviathan, qui se situe dans la ZEE israélienne, est ainsi conjointement exploité par des firmes israéliennes et la firme américaine Noble Energy.
- Les firmes coopèrent avec les États et se font concurrence entre elles pour obtenir les meilleurs blocs, selon des procédures pacifiées éprouvées depuis longtemps.

[Transition] Ces coopérations entre certains acteurs ne sont cependant pas exclusives de rivalités, surtout entre les États de la sous-région.

> ▶ **Le secret de fabrication**
> Il est judicieux d'insérer une phrase de transition entre les parties, de façon à clarifier pour le correcteur l'enchaînement de votre commentaire, dont le raisonnement progresse d'une partie à l'autre.

II. De nouvelles rivalités dues aux enjeux gaziers…

1. Des limites de ZEE conflictuelles

• De nombreuses limites n'ont en effet pas fait l'objet d'accords et certaines sont conflictuelles, surtout si elles se trouvent à cheval sur un gisement identifié. Néanmoins, l'absence d'accords ne signifie pas nécessairement tensions ou conflits, le document montre que les limites qui ont fait l'objet d'un accord sont très minoritaires. C'est ainsi le cas des limites entre les ZEE d'Israël, du Liban et de la bande de Gaza, dont le statut d'État n'est pas encore reconnu.

• Dans de nombreux cas, il est raisonnable de penser que ces limites n'ont pas fait l'objet d'un accord par désintérêt des États pour des ZEE qui semblaient sans grande valeur. Ce n'est plus le cas aujourd'hui.

• Enfin, plusieurs pays de la région n'ont pas signé la convention de Montego Bay : c'est le cas de la Turquie, d'Israël, de la Syrie et de la République turque de Chypre du Nord (RTCN), non reconnue par la communauté internationale.

2. La lutte pour l'attribution des blocs d'exploration

• Les recouvrements des différents blocs d'exploration présents sur le document montrent bien les tensions entre les pays. Les gisements gaziers de Méditerranée orientale découverts depuis 2009, sans être exceptionnels, représentent « de quoi alimenter les pays riverains et leurs exportations pendant de nombreuse décennies » (légende du document).

• Les blocs d'exploration sont surtout contestés par Chypre, d'une part, la RTCN et la Turquie, d'autre part. Le document montre que les blocs d'exploration turcs dépassent très largement les limites de la ZEE qui devrait être attribuée à cette dernière.

• Les recouvrements donnent lieu à des tensions très vives. La Turquie du président Erdogan joue dans la région un jeu dangereux, comme le montre l'actualité récente. Le bateau d'exploration gazière turc *Oruç Reis* a en effet mené des campagnes dans la zone, escorté par des navires de guerre turcs.

> **À NOTER**
> L'expansionnisme turc se manifeste aussi à l'ouest, autour des îles grecques voisines de la Turquie continentale.

S'ENTRAÎNER

[Transition] Or, la sous-région connaît déjà un contexte géopolitique marqué par des tensions entre les acteurs étatiques.

III. ...qui rejouent dans un contexte géopolitique tendu

1. Au sud, les tensions entre Israël et Gaza

• Les tensions, toujours d'actualité entre Israël et le territoire palestinien de la bande de Gaza, sont réactivées par l'exploitation du gisement à la frontière des deux ZEE, que l'on peut distinguer sur le document.

• La bande de Gaza est l'un des deux territoires (avec la Cisjordanie) dont l'Autorité palestinienne entend faire un État. Depuis 2006, toutefois, le mouvement islamiste Hamas a pris le pouvoir sur cette bande de terre et alimente une guerre larvée contre Israël, qui réplique par un blocus.

> **À NOTER**
> La bande de Gaza, territoire étroit en bordure de la Méditerranée, entre Israël et l'Égypte, abrite deux millions d'habitants.

• Ce blocus s'exerce également sur mer, restreignant ainsi la pêche. Inutile de dire que les gisements gaziers, présents en bout de ZEE, sont inaccessibles aux Gazaouis.

2. Au nord, les tensions héritées du conflit gelé à Chypre

• Mais c'est surtout autour de Chypre que se focalisent les tensions géopolitiques. Chypre est une île à population mélangée, d'origine grecque très majoritairement, mais avec des minorités d'origine turque. Après l'invasion du nord du pays par la Turquie en 1974, la RTCN a été créée en 1983, reconnue par la seule Turquie. Une zone démilitarisée coupe l'île en deux : une force d'interposition des Nations unies y est présente.

• L'émergence de la Turquie et les vastes projets géopolitiques du président Erdogan enveniment la situation, notamment avec la nouvelle doctrine turque de la « patrie bleue ». Celle-ci prévoit l'extension de la souveraineté turque en Méditerranée orientale, au détriment de la Grèce et de Chypre. La découverte de gaz complique encore un éventuel règlement. C'est ce contexte géopolitique très difficile que révèle aussi le document.

Conclusion

[Réponse à la problématique] Si des coopérations existent, les découvertes gazières ont généré de nouvelles tensions entre États riverains et rivaux, tensions d'autant plus vives qu'elles rejouent dans un contexte géopolitique déjà tendu, en particulier du fait d'acteurs régionaux comme la Turquie ou Israël. [Ouverture] Le passé conflictuel entre les acteurs régionaux semble un facteur déterminant des rivalités énergétiques actuelles.

7 Dissertation

La Chine à la conquête de l'espace, des mers et des océans

2 heures
10 points

INTÉRÊT DU SUJET • Ce sujet vous permettra de mobiliser l'ensemble des connaissances de l'objet de travail conclusif en une vaste synthèse. La principale difficulté consiste à formuler une problématique globale.

▶ La Chine à la conquête de l'espace, des mers et des océans.

LES CLÉS DU SUJET

Analyser le sujet

La Chine à la conquête de l'espace, des mers et des océans

Formulation
- Question de cours typique sur l'intitulé du programme
- Possibilités d'affirmation de la Chine offertes par l'espace et les océans

Bornes spatiales
Espace, mers et océans

Type de sujet
Synthèse problématisée, sujet analytique

Notions et mots clés
- La Chine : une puissance qui s'affirme
- Espace et océans

Dégager la problématique

- Dans le cadre du programme, l'espace, les mers et océans sont envisagés comme des enjeux, mais leur conquête et leur contrôle constituent aussi un facteur de puissance. Il faut donc **connecter les deux notions : puissance/espace et océans.**

• Dans quelle mesure la conquête de l'espace, des mers et des océans constitue-t-elle pour la Chine un facteur et un enjeu de puissance ?

Construire le plan

• Le propos doit partir des **objectifs géopolitiques** de la Chine dans les deux dimensions, spatiale et océanique. Il faudra ensuite montrer comment les stratégies chinoises se déploient, par exemple en **dissociant les enjeux économiques des enjeux géostratégiques.**
• Vous pouvez réaliser une production graphique (schéma ou petit croquis) pour appuyer votre propos.

I. L'affirmation d'une puissance planétaire	• Quel est l'objectif géopolitique de la Chine ? • Comment la Chine entend-elle rattraper les États-Unis sur les plans maritime et spatial ?
II. Les nouvelles dimensions économiques chinoises	• En quoi le contrôle des routes maritimes est-il vital pour la Chine ? • Quel est l'objectif du développement des activités spatiales chinoises ?
III. Les nouvelles dimensions géostratégiques chinoises	• Comment la Chine entend-elle s'assurer des capacités de projection mondiales ? • La Chine va-t-elle militariser l'espace ? Dans quel but ?

7 CORRIGÉ GUIDÉ

Les titres et les indications entre crochets ne doivent pas figurer sur la copie.

Introduction

[Accroche] L'accession de la Chine au premier rang des puissances mondiales n'est, semble-t-il, plus qu'une question de temps. [Présentation du sujet] Or, une telle promotion n'est possible que par la conquête, le contrôle, l'exploitation des deux dimensions spatiale et océanique, qui seules permettent une projection globale de la puissance. [Problématique] Dans quelle mesure la conquête de l'espace, des mers et des océans constitue-t-elle pour la Chine un facteur et un enjeu de puissance ? [Annonce du plan] Les objectifs géopolitiques chinois dans ces deux dimensions sont manifestes [I]. Les stratégies de l'empire du Milieu s'y déploient tant sur le plan économique [II] que géostratégique [III].

I. L'affirmation d'une puissance planétaire

1. Du « siècle de la honte » au « rêve chinois » : retour à la première place

• Au XIXe siècle, la Chine passe sous le contrôle commercial des Occidentaux. Ce « siècle de la honte » s'achève en 1949, avec la naissance de la République populaire de Chine.

• Après une expansion économique foudroyante, la Chine est devenue aujourd'hui la deuxième puissance du monde. Le président Xi Jinping promet pour 2049 la réalisation du « rêve chinois » : le retour de la Chine à la première place.

2. Le rattrapage maritime chinois pour dépasser les États-Unis

• Le pays s'est donc attaché à conquérir la suprématie navale. La flotte militaire chinoise est désormais la deuxième du monde, la première par le nombre de bâtiments (plus de 600).

• Elle a également modernisé ses capacités militaires : deux porte-avions, six autres bientôt opérationnels, sous-marins nucléaires lanceurs d'engins (SNLE), missiles antinavires hypersoniques.

3. La conquête spatiale : course en tête ? course en solitaire ?

• Sur le plan spatial, la Chine s'efforce également de « rattraper et dépasser les États-Unis ». Son budget spatial, le deuxième au monde (11 milliards de dollars), est toutefois difficile à estimer avec précision, car de nombreux secteurs travaillent sur les technologies spatiales.

À NOTER
Cette expression reprend un slogan lancé en 1957 par Nikita Khrouchtchev, dirigeant de l'URSS.

• Depuis 2019, la Chine est le premier pays pour le nombre de lancements spatiaux (un tiers du total mondial). Toutefois, elle bénéficie de peu de coopérations internationales.

II. Les nouvelles dimensions économiques chinoises

1. Le contrôle des routes maritimes

• On comprend la nécessité stratégique pour la Chine de contrôler les routes maritimes, et en particulier les points de passage stratégiques (canaux, détroits), dont dépend son commerce. En effet, la Chine est le premier exportateur et le deuxième importateur mondial. Le détroit de Malacca, en particulier, voit passer l'essentiel des importations du pays en pétrole, en provenance du Moyen-Orient, et constitue une vulnérabilité majeure.

▶ Le secret de fabrication

Après avoir énoncé l'idée générale de la partie en tête de paragraphe (la nécessité stratégique de contrôler les routes maritimes), illustrez cette idée par un exemple qui en démontrera la validité et montrera au correcteur la précision de vos connaissances (le détroit de Malacca).

2. Les nouvelles routes de la soie

• Le pays a maintenant besoin d'ouvrir de nouveaux marchés à sa puissante industrie. D'où le lancement des « nouvelles routes de la soie », projet à 1 000 milliards de dollars qui comprend un volet maritime important, avec la construction d'infrastructures dans les pays partenaires. L'objectif est ainsi d'arrimer l'Asie, l'Europe et l'Afrique à l'économie chinoise.

3. La conquête spatiale : prestige et incubateur technologique

• La conquête spatiale chinoise est une composante fondamentale du rattrapage technologique de l'Occident. L'industrie spatiale est en effet un formidable stimulus de la recherche et de l'innovation. C'est aussi un facteur de prestige incontestable et fortement médiatisé.

III. Les nouvelles dimensions géostratégiques chinoises

1. Contrôler les mers proches

• La suprématie navale doit permettre le contrôle des mers de Chine orientale et méridionale (*). Malgré l'opposition des pays riverains, la politique chinoise du fait accompli (*) et son mépris du droit international lui assurent des positions de plus en plus fortes.

• Cela inquiète Taïwan, que la Chine considère comme une province séparatiste. Les récentes constructions navales chinoises montrent que la Chine se dote de moyens d'invasion (navires amphibies).

2. Permettre la projection planétaire

• Pour s'assurer une projection de puissance planétaire, la Chine doit également toucher au verrou de Malacca (*). Une fois brisé le confinement américain de la première chaîne d'îles, elle pourra déployer ses porte-avions et SNLE (*).

3. Vers la militarisation de l'espace ?

• Dans l'espace, la Chine installe massivement des satellites de renseignement et des armes antisatellites. Elle avance ses grands projets de conquête spatiale (station orbitale, base lunaire permanente, exploration de Mars), dont les objectifs scientifiques et de prestige se doublent de composantes stratégiques et militaires.

Le confinement américain

CONSEIL
Dans cette partie, vous pouvez schématiser les mers proches pour visualiser la problématique géostratégique de la Chine. Quelques informations suffisent. Utilisez un code couleur simple. Dans votre copie, faites référence à votre schéma dès que c'est possible (ici par des astérisques).

Conclusion

[Réponse à la problématique] Les dimensions spatiales et océaniques, parce qu'elles sont encore incomplètement contrôlées par les États, sont ainsi les dimensions privilégiées du déploiement de la nouvelle puissance chinoise, qui y mène des stratégies agressives au service d'objectifs ambitieux. [Ouverture] Les États-Unis en déclin seront-ils tentés d'étouffer l'ascension de la Chine pendant que le rapport de force leur est encore très favorable ? Le « piège de Thucydide » se refermera-t-il prochainement ?

8 Dissertation

La Chine et l'espace

2 heures
10 points

INTÉRÊT DU SUJET • Le sujet vous invite à analyser les liens entre la puissance géopolitique de la Chine et le domaine spatial. En quoi l'un renforce-t-il l'autre ?

▶ La Chine et l'espace.

LES CLÉS DU SUJET

Analyser le sujet

La Chine et l'espace

Formulation
Deux termes simples : le sujet repose sur leur connexion

Type de sujet
Sujet analytique

Bornes chronologiques et spatiales
- La Chine et le domaine spatial
- Depuis la guerre froide

Notions et mots clés
- Conquête spatiale
- Course à l'espace
- Puissance

Dégager la problématique

• Le domaine spatial a vu l'affrontement des deux superpuissances (États-Unis et URSS) pendant la guerre froide. Or, l'émergence de la Chine réactive les rivalités dans ce domaine.

• Dans quelle mesure la course à l'espace exprime-t-elle l'affirmation géopolitique et géoéconomique de la puissance chinoise et comment la renforce-t-elle ?

Construire le plan

I. Le « Grand Rattrapage »	• Détaillez les étapes de la course à l'espace côté chinois. • Relativisez ce « Grand Rattrapage ».
II. Des projets qui ouvrent une nouvelle ère	• Faites le point des projets spatiaux chinois. • Montrez en quoi ces projets sont avancés et soulignent les ambitions chinoises en la matière.
III. Des enjeux considérables	• Analysez les enjeux géoéconomiques et géopolitiques. • Analysez les obstacles auxquels la Chine doit faire face.

8 CORRIGÉ GUIDÉ

Les titres et les indications entre crochets ne doivent pas figurer sur la copie.

Introduction

[Accroche] Il y a très longtemps vivait Chang'e, l'épouse de l'archer Houyi. Ayant avalé à tort une double dose d'élixir d'immortalité, Chang'e perdit le contrôle de son corps et s'envola dans la Lune, où, depuis, elle vit éternellement. [Présentation du sujet] Cette légende chinoise nous rappelle que l'empire du Milieu s'est toujours intéressé à l'espace. Mais cet intérêt prend aujourd'hui des formes davantage technologiques. [Problématique] Dans quelle mesure la course à l'espace exprime-t-elle l'affirmation géopolitique et géoéconomique de la puissance chinoise et comment la renforce-t-elle ? [Annonce du plan] La Chine, partie en retard dans la course à l'espace, s'est en effet lancée dans un « Grand Rattrapage » [I]. Ses projets pour un avenir proche montrent qu'elle va aujourd'hui au-delà du simple rattrapage de l'Occident [II]. En effet, les enjeux tant économiques que géopolitiques liés au domaine spatial sont considérables [III].

▶ Le secret de fabrication

Parfois, une accroche un peu différente des autres copies ou des pratiques habituelles peut surprendre le correcteur. C'est le cas ici : partez d'un élément de la mythologie chinoise (la déesse de la Lune, Chang'e) et rapprochez-la d'un des éléments du sujet (ici, la sonde spatiale Chang'e) pour mener le lecteur vers le sujet.

I. Le « Grand Rattrapage »

1. La Chine dépendante de l'aide soviétique

• En 1956, en pleine guerre froide, le dirigeant chinois Mao Zedong inaugure un programme de missiles balistiques : l'objectif est militaire, mais il peut aussi servir à entrer dans la course à l'espace.

• Avec l'aide des Soviétiques, les Chinois lancent en 1970 un premier satellite artificiel, Dong Fang Hong 1, au moyen d'une fusée Longue Marche 1. La Chine devient ainsi, après l'URSS, les États-Unis, la France et le Japon, la 5e puissance spatiale de l'Histoire.

> **À NOTER**
> Ce nom, Longue Marche, fait référence au périple de l'Armée populaire de libération dirigée par Mao pendant la guerre civile chinoise en 1934-1935.

2. Le tournant des années 2000

• C'est cependant à partir des années 2000 que la Chine devient une puissance spatiale à part entière. Son exceptionnelle croissance économique depuis 1979 lui en donne enfin les moyens. Le budget spatial chinois – officiellement 11 milliards de dollars par an – semble modeste (48 milliards pour la NASA), mais il est en fait particulièrement opaque en raison de son caractère stratégique. Il finance en effet un programme spatial à marche forcée : le « Grand Rattrapage ».

• En 2003, un premier taïkonaute est envoyé autour de la Terre dans une capsule Shenzhou 5. En 2008, un Chinois à bord d'une capsule Shenzhou 7 effectue une première sortie extravéhiculaire. En 2011, la Chine lance sa première station spatiale, Tiangong 1. Elle est aujourd'hui numéro 1 en matière de lancements spatiaux, assurant en 2019 un tiers des lancements. Elle multiplie les mises en orbite de satellites.

> **MOT CLÉ**
> Un taïkonaute est un spationaute chinois. Ce nom a été construit à partir du mot chinois *taikong,* « espace » et du suffixe *-naute* « navigateur ».

3. Objectif Lune ou le début de l'ère Chang'e

• En 2013, la Chine franchit une nouvelle étape et rejoint le rang des puissances lunaires. Cette année-là, la mission Chang'e 3 dépose à la surface de notre satellite naturel un petit *rover* automatique, Yutu (« Lapin de jade »). En 2018, l'agence spatiale chinoise, la CNSA, récidive en lançant sa sonde lunaire, Chang'e 4, qui comprend un atterrisseur et un autre *rover*, Yutu 2.

• L'exploit est tout autre cependant, car l'atterrisseur se pose le 3 janvier 2019 sur la face cachée de la Lune, ce qu'aucune autre puissance spatiale n'avait jamais réalisé, en raison de l'obstacle que constitue alors la Lune pour les communications avec la Terre (un projet que ni Américains ni Soviétiques n'ont jugé cependant utile d'accomplir… il y a quarante ans !).

> **À NOTER**
> La Lune tourne autour de la Terre en lui présentant toujours la même face.

[Transition] Le Grand Rattrapage est aujourd'hui à peu près terminé. La Chine est désormais une puissance spatiale de premier plan. Autrefois fondé sur des transferts massifs d'anciennes technologies soviétiques puis russes, voire sur un espionnage non moins massif des technologies occidentales, son programme spatial est à présent autonome. Une nouvelle ère s'ouvre.

II. Des projets qui ouvrent une nouvelle ère

1. Une station spatiale chinoise permanente

• Si les Américains ont annoncé leur retrait de la station spatiale internationale (ISS) à partir de 2024, le gouvernement chinois a pour sa part prévu la mise en orbite, d'ici 2022, d'une station spatiale habitée. Cette station, Tiangong 3 (« palais céleste »), permettra alors à la Chine d'être le seul pays au monde à disposer d'une station orbitale.

• Ce projet est destiné à mettre au point les technologies spatiales dont manque la Chine, à préparer les équipages à des vols spatiaux de longue durée, et aussi à effectuer des expériences scientifiques en microgravité.

2. Une base lunaire habitée

• Cette expérience du vol spatial sera en effet déterminante pour la poursuite des projets spatiaux chinois. Le Grand Rattrapage de la Chine dans la conquête spatiale serait en effet incomplet sans l'envoi d'un humain sur la Lune, puisque cela a été fait par les États-Unis dès 1969. La Chine veut cependant aller plus loin, avec la création, d'ici 2030, d'une base lunaire permanente, peuplée dans un premier temps par des robots, puis par des humains.

• Un simulateur de base lunaire a été construit à Pékin par l'université de Beihang, pour s'entraîner à des séjours de longue durée. Des retours d'échantillons lunaires sont programmés par les missions Chang'e 5 et 6. Chang'e 7 et 8 devront explorer complètement le pôle Sud de la Lune et mener les essais technologiques préalables à l'installation de la base lunaire. Celle-ci sera le point de départ pour d'autres projets, plus ambitieux encore.

3. Des projets à plus long terme

• La Chine a en effet d'autres projets en cours. Certains sont directement liés à sa future station Tiangong 3, comme la création de centrales solaires dans l'espace. Ce projet, qui utilise des technologies bien connues, est déjà en cours de réalisation : une station solaire expérimentale devrait fonctionner entre 2021 et 2025.

• D'autres projets sont liés à la future base lunaire, comme l'extraction de l'hélium-3 ou de minerais lunaires. Enfin, la Chine tourne ses regards vers Mars : la décennie 2020 devrait être celle de l'envoi de sondes martiennes, avec des *rovers* d'exploration, des retours d'échantillons vers 2030, et même la colonisation de la planète après 2040.

[Transition] La Chine a certes toujours du retard dans la course à l'espace : ses grandes réussites d'aujourd'hui sont celles des États-Unis et de l'URSS des années 1960. Il est néanmoins hors de doute que les efforts de Pékin vont au-delà du simple rattrapage. Les enjeux sont en effet considérables.

III. Des enjeux considérables

1. Des enjeux économiques

• L'innovation spatiale est en effet un levier de développement, qui entraîne de nombreux secteurs économiques. Or, la Chine a placé le développement technologique au premier plan de ses préoccupations, avec le plan *Made in China 2025*. Les dépenses de R&D ont augmenté de 900 % en dix ans et atteignent aujourd'hui 400 milliards de dollars. L'économie chinoise de 2049, date de réalisation du « rêve chinois » du président Xi Jinping, doit être le leader technologique mondial.

• Les technologies spatiales sont donc un vecteur essentiel de ce développement technologique, par les applications infinies qui en découlent. La technologie solaire spatiale permettra un développement propre et peu coûteux. Les ressources minières lunaires repousseront les limites de l'épuisement annoncé des ressources terrestres.

2. Des enjeux géopolitiques

• La maîtrise spatiale est un atout géopolitique et symbolique majeur, qui renforce le prestige, donc le *soft power* du pays, ce qui explique le silence sur les échecs et la publicité donnée aux succès spatiaux chinois. Sur le plan intérieur, la fierté nationale est un outil de gouvernement essentiel pour l'État chinois, obsédé par le contrôle de sa propre population.

• Sur le plan géostratégique, les applications militaires de l'espace sont légion : navigation satellitaire, détection des missiles balistiques, guidage des drones, satellites d'observation optique et électronique... Or, les activités spatiales chinoises sont sous le contrôle de l'Armée populaire de libération, et la plupart de ces activités sont mixtes, c'est-à-dire à double emploi civil et militaire.

3. L'espace, prochain théâtre d'affrontement ?

• La Chine ayant fait la preuve régulière de ses capacités d'espionnage, les États-Unis leur appliquent la réglementation ITAR. Aucun composant électronique américain sensible ne peut ainsi figurer dans les satellites lancés par la Chine ou dans toute autre activité spatiale.

> **MOT CLÉ**
> L'*International Traffic in Arms Regulation*, réglementation sur le trafic d'armes international, existe depuis 1976.

• L'isolement de la Chine dans le domaine spatial est donc lié à des raisons économiques et géostratégiques, les États-Unis considérant à juste titre Pékin comme son principal rival au XXIe siècle. Il est vrai que le partage de technologies sensibles avec un partenaire qui a régulièrement montré sa capacité à copier illégalement des technologies étrangères ne va pas de soi.

Conclusion

[Réponse à la problématique] Le Grand Rattrapage chinois dans la course à l'espace, même s'il doit pour le moment être encore relativisé, débouche sur des projets susceptibles d'assurer à la Chine du XXIe siècle une suprématie totale. Le domaine spatial renforce en effet le développement économique par les effets d'entraînement technologique qu'il implique. L'espace est donc un des leviers d'affirmation économique de la Chine. Mais la maîtrise du domaine spatial a également des implications militaires et géostratégiques majeures, à la fois de *hard* et *soft power*. En cela, l'espace participe de l'affirmation géopolitique de la puissance chinoise et la renforce de façon itérative.

[Ouverture] Le « rêve chinois » du président Xi Jinping comporte manifestement une dimension spatiale. Hollywood ne s'y est pas trompé : dans le film *Seul sur Mars*, la NASA accepte une offre de sauvetage chinoise impliquant une fusée secrète. Finalement, l'honneur est sauf et c'est un vaisseau américain qui sauve Matt Damon. Mais pour combien de temps encore ?

9 Étude critique de document

La géopolitique maritime de la Chine

2 heures
10 points

INTÉRÊT DU SUJET • Une grande partie du « rêve chinois » du président Xi Jinping se déploie dans l'espace maritime. La Chine y affirme son projet de puissance.

En analysant le document et en vous appuyant sur vos connaissances, caractérisez le projet géopolitique chinois dans le domaine maritime.

DOCUMENT **La Chine, « pays maritime fort », pour quoi faire ?**

Première exportatrice de biens manufacturés et première importatrice d'énergie, l'économie chinoise dépend aujourd'hui à 90 % de la mer pour ses échanges, contre seulement 9,8 % à la fin des années 1970. La nécessité pour Beijing de protéger ses routes maritimes se traduit depuis dix ans par des patrouilles antipiraterie dans le golfe d'Aden et par une diplomatie navale active dans les mers lointaines. Mais [...] la Chine reste avant tout focalisée sur ses intérêts fondamentaux : dissuader le séparatisme taïwanais et son corollaire, une intervention américaine au secours de l'île rebelle, et préserver le *statu quo* dans « ses mers » où des différends l'opposent à au moins sept pays. Dénoncée pour son intransigeance, elle cherche pourtant à promouvoir la coopération avec tous, à travers un plan « gagnant-gagnant », la route maritime de la soie, que ses détracteurs dénoncent comme la constitution d'un réseau d'influence et de points d'appui, bientôt mondial. [...]

Si la Chine nie toute intention hégémonique de peser sur la terre, [...] ses instruments navals de « pays maritime fort » pourraient affecter le futur de Taïwan, en rendant moins probable une assistance américaine en cas d'invasion.

La Chine semble en effet vouloir se doter de cinq porte-avions en complément du *Liaoning*, l'ex-*Varyag* (65 000 t), mis en service en 2012. En 2019, la marine recevra son deuxième porte-avions, qui en est dérivé. La classe suivante (002, deux unités) déplacerait 85 000 t et serait doté de trois catapultes électromagnétiques, la première unité étant déjà sur cale. Viendraient ensuite deux analogues de porte-avions nucléaires Ford américains (100 000 t) […]. [Mais] l'argument de la défense des routes maritimes n'a pas grand sens pour un porte-avions.

Alexandre Sheldon-Duplaix, « La Chine, “pays maritime fort”, pour quoi faire ? », *DSI. Défense et Sécurité internationale*, n° 138, Areion Group, Paris, nov.-déc. 2018.

LES CLÉS DU SUJET

Identifier le document

Document

Nature, genre, source
- Texte d'analyse
- Revue de géostratégie *DSI* : *Défense et Sécurité Internationale*

Auteur et destinataire
- Spécialiste de l'histoire navale
- Public averti

Date et échelle
- Novembre-décembre 2018, donc récent
- Échelles nationale (Chine), régionale (Asie orientale) et mondiale

Thème
Les aspects de la puissance maritime chinoise

Comprendre la consigne

- Quelles informations le texte donne-t-il pour comprendre les aspects maritimes du projet de puissance de la Chine ? Dans quelle mesure vos propres connaissances permettent-elles d'expliciter certains de ces aspects ? Dans quelle mesure permettent-elles de critiquer certains passages du texte ?
- Le document doit être analysé avec soin pour dégager plusieurs thèmes que vous étudierez ensuite de façon critique.

Dégager la problématique et construire le plan

Dans quelle mesure la dimension maritime du projet géopolitique chinois peut-elle remettre en question les rapports de force internationaux actuels ?

I. Les intérêts fondamentaux de la Chine	Quels sont les différents aspects des intérêts fondamentaux de la Chine en matière maritime ?
II. Des signes d'affirmation de puissance mondiale	Dans quelle mesure le déploiement de la puissance maritime chinoise est-il le signe d'une volonté de puissance ?

9 CORRIGÉ GUIDÉ

Les titres et les indications entre crochets ne doivent pas figurer sur la copie.

Introduction

[Accroche] Longtemps la Chine a tourné le dos à la mer. On se souvient des voyages de l'amiral Zheng He, entre 1405 et 1433, qui ne débouchèrent sur rien. [Présentation du sujet] Ce désintérêt pour la mer a vécu. La Chine contemporaine déploie au contraire des efforts soutenus pour devenir « un pays maritime fort ». C'est ce qu'aborde cet article d'un spécialiste des affaires maritimes, Alexandre Sheldon-Duplaix, dans la revue *Défense et Sécurité internationale*. [Problématique] Dans quelle mesure cette dimension maritime du projet géopolitique chinois peut-elle remettre en question les rapports de force internationaux actuels ? [Annonce du plan] Si la préservation des intérêts fondamentaux de la Chine contemporaine garantit à l'espace maritime une place de choix [I], le pays donne de la défense de ces intérêts une vision pacifique contredite par des actes qui sont ceux d'une puissance mondiale en voie d'affirmation [II].

▶ **Le secret de fabrication**

Dans une étude de document, il est capital de citer le texte, de l'insérer entre guillemets, et d'en préciser les numéros de lignes. Si le sujet ne donne pas ces numéros de lignes, il faudra le faire vous-même, à la main. Tentez ensuite d'expliquer, d'illustrer, de mettre en perspective, voire de critiquer le texte à la lumière de vos connaissances.

I. Les intérêts fondamentaux de la Chine

1. La dépendance maritime de la Chine

• Le document établit le changement fondamental du paradigme maritime chinois : autrefois dépendante de la voie maritime pour « 9,8 % à la fin des années 1970 » (l. 3-4), c'est-à-dire avant les réformes de Deng Xiaoping, « l'économie chinoise dépend aujourd'hui à 90 % de la mer pour ses échanges » (l. 2-3). Entre-temps, le PIB de l'empire du Milieu s'est envolé grâce à une insertion réussie dans la mondialisation.

• Or, cette dépendance concerne aussi bien les importations (d'énergie) que les exportations (de produits manufacturés) : le pays est le premier exportateur mondial (l. 1), mais aussi le 2e importateur mondial derrière les États-Unis. On comprend mieux, dès lors, « la nécessité pour Beijing de protéger ses routes maritimes » (l. 4-5), notamment celle du détroit de Malacca, et sa lutte « antipiraterie dans le golfe d'Aden » (l. 5-6), sur la route du canal de Suez.

S'ENTRAÎNER

2. Taïwan et les mers de Chine

• Mais la Chine « reste avant tout focalisée sur ses intérêts fondamentaux » (l. 7-8). La question taïwanaise, brûlante depuis 1949, fait partie des *casus belli* pour la Chine continentale, qui n'a jamais accepté le séparatisme de l'île contrôlée par le Kuomintang. Or, à plusieurs reprises, les velléités de récupérer l'île rebelle se heurtèrent à la puissance de l'US Navy (1954-55, 1958, 1995-96).

À NOTER
Le Kuomintang est le Parti nationaliste chinois qui perdit la guerre civile contre le Parti communiste mené par Mao Zedong.

• De même, dans les mers de Chine méridionale et orientale, les « intérêts fondamentaux » (l. 7-8) de la Chine se heurtent, d'une part, aux pays riverains, d'autre part, aux puissances occidentales, qui mènent des opérations pour assurer la liberté de navigation. En mer de Chine méridionale, les revendications chinoises (la ligne à neuf traits) s'expriment au mépris du droit maritime de la convention de Montego Bay.

[Transition] La préservation de ces intérêts fondamentaux s'exprime-t-elle toutefois, comme semble l'indiquer l'auteur, par des voies pacifiques ?

II. Des signes d'affirmation de puissance mondiale

1. *Statu quo* et coopération ?

• L'auteur affirme en effet la volonté chinoise de « préserver le *statu quo* » (l. 9-10). Une affirmation difficile à valider en l'état. En effet, le *statu quo* signifie pour la Chine la reconnaissance de la toute-puissance de la marine américaine dans la zone, et donc une situation de sujétion incompatible avec les discours nationalistes (« le rêve chinois ») du président Xi Jinping.

• La « coopération avec tous, à travers un plan "gagnant-gagnant", la route maritime de la soie » (l. 12-13), est la face publique d'une stratégie de « constitution d'un réseau d'influence et de points d'appui, bientôt mondial » (l. 14-15). Le changement d'échelle montre bien que le projet de puissance chinois s'affirme.

2. Les porte-avions chinois, outils de projection de puissance

• La montée en puissance de la marine chinoise n'est pas décrite dans le document : rappelons cependant qu'en quatre ans, la Chine a construit l'équivalent en tonnage de la marine française ou britannique !

• L'article conclut sur les porte-avions chinois. Non seulement 6 unités sont prévues, mais elles se modernisent – catapultes électromagnétiques pour la classe 002 (l. 23-24), et les navires de classe 003 seraient tout à fait comparables aux mastodontes américains (classe Gerald Ford, 100 000 tonnes, l. 25-26). Or, les porte-avions sont par essence des outils de projection de puissance, des outils donc incompatibles avec l'image d'une Chine pacifique centrée sur la défense de son seul espace maritime proche.

Conclusion

[Réponse à la problématique] La Chine est donc fortement dépendante de la mer, sans avoir encore pour autant les moyens de contrôle de son espace maritime aux différentes échelles. Sa stratégie de constitution d'une puissance maritime de rang mondial vise la défense de ses intérêts, mais remet aussi en question les structures d'une planète océane où la marine américaine fait la loi. [Ouverture] Preuve supplémentaire de l'intérêt nouveau de la Chine pour la dimension maritime : en 2005, le pays a célébré en grande pompe le 600e anniversaire des voyages de l'amiral Zheng He, après l'avoir laissé dans l'oubli le plus complet pendant six siècles.

10 France métropolitaine • Juin 2021
DISSERTATION

Construire la paix depuis 1648

2 heures
10 points

INTÉRÊT DU SUJET • C'est un sujet de cours : des connaissances précises et solides vous permettront de le traiter sans souci majeur à condition de maîtriser la méthode de la dissertation et de soigner votre expression écrite.

Quels sont les moyens pour construire la paix depuis 1648 ?

S'ENTRAÎNER

LES CLÉS DU SUJET

Analyser le sujet

Formulation
- Formule interrogative
- Borne chronologique de départ indiquée

Bornes chronologiques et/ou spatiales
- 1648 : traités de Westphalie
- Échelle mondiale (implicite)

Quels sont les moyens pour construire la paix depuis 1648 ?

Type de sujet
Sujet évolutif

Notions et mots clés
- Paix : état durable de non-guerre
- Moyens : modalités
- Construire : mettre en œuvre un processus dans la durée

Dégager la problématique

- À partir de 1648 (traités de Westphalie), la construction de la paix s'effectue par des traités internationaux. À partir du XXe siècle, s'impose peu à peu le principe de sécurité collective.
- Quels sont les moyens pour construire la paix depuis 1648 ?

Construire le plan

De 1648 à nos jours, les moyens de construction de la paix évoluent : un plan chronologique s'impose.

I. De 1648 au début du XXe siècle : construire la paix par les traités	• Quels sont les principes du système westphalien ? • Comment sont-ils mis en œuvre jusqu'au début du XXe siècle ?
II. Depuis le début du XXe siècle : construire la paix par la sécurité collective	• Dans quel contexte la sécurité collective s'impose-t-elle ? • Quelles sont les modalités et les limites de la sécurité collective ?

10 CORRIGÉ GUIDÉ

Les titres et les indications entre crochets ne doivent pas figurer sur la copie.

Introduction

▶ Le secret de fabrication

En commençant votre dissertation par une citation philosophique, vous donnez de la profondeur à votre propos en le situant sur un plan théorique. De plus, vous faites le lien entre guerre et paix, dans la logique des deux axes du programme consacrés respectivement à la dimension politique de la guerre et au défi de la construction de la paix. Enfin, vous établissez un pont entre vos connaissances de philosophie et d'histoire, ce qui sera apprécié du correcteur.

[Accroche] « L'état de paix n'est pas un état de nature, lequel est au contraire un état de guerre, c'est pourquoi il faut que l'état de paix soit institué », affirme le philosophe Emmanuel Kant dans son ouvrage *Vers la paix perpétuelle* (1795). Il souligne ainsi la difficulté d'instaurer une paix durable.

[Présentation du sujet] Cependant, dès 1648, avec les traités de Westphalie, les États européens fixent des règles internationales censées garantir la paix sur le continent. En vigueur jusqu'au début du XXe siècle, celles-ci sont ensuite remises en cause en raison des deux guerres mondiales.

[Problématique] Dans cette perspective, nous répondrons ainsi à la question suivante : quels sont les moyens pour construire la paix depuis 1648 ? [Annonce du plan] Pour ce faire, nous reviendrons d'abord sur le système westphalien, en vigueur de 1648 au premier conflit mondial [I], puis sur les tentatives de mise en œuvre de la sécurité collective de 1918 à nos jours [II].

I. De 1648 au début du XXe siècle : construire la paix par les traités

1. Trente ans de conflits européens

• De 1618 à 1648, la guerre de Trente Ans, conflit d'abord interne au Saint Empire romain germanique, devient ensuite un conflit européen opposant les principales puissances de l'époque (Saint Empire, Espagne, Danemark, Suède, France).

• Son enjeu est à la fois politique et religieux : la dynastie des Habsbourg de Vienne entend imposer la domination du Saint Empire sur l'Europe ainsi que le catholicisme sur un continent divisé entre catholiques et protestants.

• Dès 1644, au moment où le Saint Empire est mis en difficulté, des négociations de paix sont entreprises.

2. La paix de Westphalie

• En 1648, les traités de Westphalie mettent fin à la guerre de Trente Ans. Outre une réorganisation territoriale de l'Europe aux dépens du Saint Empire, ils fixent de nouvelles règles internationales.

> **À NOTER**
> Il s'agit du traité d'Osnabrück signé entre l'empereur et la Suède et du traité de Münster entre l'empereur et la France.

• Tout d'abord, ils affirment l'égalité entre les États dans les relations internationales. Ensuite, ils reconnaissent la souveraineté de chacun d'entre eux, ce qui exclut toute ingérence dans leurs affaires intérieures. Enfin, ils recherchent un équilibre entre les États pour garantir la paix.

• En outre, les traités confirment le principe de l'unicité de la confession du prince et de ses sujets. La division religieuse de l'Europe est donc entérinée et avec elle disparaît le projet impérial d'une religion catholique universelle.

3. Un système westphalien durable

• De 1648 à 1789, les règles élaborées lors des traités de Westphalie sont mises en œuvre à l'issue des conflits européens : des congrès internationaux sont organisés pour signer des traités de paix. Ces derniers respectent l'égalité entre les États souverains et recherchent un équilibre entre eux, garant de la paix. C'est le cas du traité de Paris (1763) signé entre la France, l'Angleterre, l'Espagne et le Portugal, qui met fin à la guerre de Sept Ans.

• De 1792 à 1815, les guerres menées par la France révolutionnaire et impériale contre les monarchies européennes remettent en cause le système westphalien. En effet, l'hégémonie française sur le continent bafoue la souveraineté des États et l'équilibre entre puissances.

• Dès 1814-1815, le congrès de Vienne restaure le système westphalien. Jusqu'en 1914, ce dernier assure une paix relative à l'échelle continentale.

II. Construire la paix par la sécurité collective (depuis 1918)

1. Une tentative avortée : la Société des Nations

> **MOT CLÉ**
> La sécurité collective est le principe selon lequel les États doivent répondre collectivement aux atteintes à la paix.

• La Première Guerre mondiale marque l'échec du système westphalien. C'est la raison pour laquelle, dès janvier 1918, le président des États-Unis Woodrow Wilson appelle de ses vœux la création d'une « association générale des nations » pour garantir la paix. Le principe de sécurité collective s'impose alors. Il préside à la création de la Société des Nations en avril 1919, qui regroupe d'abord 27 États.

• La SDN, dont le siège est à Genève, est chargée de faire respecter le droit international pour éviter les guerres. Elle peut être amenée à voter des sanctions contre des États agresseurs, sans disposer toutefois de force armée.

• Dès 1920, le retrait des États-Unis de l'organisation la fragilise. Dans les années 1930, elle ne peut empêcher les agressions du Japon, de l'Italie et de l'Allemagne, qui conduisent au second conflit mondial.

2. Une nouvelle tentative : l'Organisation des Nations unies

• En juin 1945, avant même la fin de la Seconde Guerre mondiale, 51 États adoptent la charte des Nations unies lors de la conférence de San Francisco. Son premier objectif est le maintien de la paix, confié au Conseil de sécurité dont chacun des membres permanents (États-Unis, URSS, Chine, France, Royaume-Uni) dispose d'un droit de veto. Contrairement à la SDN, l'ONU dispose d'une force armée : les Casques bleus.

• Cependant, la guerre froide (1947-1991), marquée par l'antagonisme entre les États-Unis et l'URSS qui utilisent leur droit de veto comme une arme géopolitique, paralyse l'action de l'ONU. Ainsi, les opérations de maintien de la paix restent très limitées (15 entre 1948 et 1988).

3. La difficile mise en œuvre de la sécurité collective

• Depuis 1991, l'ONU semble retrouver son efficacité : le succès de la coalition internationale mandatée par elle contre l'Irak lors de la guerre du Golfe (1991) renforce sa légitimité ; les opérations de maintien de la paix sont plus nombreuses (55 entre 1988 et 2019) et concernent tous les continents ; les missions des Casques bleus se complexifient : présence militaire, organisation d'élections libres (ex. : au Timor oriental de 1999 à 2012).

• Cependant, la mise en œuvre de la sécurité collective se heurte à de nombreux obstacles : des guerres intra-étatiques (ex. : en ex-Yougoslavie), l'essor du terrorisme international (dès la fin des années 1990), l'unilatéralisme des États-Unis (à la suite des attentats du 11 septembre 2001). C'est dans ce contexte que le secrétaire général de l'ONU, Kofi Annan (1997-2006) œuvre en faveur de la sécurité collective : une Cour pénale internationale est créée en 1998 ; le principe juridique des États qui doivent protection à leur population est adopté en 2005. Cependant, son action est mise en échec au Kosovo, pourtant sous tutelle des Nations unies dès 1999.

À NOTER
Kofi Annan (1938-2018), haut fonctionnaire ghanéen, a fait toute sa carrière aux Nations unies. Il a reçu le prix Nobel de la paix en 2001.

Conclusion

[Réponse à la problématique] Ainsi, les moyens pour construire la paix ont profondément évolué depuis 1648. Des traités de Westphalie au premier conflit mondial, ce sont les traités signés entre États égaux et souverains à la recherche d'un équilibre qui s'imposent. Ensuite, sous le contrecoup des deux guerres mondiales, s'affirme le principe de sécurité collective, mis en œuvre par une organisation internationale (la SDN puis l'ONU). [Ouverture] Si de nombreuses voix s'élèvent en faveur d'une réforme de l'ONU (en augmentant par exemple le nombre de membres permanents du Conseil de sécurité), cette organisation conserve cependant sa légitimité en tant que garante de la paix.

S'ENTRAÎNER

11 Sujet zéro 2020 • ÉTUDE CRITIQUE DE DOCUMENT

Le modèle westphalien, ses caractéristiques et sa pertinence

2 heures
10 points

INTÉRÊT DU SUJET • Ce sujet vous permettra de porter un regard critique sur le modèle westphalien en le confrontant à la réalité des relations internationales contemporaines. Il sera l'occasion de montrer la solidité de vos connaissances personnelles.

En analysant le document et en vous appuyant sur vos connaissances, répondez à la question suivante : le « modèle westphalien » permet-il de comprendre les relations internationales d'aujourd'hui ?

DOCUMENT

Si la paix de Westphalie a marqué un tournant dans l'histoire des nations, c'est parce que les éléments qu'elle a mis en place étaient aussi simples que radicaux. L'État – et non l'empire, la dynastie ou la confession religieuse – s'affirma comme l'élément fondamental de l'ordre européen. La notion de souveraineté étatique fut établie. Le droit de chacun des signataires de choisir sa propre structure intérieure et son orientation religieuse personnelle indépendamment de toute intervention fut reconnu, tandis que des clauses absolument nouvelles veillaient à ce que des confessions minoritaires puissent pratiquer leur foi en paix, sans risquer la conversion forcée. Au-delà des exigences immédiates de l'heure, les principes d'un système de « relations internationales » se mettaient en place, nourris par le désir commun d'éviter la réapparition d'une guerre totale sur le continent. On institua des échanges diplomatiques, notamment par l'installation de représentants permanents dans les capitales des autres États […]. Les parties voyaient dans l'organisation future de conférences et de consultations la création de tribunes qui permettraient de régler les querelles avant qu'elles n'entraînent des conflits armés. Le droit international élaboré pendant la guerre par des conseillers lettrés et voyageurs tels que Hugo de Groot (Grotius) apparut comme un ensemble extensible de règles admises par tous, destinées à cultiver l'harmonie, centrées autour des traités de Westphalie eux-mêmes.

Le génie de ce système, et la raison pour laquelle il s'est répandu à travers le monde, était que ses dispositions portaient sur des points de procédure, et non de fond. Si un État acceptait ces conditions de base, il pouvait être reconnu comme un citoyen international en mesure de préserver sa culture, sa politique, sa religion et sa politique intérieure personnelles, à l'abri de toute intervention extérieure du système international. [...] Le concept westphalien prenait la multiplicité comme point de départ et intégrait des sociétés diverses, dont chacune était acceptée comme une réalité, dans une quête d'ordre commune. Au milieu du xxe siècle, ce système international était en vigueur sur tous les continents ; il constitue toujours la charpente de l'ordre international actuel.

Henry Kissinger, *L'Ordre du monde*, édition originale 2014, traduction française, Fayard, 2016.

LES CLÉS DU SUJET

Identifier le document

Document

Nature, genre, source
- Traité géopolitique
- *L'Ordre du monde*

Auteur
Henry Kissinger, ancien secrétaire d'État des présidents américains Nixon et Ford

Date et contexte
2014 (traduit en français en 2016) : au moment où le leadership des États-Unis et l'autorité de l'ONU sont contestés

Thème
La pérennité du modèle westphalien

Comprendre la consigne

• La consigne vous invite à montrer en quoi les règles internationales élaborées lors des traités de Westphalie (1648) président aux relations internationales contemporaines.

• L'auteur souligne l'actualité de ce « modèle westphalien » : à l'aide de vos connaissances, vous devez critiquer son point de vue.

Dégager la problématique et construire le plan

• Le principal enjeu du sujet est de montrer les principes de fonctionnement des relations entre États au début du XXIe siècle en les reliant au « système westphalien », garant de la paix dans le monde.

• La problématique est indiquée par le sujet : le « modèle westphalien » permet-il de comprendre les relations internationales d'aujourd'hui ?

I. Un ordre mondial fondé sur les États ?	• Quels principes régissent les relations internationales ? • En quoi obéissent-ils au modèle westphalien ?
II. Un système international garant de la paix ?	• Comment fonctionnent les relations internationales ? • Dans quelle mesure traduisent-elles l'héritage westphalien ?

11 CORRIGÉ GUIDÉ

Les titres et les indications entre crochets ne doivent pas figurer sur la copie.

Introduction

[Présentation du document] Le document proposé est extrait d'un traité géopolitique *L'Ordre du monde* écrit par l'Américain Henry Kissinger qui a été notamment secrétaire d'État des présidents Richard Nixon et Gerald Ford. Il a été rédigé en 2014, au moment où le leadership des États-Unis et l'autorité de l'ONU sont contestés. L'auteur y défend la pérennité des règles élaborées lors des traités de Westphalie en 1648. [Problématique] Nous analyserons ce texte pour répondre à la question suivante : dans quelle mesure le « modèle westphalien » permet-il de comprendre les relations internationales contemporaines ? [Annonce du plan] Aussi aborderons-nous deux axes d'analyse : l'ordre mondial est-il toujours fondé sur les États ? [I] Le système des relations internationales contemporaines est-il garant de la paix ? [II]

I. L'ordre mondial est-t-il toujours fondé sur les États ?

1. Les États au cœur du système westphalien

• La paix de Westphalie (1648), qui met fin à la guerre de Trente Ans (1618-1648), instaure de nouveaux principes dans les relations internationales. C'est ce que rappelle Henry Kissinger au début de ce texte (« Si la paix de Westphalie… que radicaux », l. 1-3).

• Le premier de ces principes est le rôle fondamental des États dans l'organisation politique de l'Europe. La logique étatique supplante alors la logique impériale, dynastique ou religieuse ; celle-ci est incarnée par le Saint Empire romain germanique dirigé par la dynastie catholique des Habsbourg (« L'État… ordre européen », l. 3-5).

CONSEIL
En citant cet exemple, vous explicitez le propos de l'auteur en vous appuyant sur vos connaissances personnelles : c'est un atout pour votre copie.

• Le second est la reconnaissance de la souveraineté des États, qui exclut toute ingérence dans les affaires internes, notamment religieuses. Il rappelle ainsi l'ambition des Habsbourg d'imposer le catholicisme à l'ensemble du continent européen dans la première moitié du XVIIe siècle (« La notion de souveraineté… conversion forcée », l. 5-10).

2. Des relations internationales dominées par les États ?

• À l'heure actuelle, les États restent les principaux acteurs des relations internationales, comme l'illustre la puissance mondiale des États-Unis et de la Chine. Cependant, depuis la fin du XXe siècle, s'affirment des acteurs non étatiques comme les organisations terroristes internationales (Al-Qaida, l'organisation État islamique) qui contestent précisément le rôle des États.

• De même, la souveraineté des États est souvent mise à mal par de nombreuses ingérences extérieures. Ainsi, depuis 2015, une coalition de pays musulmans sunnites dirigée par l'Arabie saoudite mène une intervention militaire au Yémen contre une rébellion chiite soutenue par l'Iran.

À NOTER
L'Arabie saoudite considère le Yémen comme son « arrière-cour » ce qui justifie pour elle cette intervention militaire.

S'ENTRAÎNER

II. Le système international est-il garant de la paix ?

1. L'héritage du modèle westphalien

• Comme le rappelle Henry Kissinger, les traités de Westphalie, inspirés par la pensée de Grotius, ont pour but d'éviter la guerre par des règles internationales élaborées de concert par les États (« Le droit international… eux-mêmes », l. 19-23). Parmi ces règles : la souveraineté des États, l'égalité entre eux, la recherche d'un équilibre européen, la reconnaissance de la diversité religieuse du continent.

> **À NOTER**
> Auteur du traité *De Jure Belli ac Pacis* (1625), le Néerlandais Hugo de Groot, dit Grotius, est considéré comme un des pères fondateurs du droit international.

• L'action diplomatique et l'organisation de conférences internationales deviennent peu à peu les moyens privilégiés pour garantir la paix en Europe (« On institua des échanges… conflits armés », l. 14-18). Nous pouvons penser au congrès de Vienne (1814-1815), qui clôt les guerres des périodes révolutionnaire et impériale, ou à la conférence de la paix de Paris (1919-1920), qui fait suite au premier conflit mondial.

2. Des relations internationales pacifiques ?

• D'après Henry Kissinger, le système westphalien, destiné à garantir un ordre européen, s'est étendu ensuite à l'échelle mondiale. Il fait implicitement référence à la création de l'Organisation des Nations unies en 1945, qui était destinée notamment à maintenir la paix et la sécurité dans le monde (« Au milieu du XXe siècle… ordre international actuel », l. 33). La Charte des Nations unies reprend alors les principes fixés par les traités de Westphalie.

• Forte de 51 membres lors de sa création, l'ONU est passée à 184 membres en 1994 puis 193 membres aujourd'hui, intégrant peu à peu des États d'Afrique et d'Asie autrefois colonisés puis d'anciens États du bloc soviétique (« Le concept westphalien… une quête d'ordre commune », l. 30-33).

• Cependant, si l'ONU conserve un rôle important dans le maintien de la paix (envoi de casques bleus dans de nombreuses zones de guerre), elle semble impuissante face à certains conflits dans lesquels interviennent des puissances régionales ou des organisations terroristes (ex. : Mali, République démocratique du Congo, Syrie, Yémen, Irak, Afghanistan). Henry Kissinger se montre donc trop optimiste quant au bilan de l'action de l'ONU.

> **CONSEIL**
> Ce type de remarque souligne votre esprit critique vis-à-vis du point de vue de l'auteur : c'est donc un élément qui valorise votre copie.

Conclusion

[Réponse à la problématique] Ainsi, d'après l'analyse de ce document et nos connaissances personnelles, nous pouvons conclure que le modèle westphalien ne permet que partiellement de comprendre les relations internationales contemporaines. En effet, selon l'auteur, ce modèle repose sur le rôle central des États dans l'organisation politique de l'Europe et l'affirmation de leur souveraineté. Or, à l'heure actuelle, les acteurs non étatiques contestent leur rôle, et leur souveraineté est parfois mise à mal par des ingérences extérieures à l'occasion de conflits. D'autre part, il rappelle que le modèle westphalien repose sur l'élaboration d'un droit international et la prédominance de la diplomatie sur la guerre. À l'heure actuelle, l'ONU semble garante de ces principes mais parvient difficilement à assurer une paix durable dans certaines régions du monde, comme l'« arc des crises », qui va du Sahel à l'Afghanistan [Critique du document] L'intérêt de ce texte est de souligner la force et la longévité du modèle westphalien à travers l'histoire. Cependant, ayant exercé ses fonctions durant la guerre froide, l'auteur reste prisonnier d'un schéma peu valide en ce début du XXIe siècle.

▶ Le secret de fabrication

Vous pouvez ainsi souligner la principale limite du document en fin de conclusion : cela vous permet d'achever votre analyse de façon particulièrement pertinente. En effet, le point de vue de Henry Kissinger, qui a exercé ses plus hautes responsabilités diplomatiques durant les années 1970, est daté. C'est ce qui sous-tend l'ensemble de votre développement. Il est donc tout à fait bienvenu de clore votre démonstration par cette remarque. Le correcteur appréciera sans doute l'esprit critique dont vous faites preuve.

L'évolution des formes de la guerre

2 heures
10 points

INTÉRÊT DU SUJET • Ce sujet vous permettra de réinvestir les notions vues dans l'introduction du thème 2 (typologie des conflits actuels), ainsi que tout l'axe 1 (dimension politique de la guerre). Un bel exemple de sujet de synthèse !

En analysant les documents, en les confrontant et en vous appuyant sur vos connaissances, caractérisez les différentes formes de guerres.

DOCUMENT 1

ph © akg-images/Interfoto/Bildarchiv Hansmann

Estampe de Johann Lorenz Rugendas (1775-1826), *La Grande Bataille d'Austerlitz*, début du XIXe siècle.

DOCUMENT 2

Composé en bonne partie de moudjahidines[1] étrangers ayant prêté allégeance à Oussama Ben Laden, mais contrôlé en Irak même par le Jordanien Abou Moussad Al-Zarkaoui, AQI (Al-Qaida en Irak) est à l'origine d'une campagne d'une extrême violence contre les forces de la coalition, le gouvernement irakien et les chiites du pays. Son objectif avoué consiste à faire voler en éclats le nouvel Irak en vue d'y instituer un califat. Par habitude, nous avons entrepris de cartographier l'organisation en lui attribuant une structure militaire traditionnelle, avec ses échelons et ses rangs. Au sommet se trouvait Al-Zarkaoui, suivi d'une succession de lieutenants et de fantassins. Cependant, plus nous y réfléchissons, plus nous constatons que ce modèle ne fonctionnait pas. Les lieutenants d'AQI n'attendaient pas les directives de leurs supérieurs pour agir, et encore moins les ordres de Ben Laden. Les décisions se prenaient de façon décentralisée, mais rapide, puis étaient transmises horizontalement à travers l'organisation. Les combattants d'Al-Zarkaoui étaient bien adaptés aux régions qu'ils fréquentaient, comme Falloujah et Al-Qaim[2], dans la province orientale d'Anbar et, grâce à la technologie moderne, ils entretenaient des liens étroits avec le reste de la province et du pays. Argent, propagande et information circulaient à un rythme alarmant, permettant une coordination rapide et efficace. Nous les voyions changer de tactique (passer d'attaques à la roquette à des attentats suicides, par exemple) quasi simultanément dans différentes villes. Ils exécutaient une funeste chorégraphie dont la structure, souvent méconnaissable, était en constante évolution.

Propos tenus en 2011 dans la revue *Foreign Policy* par le commandant des forces spéciales américaines Stanley McChrystal (2003-2008), in Jérémy Scahill, *Dirty Wars. Le Nouvel Art de la guerre*, 2014.

1. Combattants engagés dans le djihad.
2. Villes d'Irak.

LES CLÉS DU SUJET

Identifier le document

Nature, genre, source
- Doc. 1 : gravure de la bataille d'Austerlitz
- Doc. 2 : extrait d'un entretien paru dans la revue *Foreign Policy* en 2011, cité dans un livre

Auteurs
- Doc. 1 : Johann Lorenz Rugendas, peintre bavarois
- Doc. 2 : Stanley McChrystal, commandant des forces spéciales américaines de 2003 à 2008

Documents 1 et 2

Dates et contexte
- Doc. 1 : début du XIXe siècle, en Europe
- Doc. 2 : 2011, dix ans après les attentats du 11 septembre

Thèmes
- Doc. 1 : la victoire de Napoléon à Austerlitz
- Doc. 2 : les mutations du groupe Al-Qaida en Irak

Comprendre la consigne

- L'étude de documents concerne les formes de la guerre, sujet théorisé par Clausewitz, qui distingue la guerre réelle de la guerre absolue.
- Vous devez mettre en relation les deux documents et les analyser ensemble. Confrontez chaque exemple à la théorie de Clausewitz et montrez ensuite que cette théorie est en partie dépassée aujourd'hui.

Dégager la problématique et construire le plan

- Le modèle de Clausewitz propose une grille de lecture des guerres, que ce soit celles du passé, comme les guerres napoléoniennes ou des guerres plus actuelles, comme celles qui sont menées par des organisations terroristes. Cependant, cette grille de lecture ne concerne que les guerres régulières, interétatiques, et elle perd de sa pertinence pour analyser les guerres d'aujourd'hui.
- La problématique peut être celle-ci : l'analyse de Clausewitz, construite à partir de l'observation des guerres d'hier, est-elle toujours pertinente pour étudier les conflits contemporains ?

I. Des formes de guerres clausewitziennes ?
- En quoi les guerres napoléoniennes correspondent-elles aux formes de la guerre théorisées par Clausewitz ?
- Comment analyser le terrorisme islamiste à l'épreuve de la théorie de Clausewitz ?

II. Un modèle clausewitzien remis en cause
- Quelle est la spécificité des guerres irrégulières et asymétriques ?
- Qu'implique la présence d'acteurs non conventionnels ?

12 CORRIGÉ GUIDÉ

Les titres et les indications entre crochets ne doivent pas figurer sur la copie.

Introduction

[Accroche] Dans son ouvrage posthume, *De la guerre*, publié à partir de 1832, Carl von Clausewitz affirme que celle-ci est un « caméléon » puisqu'elle change sans cesse de formes. Sa théorie militaire reste aujourd'hui une référence pour étudier les conflits de l'époque moderne mais aussi les guerres actuelles. [Présentation du sujet] Le document 1 est un tableau historique du peintre bavarois Johann Lorenz Rugendas. Il représente la bataille d'Austerlitz durant les guerres napoléoniennes. Le second document est un extrait d'un ouvrage de Jérémy Scahill paru en 2014 dans lequel sont cités des propos tenus en 2011 par Stanley McChrystal, commandant des forces spéciales américaines. Il décrit les mutations de l'organisation Al-Qaida en Irak (AQI), plusieurs années après l'intervention dans le pays d'une coalition internationale menée par les États-Unis. [Problématique] On pourra donc se demander si l'analyse de Clausewitz, construite à partir de l'observation des guerres napoléoniennes, est toujours pertinente pour étudier les conflits irréguliers contemporains. [Annonce du plan] Pour ce faire, nous montrerons que les formes de la guerre, théorisées par Clausewitz, correspondent, en partie, aux formes des conflits présentés par les documents [I], puis nous présenterons la remise en question du modèle clausewitzien par la multiplication des guerres irrégulières et/ou asymétriques [II].

> **CONSEIL**
> Lorsqu'une interview est citée dans un ouvrage, présentez brièvement cette source. Ce sont les propos cités qui sont analysés ; l'auteur du document est donc celui qui s'exprime.

I. Des formes de guerres clausewitziennes ?

> **▶ Le secret de fabrication**
> Il est important de partir de l'analyse que Carl von Clausewitz fait des formes de la guerre et d'y revenir régulièrement dans votre devoir. Elle est le fil directeur de votre réflexion.

1. Les guerres napoléoniennes selon le modèle clausewitzien

- Clausewitz distingue la guerre réelle de la guerre absolue. Selon lui, la guerre réelle s'adapte à un contexte politique particulier ; elle fait face à des difficultés matérielles, des imprévus. Le stratège doit prendre en compte l'objectif

S'ENTRAÎNER

final du combat, qui est toujours politique, et les moyens qu'il est prêt à mettre en œuvre pour l'atteindre. Pour Clausewitz, la guerre absolue vise au contraire à l'anéantissement de l'adversaire, car les objectifs sont davantage idéologiques et impliquent une montée « aux extrêmes ».

- La bataille d'Austerlitz, en 1805, correspond en partie au concept de guerre réelle. Cette bataille, qui oppose l'Empire français à une coalition austro-russe, reste l'une des plus grandes victoires de Napoléon ; il y affirme sa puissance et l'influence de la France sur l'Europe. Sur l'estampe il apparaît sur son cheval blanc, sabre levé mais sans adversaires au sol. L'objectif est atteint, la bataille s'achève.

- Néanmoins, les guerres napoléoniennes, parce qu'elles impliquent des enjeux idéologiques – faire triompher les idéaux révolutionnaires – et parce qu'elles mettent en action des citoyens-soldats, favorisent une montée « aux extrêmes ». La violence des combats est suggérée sur le document 1 par les colonnes de fumée qui se détachent derrière la Grande Armée.

2. Le terrorisme islamiste à l'épreuve du modèle de Clausewitz

- Après 2001, la nébuleuse Al-Qaida est affaiblie. Elle multiple la création de groupes associés, dont Al-Qaida en Irak (AQI). Les « moudjahidines » cherchent à déstabiliser l'Irak après l'intervention occidentale de 2003 (document 2). À la date où le commandant des forces spéciales américaines tient ces propos, les troupes d'AQI se fondent progressivement dans celles de l'État islamique et souhaitent établir un « califat » : les objectifs sont aussi territoriaux.

> **À NOTER**
> Al-Qaida en Irak, créée en 2004, se dissout en 2007 puisque ses principaux combattants ont rejoint Daech.

- AQI mène également une « guerre absolue », car elle cherche l'élimination de ses adversaires : « les forces de la coalition », menée par les États-Unis, le gouvernement irakien et les chiites du pays. Le djihad a des motivations idéologiques : faire triompher l'islamisme radical, ce qui explique sa violence. Néanmoins, comme dans la « guerre réelle », le terrorisme s'adapte au contexte en changeant de moyen d'action, « nous les voyions changer de tactique » (document 2, l. 21-22), il cherche « une coordination rapide et efficace » (l. 21). Il mène une « petite guerre », selon les mots de Clausewitz : une guérilla, harcelant ses ennemis par des embuscades et des attentats.

[Transition] La théorie de Clausewitz permet donc de caractériser certaines formes de la guerre. Cependant, elle n'est pas totalement opérante concernant la menace terroriste, dont la nature n'est pas étatique et dont les acteurs ne sont pas conventionnels.

II. Un modèle clausewitzien remis en cause

1. D'une guerre régulière à une guerre irrégulière

• La bataille d'Austerlitz voit s'affronter des États dont les forces sont relativement équilibrées. Les guerres napoléoniennes se déroulent de 1799 à 1815, car il faut plusieurs campagnes militaires à Napoléon pour construire un vaste empire, et plusieurs coalitions contre lui pour aboutir à sa dislocation. La guerre est ici régulière et symétrique.

• En Irak, AQI mène une guerre asymétrique contre les forces américaines et le nouvel État irakien, beaucoup plus puissants que quelques milliers de combattants. Il s'agit aussi d'une guerre hybride, car AQI combine des modes d'action réguliers (« attaques à la roquette », emploi d'artillerie) et des modes d'action irréguliers comme « des attentats suicides » (l. 22). Les attentats sont médiatisés sur Internet, à des fins de propagande et pour terroriser l'ennemi.

MOT CLÉ
La guerre hybride est une stratégie qui allie guerre conventionnelle, guerre asymétrique et cyberguerre.

2. Des acteurs non conventionnels

• Sur l'estampe de Rugendas, on aperçoit les fantassins et les cavaliers derrière l'empereur victorieux : les acteurs de la guerre sont des armées régulières. Au moment de son essor, Al-Qaida apparaît comme une organisation fonctionnant aussi sur ce modèle avec « une structure militaire traditionnelle, avec ses échelons et ses rangs » (l. 8-9), mais en Irak, l'organisation change après 2003 et « les décisions se prenaient de façon décentralisée » (l. 14).

• Le génie militaire du chef ne joue plus un rôle central : « Les lieutenants d'AQI n'attendaient pas les directives de leurs supérieurs pour agir, et encore moins les ordres de Ben Laden » (l. 12-14), dirigeant d'Al-Qaida. Les combattants viennent de plus en plus de l'étranger et notamment d'Europe.

Conclusion

[Réponse à la problématique] Ainsi, les deux documents proposés soulignent bien les points communs et les différences des formes de la guerre à des époques différentes. Pour Clausewitz, elle est soit réelle, soit absolue, mais il s'agit toujours de « la continuation de la politique par d'autres moyens ». Néanmoins, les guerres actuelles menées par le terrorisme brouillent cette grille de lecture. [Ouverture] La menace terroriste subsiste et change de forme. Les terroristes étant privés de moyens de grande envergure, ce sont aujourd'hui des attaques de « loups solitaires » qui se multiplient. Or, comme le disait Clausewitz, c'est à ses effets politiques que l'on évalue le résultat d'une guerre.

13 Sujet spécimen 2021
ÉTUDE CRITIQUE DE DOCUMENTS

Des guerres de nature différente

2 heures
10 points

INTÉRÊT DU SUJET • Il s'agit d'un sujet de synthèse qui couvre le premier axe et l'objet conclusif du thème 2. Il vous permettra de valoriser à la fois vos connaissances et vos qualités d'analyse.

En analysant les documents, en les confrontant et en vous appuyant sur vos connaissances, caractérisez les différentes formes de guerres.

DOCUMENT 1

ph © akg-images

Frédéric II marchant le 25 août 1758 à la tête de ses troupes à la bataille de Zorndorf, une victoire prussienne sur les troupes russes pendant la guerre de Sept Ans.

D'après le tableau du peintre allemand Carl Röchling, 1904.

DOCUMENT 2

Au moment où il écrit cet ouvrage, Marc Trévidic est juge d'instruction au pôle national antiterroriste à Paris.

Évidemment, et ce nom revenait aussi dans les dossiers, Al-Qaida était au centre de mes lectures. Aujourd'hui, personne n'ignore ce qu'est cette organisation, le nom d'Oussama Ben Laden est célèbre dans le monde entier. Avant le 11 septembre, Al-Qaida était surtout connu des services spécialisés. Certes, Ben Laden était depuis la fin des années 1990 l'un des fugitifs les plus recherchés par le FBI. Son nom et celui de son organisation apparaissaient dans certains articles de presse ou reportages télé. Mais dans la tête du grand public, il n'était pas encore l'ennemi public numéro un. Al-Qaida était au mieux un nom bizarre. Et l'idée que cette obscure organisation puisse faire vaciller l'Amérique était proprement inconcevable. [...] L'Occident a laissé les camps d'entraînement afghans prospérer, les jihadistes ont pu circuler dans le monde entier, librement, ou sous de fausses identités, tandis que les théoriciens de la terreur lançaient des fatwas[1] depuis Londres, sans être inquiétés. Les attentats se multipliaient, les menaces de Ben Laden contre l'Occident ne cessaient d'enfler, ses troupes grossissaient mais rien n'a pu stopper cette machine infernale. En retraçant la montée en puissance d'Al-Qaida, graduelle, planifiée, méthodique, on réalise à quel point la catastrophe était prévisible. Permettez-moi ce retour historique. Al-Qaida est un mot arabe que l'on peut traduire par « la base ». Ces dernières années, les théories se sont succédé sur les raisons pour lesquelles ce mot a finalement été choisi pour désigner la plus grande organisation terroriste du monde. Il est même difficile d'accorder la paternité de ce choix à qui que ce soit. Il fallait bien un nom car toute chose doit être nommée. Certains disent qu'il s'agit de désigner avant toute chose une « base militaire », d'autres soutiennent qu'il s'agit d'une base de données. Force est de constater qu'Al-Qaida a été les deux.

Marc Trévidic, *Au cœur de l'antiterrorisme*, 2011.

---

1. Dans le droit musulman, une fatwa est un avis religieux et juridique, sur une question concrète. Ici, le mot est synonyme de condamnation.

LES CLÉS DU SUJET

Identifier les documents

Nature, genre, source
- Doc. 1 : tableau historique de source inconnue
- Doc. 2 : texte extrait de l'essai géopolitique *Au cœur de l'antiterrorisme*

Auteur
- Doc. 1 : le peintre allemand Carl Röchling
- Doc. 2 : Marc Trévidic, juge d'instruction au pôle national antiterroriste français

Documents 1 et 2

Date et contexte
- Doc. 1 : 1904, au moment de la montée des tensions en Europe
- Doc. 2 : 2011, dix ans après les attentats du 11 septembre

Thèmes
- Doc. 1 : la victoire prussienne sur les troupes russes à Zorndorf (1758)
- Doc. 2 : la montée en puissance d'Al-Qaida

Comprendre la consigne

- Vous devrez préciser les caractéristiques des différentes formes de guerre abordées par chacun des deux documents : une guerre « classique » qui correspond au modèle théorisé par Clausewitz ; une guerre irrégulière qui s'en éloigne.
- Vous devrez mettre en relation les deux documents en les analysant ensemble à l'aide de critères étudiés en cours (nature des conflits, acteurs des conflits).

Dégager la problématique et construire le plan

- Si le modèle de Clausewitz permet de caractériser les conflits du XVIIIe siècle, il n'est plus pertinent pour analyser ceux de la période contemporaine. En effet, on est passé de guerres classiques à des guerres irrégulières.
- La problématique peut être celle-ci : Quelles sont les différences entre les guerres classiques de l'époque moderne et les guerres irrégulières contemporaines ? On pourra y répondre à l'aide d'un plan thématique.

I. La nature des guerres	• À quelle échelle le conflit se déroule-t-il ? • S'agit-il de conflits exclusivement politiques ? • Peut-on mesurer l'intensité des conflits ?
II. Les acteurs des guerres	• Quel est le rôle des États ? Quel est celui des acteurs non étatiques ? • Comment s'équilibrent les forces en présence ?

13 CORRIGÉ GUIDÉ

Les titres et les indications entre crochets ne doivent pas figurer sur la copie.

Introduction

[Accroche] Élaborée au début du XIXe siècle, la théorie militaire de Carl von Clausewitz permet d'analyser les conflits de l'époque moderne. Cependant ceux de l'époque contemporaine semblent échapper à cette grille d'analyse, comme le montrent ces deux documents. [Présentation des documents] Le premier document proposé est un tableau historique du peintre allemand Carl Röchling, réalisé en 1904 au moment de la montée des tensions entre États européens. Il représente la bataille de Zorndorf (1758) durant la guerre de Sept Ans. Le second document est un extrait d'un ouvrage publié en 2011, *Au cœur de l'antiterrorisme,* par Marc Trévidic, juge d'instruction au pôle national antiterroriste entre 2006 et 2015. Ce texte géopolitique décrit la montée en puissance de l'organisation Al-Qaida.

> **À NOTER**
> Carl Röchling (1855-1920) est un peintre allemand spécialisé dans la représentation de scènes de guerre et historiques.

[Problématique] Nous analyserons ces documents, en les confrontant, pour répondre à la question suivante : quelles sont les différences entre les guerres classiques de l'époque moderne et les guerres irrégulières contemporaines ?
[Annonce du plan] Pour ce faire, nous reviendrons sur la nature de ces conflits [I] puis sur leurs acteurs [II].

I. Des conflits de nature différente

1. Des échelles différentes

- Le document 1 nous rappelle que la guerre de Sept Ans, type même d'une guerre classique, est un conflit européen ; il oppose les troupes prussiennes aux troupes russes dans le cadre d'alliances, entre la Prusse et l'Angleterre, d'une part, la Russie, l'Autriche, la France, la Suède, l'Espagne et les princes allemands, de l'autre.

- Le document 2 souligne la dimension planétaire de l'activité d'Al-Qaida tant dans sa visibilité (« le nom d'Oussama Ben Laden est célèbre dans le monde entier », l. 3-4) que dans son champ d'action (« les jihadistes ont pu circuler dans le monde entier », l. 12-13).

2. Des enjeux différents

- Le principal enjeu de la guerre moderne est politique : il s'agit pour l'État belligérant d'affirmer sa puissance face à l'adversaire. Carl Röchling a choisi de

S'ENTRAÎNER

représenter le moment de la bataille de Zorndorf où le roi de Prusse Frédéric II donne à ses troupes la victoire sur les Russes. Au cours de la guerre de Sept Ans, la Prusse s'affirme en effet comme une grande puissance européenne.

• L'enjeu des attentats terroristes perpétrés par Al-Qaida est idéologique. Comme le note Marc Trévidic (« L'Occident a laissé… sans être inquiétés », l. 12-15), le principal objectif de cette organisation est de lutter contre les valeurs occidentales au nom d'une interprétation littérale et stricte du Coran.

3. Des conflits d'inégale intensité

• Comme le suggère le nombre de cadavres au premier plan du tableau (document 1), les guerres modernes sont particulièrement meurtrières. Ainsi, la bataille de Zorndorf entraîne en une seule journée la mort d'environ 10 000 soldats prussiens et 20 000 soldats russes.

• Le document 2 n'aborde pas explicitement le bilan humain des attentats perpétrés par Al-Qaida (« les attentats se multipliaient », l. 15-16). Cependant nous savons qu'en 2011, le nombre de victimes du terrorisme dans le monde s'élevait à 7 000 environ. Le nombre de victimes est donc relativement limité, comparé à celui des guerres modernes.

> **CONSEIL**
> N'hésitez pas à souligner les limites du document pour valoriser votre esprit critique auprès du correcteur.

II. Des acteurs différents

1. Acteurs étatiques et non étatiques

• Les principaux acteurs des guerres modernes sont les États. Le tableau de Carl Röchling le souligne bien avec la présence du roi de Frédéric II brandissant le drapeau du royaume de Prusse. Il précède les soldats de son armée, vêtus du même uniforme, qui se lancent à l'assaut des troupes russes (non représentées ici).

> **▶ Le secret de fabrication**
> Lorsque vous êtes en présence d'un document iconographique (tableau, photographie), vous devez en exploiter les informations pour justifier votre propos, en évitant la simple description qui ne serait qu'une forme de paraphrase. En relevant les éléments propres à l'entité étatique (le souverain, le drapeau, l'uniforme), vous êtes bien dans une logique argumentative.

• Le XXIe siècle voit l'irruption de « la plus grande organisation terroriste du monde » (l. 23-24) : Al-Qaida. Cette dernière agit en réseau à l'échelle mondiale sans direction centralisée ni ancrage territorial. Marc Trévidic souligne combien les États occidentaux, restés dans une logique de guerre froide, semblent impuissants face à cet adversaire (« Et l'idée… cette machine infernale », l. 10-18).

2. D'une guerre symétrique à une guerre asymétrique

• Les guerres de l'époque moderne se caractérisent par un relatif équilibre entre les forces militaires en présence. C'est pourquoi, il faut sept longues années de guerre pour que la Prusse sorte victorieuse de son affrontement avec l'Autriche et ses alliés.

• Au contraire, à l'époque contemporaine, la lutte des États occidentaux contre le terrorisme est asymétrique : les États-Unis, première puissance militaire mondiale, font face à quelques milliers de combattants. Ces derniers les attaquent sur leurs points faibles avec des attentats ciblés (comme ceux du 11 septembre), qui ont un fort impact psychologique sur les populations en raison de leur médiatisation (« Aujourd'hui… dans le monde entier », l. 2-4).

> **MOT CLÉ**
> Une guerre asymétrique se caractérise par un déséquilibre des forces militaires antagonistes.

3. D'une guerre régulière à une guerre irrégulière

• La guerre de l'époque moderne voit s'affronter principalement les armées régulières des États belligérants. Le document 1 rappelle que la bataille de Zorndorf marque la victoire de l'armée prussienne face à l'armée russe. C'est un des résultats de la réorganisation de l'armée prussienne mise en œuvre par le roi Frédéric-Guillaume Ier (1713-1740), père de Frédéric II.

• L'époque contemporaine est celle de guerres irrégulières, comme celle menée par Al-Qaida : cette organisation (« base militaire », l. 27) n'a pas d'armée régulière ; il n'y a plus de distinction entre combattants et non-combattants puisque les civils constituent des cibles privilégiées ; il n'y a plus de terrain d'affrontement circonscrit (« les jihadistes… le monde entier », l. 12-13).

Conclusion

[Réponse à la problématique] Ainsi, les deux documents proposés soulignent bien les différences entre les guerres modernes et les guerres contemporaines. Elles divergent d'abord par leur nature : à des conflits européens, aux enjeux politiques et de forte intensité s'opposent des conflits mondiaux, aux enjeux idéologiques et de moindre intensité. Par ailleurs, si les premières sont dominées par des États mobilisant leurs armées, avec un relatif équilibre des forces en présence, les secondes voient s'affirmer des acteurs non étatiques et sont à la fois asymétriques et irrégulières. [Intérêt et limites des documents] Les documents illustrent deux formes de guerre. Cependant, le document 1 n'est pas un document source, ce qui peut fausser l'analyse de la guerre moderne. Par ailleurs, le document 2, écrit dix ans après les attentats du 11 septembre, se montre parfois déterministe quant à la montée en puissance d'Al-Qaida (« la catastrophe était prévisible », l. 19-20).

14 Sujet spécimen 2021
ÉTUDE CRITIQUE DE DOCUMENTS

Clausewitz à l'épreuve des tentatives de paix au Moyen-Orient

2 heures
10 points

INTÉRÊT DU SUJET • Cette étude, assez difficile, doit vous permettre de faire preuve de réflexion pour mettre en lien la théorie de Clausewitz avec la tentative de résolution du conflit israélo-palestinien. La bonne compréhension du texte s'avère indispensable pour la mener à bien.

▶ **En analysant les documents, en les confrontant et en vous appuyant sur vos connaissances, montrez que la pensée de Clausewitz reste d'actualité pour comprendre la difficile construction de la paix au Moyen-Orient.**

DOCUMENT 1

On ne peut considérer la guerre, c'est-à-dire les tensions et les actions hostiles, comme ayant atteint son terme aussi longtemps que la volonté de l'ennemi n'a pas été brisée, son gouvernement et ses alliés contraints de faire la paix, son peuple de se soumettre. Car il se peut que les hostilités reprennent, de l'intérieur du pays ou par l'entremise de ses alliés, quand bien même nous l'occupons tout entier. Bien entendu, cela peut avoir lieu aussi après que la paix a été conclue, ce qui ne prouve rien d'autre que ceci : toutes les guerres n'aboutissent pas à un verdict définitif et à un règlement parfait. Même si tel est le cas, cependant, la signature de la paix éteint toujours bien des étincelles qui auraient continué de couver [...].

Mais dans le monde réel, cette fin de la guerre abstraite, cet ultime moyen de réaliser la fin politique auquel concourent tous les autres, à savoir la réduction de l'adversaire à l'impuissance, n'est pas à tout coup à portée de la main, et n'est pas non plus la condition *sine qua non* de la paix ; il ne peut donc en aucun cas être érigé en loi par la théorie. D'innombrables traités de paix furent signés sans que l'un des deux camps puisse être considéré comme réduit à l'impuissance, et même avant que l'équilibre des forces ait été visiblement rompu [...].

Dans la réalité, avec l'incapacité à résister plus avant, il y a deux raisons de faire la paix. La première est l'invraisemblance de la victoire, la deuxième son coût trop élevé [...].

La guerre n'a donc pas toujours besoin que les combats continuent jusqu'à l'anéantissement de l'un des antagonistes ; il peut suffire parfois d'une probabilité d'insuccès légère, peut-être à peine perceptible, pour décider un camp à abandonner la partie si ses motifs d'agir et les tensions qui l'animent sont de faible intensité. Si l'autre côté en est persuadé à l'avance, il est normal qu'il vise à réaliser cette probabilité au lieu d'emprunter le long chemin de l'anéantissement complet de l'adversaire.

Le bilan de l'énergie dépensée et de celle qui reste à dépenser pèse d'un poids encore supérieur dans la décision de faire la paix. La guerre n'étant pas commise par passion aveugle, mais contrôlée par son objectif politique, c'est la valeur attribuée à ce dernier qui détermine l'ampleur des sacrifices requis par sa réalisation. Cela vaut non seulement pour son ampleur mais également pour sa durée. Dès que la dépense d'énergie passe le seuil où elle n'est plus équilibrée par la valeur de l'objectif politique, il faut y mettre un terme, et la paix s'ensuit logiquement.

Carl von Clausewitz, *De la guerre*, livre I, chapitre II, 1832, traduction française de 1999.

DOCUMENT 2

ph © J. DAVID AKE/AFP

Sur la photo, de gauche à droite : le ministre des Affaires étrangères de Russie Andrei Kozyrev ; le Premier ministre d'Israël Yitzhak Rabin ; un fonctionnaire américain ; le président des États-Unis Bill Clinton ; assis, le ministre des Affaires étrangères d'Israël Shimon Peres ; le président de l'Organisation de libération de la Palestine (OLP) Yasser Arafat ; le secrétaire d'État américain Warren Christopher ; le numéro 2 de l'OLP Mahmoud Abbas.

Signature à Washington des accords d'Oslo, 13 septembre 1993, photographie AFP/Getty Images.

S'ENTRAÎNER

LES CLÉS DU SUJET

Identifier le document

Documents 1 et 2

Nature, genre, source
- Doc. 1 : traité militaire, *De la guerre*
- Doc. 2 : photographie officielle, AFP

Auteur
- Doc. 1 : le théoricien prussien Carl von Clausewitz (1780-1831)
- Doc. 2 : pas d'auteur identifié

Date et contexte
- Doc. 1 : 1832, après les guerres contre la France révolutionnaire et impériale
- Doc. 2 : 13 septembre 1993, après les négociations secrètes entre Israël et l'OLP

Thèmes
- Doc. 1 : les raisons de faire la paix
- Doc. 2 : les accords israélo-palestiniens d'Oslo

Comprendre la consigne

• La consigne vous invite à montrer que la construction de la paix au Moyen-Orient peut être analysée à la lumière des principes énoncés par Clausewitz dans son traité militaire *De la guerre*.

• Vous partirez des idées directrices du document 1 en les reliant à ce que vous savez du processus de paix israélo-palestinien. Le document 2 n'illustre qu'une étape de ce dernier.

Dégager la problématique et construire le plan

• Depuis 1964, Israël est en guerre contre l'OLP dirigée par Yasser Arafat. Cependant, à partir de 1982, date de la reconnaissance palestinienne de l'État hébreu, les conditions de la paix se mettent en place. Ce processus semble aboutir lors des accords d'Oslo en 1993, remis en cause dès 1995. La pensée de Clausewitz permet d'en comprendre la logique.

• Dans quelle mesure la pensée de Clausewitz permet-elle de comprendre la complexité de la construction de la paix au Moyen-Orient ?

I. Un adversaire réduit à l'impuissance ?	• Quel est le rapport de force israélo-palestinien en 1993 ? • La paix israélo-palestinienne est-elle définitive ?
II. Une victoire improbable ou trop coûteuse ?	• Quel est le risque de la guerre pour les deux parties ? • Quel est le coût de la guerre pour celles-ci ?

14 CORRIGÉ GUIDÉ

Les titres et les indications entre crochets ne doivent pas figurer sur la copie.

Introduction

[Accroche] Après trente ans d'une lutte sans merci, un processus de paix israélo-palestinien s'amorce à partir de 1993. Ces deux documents nous permettent d'en mesurer la complexité. [Présentation des documents] Deux documents nous sont proposés ici. Le document 1 est un extrait du traité militaire *De la guerre* du théoricien prussien Carl von Clausewitz. Il a été publié en 1832, à titre posthume, quelque temps après la fin des guerres entre les coalitions européennes et la France impériale. Dans cet extrait, l'auteur expose les différentes raisons qui poussent des adversaires à faire la paix. Le document 2 est une photographie officielle de presse diffusée par l'AFP. Elle a été prise le 13 septembre 1993, à la suite des négociations secrètes israélo-palestiniennes. Elle présente la signature des accords d'Oslo entre le gouvernement israélien et l'OLP, sous l'égide des États-Unis et de l'URSS.

> **À NOTER**
> La rédaction d'une déclaration de principes entre Israël et l'OLP s'est déroulée à partir de 1992 sous l'égide de la Norvège, d'où la dénomination d'« accords d'Oslo ».

[Problématique] Nous analyserons ces documents pour répondre à la question suivante : dans quelle mesure la pensée de Clausewitz permet-elle de comprendre la complexité de la construction de la paix au Moyen-Orient ? [Annonce du plan] Pour ce faire, nous reprendrons tour à tour les différentes hypothèses de Clausewitz : ce processus est-il le résultat de la réduction à l'impuissance de l'adversaire [I] ou bien celui d'une victoire considérée comme improbable ou trop coûteuse [II] ?

I. La réduction de l'adversaire à l'impuissance ?

1. La théorie de Clausewitz…

- L'auteur rappelle que la guerre a pour but de soumettre l'ennemi à sa volonté (« On ne peut considérer la guerre… son peuple de se soumettre », l. 1-4).
- Selon lui, la signature de la paix peut être la conclusion logique de la victoire militaire : il parle de « verdict définitif » et de « règlement parfait » (l. 9).
- Même si le risque de reprise de la guerre après la signature d'un traité de paix existe (« Car il se peut que les hostilités reprennent… tout entier », l. 4-7), ce dernier est susceptible de limiter ce risque (« Même si tel est le cas… de couver », l. 10-11).

2. … à l'épreuve des faits

• La guerre que se livrent l'État d'Israël et l'OLP à partir de 1969 est fondée sur l'antagonisme suivant : Israël rejette l'existence d'un État palestinien, l'OLP refuse l'existence de l'État hébreu.

• Durant deux décennies, chacune des deux parties va tenter d'imposer par la force ses vues à l'autre : Israël par la force militaire ; l'OLP par la résistance armée et le terrorisme (ex. : l'intervention israélienne au Liban en 1982 contre les milices palestiniennes).

• La signature des accords d'Oslo en 1993, complétés par ceux d'Oslo II, peut être interprétée comme la reconnaissance par l'OLP de sa défaite militaire face à un adversaire plus puissant : la voie diplomatique semble alors pour Yasser Arafat la seule alternative à la lutte armée. Outre la reconnaissance mutuelle d'Israël et de l'OLP, ces accords prévoient l'autonomie des territoires occupés, confiés à une Autorité palestinienne.

À NOTER
À la fin de 1993, Yasser Arafat, Yitzhak Rabin et Shimon Peres reçoivent conjointement le prix Nobel de la paix.

• Cependant, la théorie de Clausewitz trouve ses limites dans le fait que les accords d'Oslo, complétés en 1995 par ceux d'Oslo II, n'évitent pas de nouvelles violences : dès 1994, le Hamas déclenche des attentats-suicides ; en 1995, le Premier ministre israélien Yitzhak Rabin est assassiné par un colon juif d'extrême droite.

MOT CLÉ
Fondé en 1987, le Hamas est un mouvement islamiste palestinien très influent à Gaza.

II. Une victoire improbable ou trop coûteuse ?

1. Une victoire improbable ?

• Selon Clausewitz, le risque de la défaite peut pousser un des deux belligérants à abandonner l'objectif de la destruction de l'adversaire et à opter pour la paix (« La guerre n'a donc pas toujours besoin… de faible intensité », l. 24-28).

• Ce risque pousse le gouvernement israélien à négocier secrètement avec l'OLP dès 1992. En effet, depuis 1987, l'image d'Israël est ternie par la répression de l'Intifada dans les territoires occupés. De même, jusque-là, l'OLP a échoué à fonder un État palestinien par les armes face à un État hébreu beaucoup plus puissant militairement.

MOT CLÉ
L'Intifada (guerre des pierres) oppose de jeunes Palestiniens aux soldats israéliens à Gaza et en Cisjordanie.

• Le contexte international, marqué par la fin de la guerre froide et le rapprochement américano-russe, joue aussi en faveur d'un règlement pacifique du

S'ENTRAÎNER

conflit israélo-palestinien. Ainsi la photographie montre bien que les accords d'Oslo sont signés sous les auspices des États-Unis (représentés par le président Bill Clinton et son secrétaire d'État Warren Christopher) et de la Russie (représentée par le ministre des Affaires étrangères Andrei Kozyrev).

> ▶ **Le secret de fabrication**
>
> En précisant le contexte international dans lequel s'inscrivent les accords d'Oslo vous valorisez votre propos à plusieurs égards : vous complétez le contexte historique du document que vous avez présenté en introduction ; vous exploitez les informations de la photographie pour souligner la signification de la scène représentée. En effet, le rapprochement israélo-palestinien n'aurait pu avoir lieu sans la convergence de vue des deux grandes puissances.

2. Une victoire trop coûteuse ?

• Dans le dernier paragraphe du texte, Clausewitz explique que l'effort de guerre doit être proportionné à l'objectif politique que l'on cherche à atteindre. Si cet effort est disproportionné, la paix s'impose.

• Pour Israël, le coût moral de la victoire sur les Palestiniens semble trop lourd, à l'échelle nationale et internationale. Ainsi, depuis le début des années 1990, un puissant mouvement pacifiste s'exprime au sein de la société israélienne pour mettre fin à la répression militaire de l'Intifada. De plus, l'image d'Israël à l'étranger se dégrade pour cette même raison.

• Pour l'OLP, c'est le coût humain et politique qui est trop lourd : les jeunes Palestiniens tombent par dizaines sous les balles des soldats israéliens ; depuis sa fondation en 1987, le Hamas dispute à l'OLP le leadership de la cause palestinienne.

Conclusion

[Réponse à la problématique] Ainsi, la pensée de Clausewitz s'avère tout à fait pertinente pour comprendre la complexité de la construction de la paix au Moyen-Orient. La signature des accords d'Oslo peut être interprétée comme la conclusion logique de l'impuissance de l'OLP à fonder un État palestinien face à l'inflexibilité de l'État d'Israël. Cependant, ces accords ne permettent pas d'assurer une paix durable. Par ailleurs, la victoire contre l'OLP étant considérée par l'État hébreu comme improbable et trop coûteuse, la voie de la négociation et de la paix semble s'imposer. [Critique des documents] L'intérêt de cet ensemble documentaire est de nous donner la possibilité de confronter une théorie et une réalité historique qui la valide. Cependant, si le premier document est riche d'informations, le second est relativement descriptif d'autant qu'il s'agit d'une mise en scène très convenue.

15 Dissertation

Le Moyen-Orient, un foyer de conflits majeur depuis 1945

2 heures
10 points

INTÉRÊT DU SUJET • Ce sujet mobilise vos connaissances sur l'objet conclusif consacré au Moyen-Orient. Son intérêt réside dans l'analyse que vous ferez de cette région située au cœur de l'« arc des crises ». À cette occasion, vous utiliserez des notions géopolitiques comme les enjeux, les acteurs et les modes de résolution des conflits.

▶ Le Moyen-Orient, un foyer de conflits majeur depuis 1945.

S'ENTRAÎNER

LES CLÉS DU SUJET

Analyser le sujet

Le Moyen-Orient, un foyer de conflits majeur depuis 1945

Formulation
- Forme affirmative
- Caractérisation d'une région du monde

Bornes chronologiques et spatiales
- De la fin de la Seconde Guerre mondiale à nos jours
- Le Moyen-Orient dans sa globalité

Type de sujet
Sujet analytique

Notions et mots clés
- Conflits : guerres ouvertes, tensions
- Majeur : au cœur d'enjeux mondiaux

Dégager la problématique

- Vous devez montrer ce qui fait du Moyen-Orient le foyer majeur de conflits armés dans le monde depuis 1945.
- On peut ainsi formuler la problématique de la façon suivante : Pourquoi les conflits au Moyen-Orient sont-ils au cœur des questions internationales depuis 1945 ?

Construire le plan

Pour expliquer ce qui fait de la région un foyer de conflits majeur, un plan analytique est le plus adapté. En effet, il s'agit de mettre en évidence les facteurs des conflits, leurs protagonistes et la façon dont on tente de les résoudre.

I. Des enjeux mondiaux	• Quels types d'enjeux ? • À quelles échelles ?
II. Des acteurs multiples	• Quels types d'acteurs ? • Comment interviennent-ils dans les conflits ?
III. Des modes de résolution inégalement efficaces	• Quels modes de résolution des conflits ? • Avec quelle efficacité ?

15 CORRIGÉ GUIDÉ

Les titres et les indications entre crochets ne doivent pas figurer sur la copie.

Introduction

[Accroche] Les tensions militaires survenues entre les États-Unis et l'Iran sur le territoire irakien au tournant des années 2019-2020 soulignent combien le Moyen-Orient est une région particulièrement sensible. [Présentation du sujet] En effet, depuis la fin de la Seconde Guerre mondiale durant laquelle le pétrole a joué un rôle essentiel dans la victoire des Alliés, le Moyen-Orient, en particulier la région du golfe Persique, est le théâtre de nombreux conflits armés aux enjeux souvent mondiaux.

[Problématique] Pourquoi les conflits au Moyen-Orient sont-ils au cœur des questions internationales depuis 1945 ? [Annonce du plan] Pour répondre à cette problématique, nous présenterons d'abord les enjeux mondiaux de ces conflits [I], puis leurs multiples acteurs [II] avant de souligner l'inégale efficacité des modes de leur résolution [III].

I. Des enjeux mondiaux

1. Des enjeux économiques

• Le Moyen-Orient possède les plus grandes réserves d'hydrocarbures au monde : 50 % des réserves de pétrole et 40 % des réserves de gaz. C'est donc une région stratégique pour l'approvisionnement énergétique des pays industrialisés comme les États-Unis ou plus récemment la Chine, devenue le premier importateur de pétrole.

• Le Moyen-Orient est aussi un lieu de passage incontournable pour le trafic maritime mondial. Le canal de Suez et le détroit de Bab El-Mandeb sont nécessairement empruntés pour les échanges commerciaux entre les pays de l'Union européenne et ceux de l'Asie orientale. Avec 40 % du total, le détroit d'Ormuz constitue un point de passage stratégique pour le trafic pétrolier mondial.

2. Des enjeux politiques

• Pendant la guerre froide, la région est divisée entre les alliés des États-Unis et ceux de l'Union soviétique. Parmi les premiers on trouve l'Arabie saoudite, Israël, la Turquie et l'Iran (jusqu'en 1979) ; parmi les seconds, l'Égypte (jusqu'en 1972), la Syrie et l'Irak. Les guerres israélo-arabes, qui opposent l'État hébreu à des coalitions de pays arabes, sont à appréhender à la lumière de la rivalité américano-soviétique.

À NOTER
L'Iran du shah est un fidèle allié des États-Unis. Après sa chute en 1979, le pays rompt avec les Américains sans pour autant rallier l'Union soviétique.

• Dans les années 1990, le Moyen-Orient est le théâtre de l'instauration d'un « nouvel ordre mondial » voulu par les États-Unis. En effet, au lendemain de la victoire de la coalition internationale contre l'Irak durant la guerre du Golfe (1991), la superpuissance américaine se veut la garante du respect du droit international en n'hésitant pas à jouer le rôle de « gendarme du monde ».

• Après les attentats du 11 septembre 2001, le Moyen-Orient devient le principal foyer de la lutte contre le terrorisme menée par les États-Unis, leurs alliés occidentaux et la Russie. Dans cette logique, les États-Unis interviennent militairement en Afghanistan, pays qui abrite des camps d'entraînement d'Al-Qaida (2001) puis envahissent l'Irak, soupçonné de soutenir le terrorisme (2003). Plus récemment, les frappes aériennes américaines, occidentales et russes en Syrie ont pour but de détruire les forces de l'organisation terroriste État islamique.

S'ENTRAÎNER

3. Des enjeux culturels

• Le Moyen-Orient abrite les lieux saints des religions monothéistes à savoir l'islam, le christianisme et le judaïsme. Ainsi, Jérusalem est le lieu de vives tensions entre Juifs orthodoxes et Arabes musulmans qui revendiquent le libre accès au même sanctuaire : le « mont du Temple » pour les premiers, l'« esplanade des Mosquées » (troisième lieu saint de l'islam) pour les seconds. Tensions d'autant plus vives que Jérusalem, conquise en 1967 et proclamée capitale de l'État hébreu en 1980, est revendiquée par les Palestiniens.

> **▶ Le secret de fabrication**
> En développant l'exemple de Jérusalem, vous opérez un changement d'échelle fort à propos. En effet, les conflits au Moyen-Orient sont multiscalaires : ils sont à envisager à l'échelle mondiale, régionale, nationale et locale. À cette dernière échelle, l'exemple de La Mecque est une alternative : c'est le premier lieu saint de l'islam mais dont le contrôle par l'Arabie saoudite est contesté par les chiites.

• Le Moyen-Orient connaît aussi le déploiement d'un certain nombre d'idéologies transnationales, génératrices de potentiels conflits : en particulier le sionisme, le nationalisme arabe et l'islamisme. Le sionisme, théorisé dès la fin du XIXe siècle par Theodor Herzl, a pour objectif de créer un État juif en Palestine. Ce projet se concrétise avec la proclamation de l'État d'Israël en 1948, qui en retour nourrit le nationalisme arabe. Celui-ci vise en effet à défendre les droits des Arabes comme nation voire de les unifier (panarabisme). Cette idéologie a eu ses champions : le président égyptien Nasser dans les années 1950-1960 ; le président irakien Saddam Hussein dans les années 1980. L'islamisme quant à lui préconise l'application de la loi coranique (la charia) dans les États musulmans et le rejet des valeurs occidentales. Il se divise en de nombreux courants et tendances et inspire la politique extérieure de régimes comme celui de la Turquie ou, côté chiite, celui de la République islamique d'Iran.

II. Des acteurs multiples

1. Les États

• À différentes échelles, le Moyen-Orient est le théâtre d'affrontements entre puissances. À l'échelle mondiale, s'opposent aujourd'hui les États-Unis et la Russie, à la recherche d'un statut de superpuissance. Ainsi, cette dernière est intervenue de façon décisive dans le conflit syrien en 2015 pour soutenir le régime du président Bachar El-Assad contre l'État islamique et les rebelles anti-Assad. Elle a souligné l'impuissance de la coalition internationale formée autour des États-Unis. À l'échelle régionale, on assiste également à une lutte d'influence entre puissances : actuellement, l'Arabie saoudite et l'Iran s'affrontent indirectement dans de nombreux États (Yémen, Irak, Syrie ou encore Liban).

• Comme dans le reste du monde, l'ONU tâche de maintenir la paix. Environ 15 000 Casques bleus ont été envoyés dans la région dans le cadre d'opérations de maintien de la paix comme l'ONUST au Proche-Orient. L'Union européenne, au titre de la PESC (Politique étrangère et de sécurité) intervient également en faveur de la paix dans la région : depuis 2017, une mission civile européenne assiste le gouvernement irakien pour la mise en œuvre d'une stratégie de sécurité.

> **À NOTER**
> L'ONUST (Organisme des Nations unies chargé de la surveillance de la trêve) fait respecter depuis 1948 le cessez-le-feu et les accords d'armistice conclus entre Israël et les États arabes voisins.

S'ENTRAÎNER

2. Les acteurs non étatiques

• Le Moyen-Orient est le terrain d'action privilégié d'organisations terroristes transnationales comme Al-Qaida et l'organisation État islamique. Contrairement à la stratégie déterritorialisée d'Al-Qaida, l'organisation État islamique s'est taillé de 2014 à 2017 un vaste territoire de 200 000 km^2 à cheval sur l'Irak et la Syrie. Ces organisations mènent une guerre asymétrique contre les États de la région comme la Syrie et les puissances étrangères.

• Les combattants irréguliers relaient les stratégies des États. Ainsi, aux côtés de la coalition internationale dirigée par les États-Unis, qui intervient principalement par des bombardements aériens, les combattants kurdes luttent au sol contre ceux de l'État islamique. Le désengagement des États-Unis à la fin de l'année 2019 laisse les Kurdes aux prises avec la Turquie qui les combat au même titre que Daech.

III. Des modes de résolution inégalement efficaces

1. Des traités et des processus de paix

• Deux traités de paix ont définitivement mis fin à des conflits interétatiques. Après quatre conflits, Israël et l'Égypte signent le traité de Washington en 1979. L'Égypte récupère le Sinaï et reconnaît l'État hébreu. Cependant, le volet palestinien de l'accord, qui prévoit un statut d'autonomie aux Palestiniens des territoires occupés, reste lettre morte. En 1994, un second traité de paix israélo-arabe est signé entre Israël et la Jordanie. Les deux États normalisent leurs relations et règlent les contentieux territoriaux.

> **À NOTER**
> Il s'agit de : la guerre de 1948-1949 ; la guerre de Suez (1956) ; la guerre des Six-Jours (1967) ; la guerre du Kippour (1973).

• En 1993, sous l'impulsion des États-Unis, le Premier ministre israélien Yitzhak Rabin et le dirigeant de l'OLP Yasser Arafat signent les accords d'Oslo. Ceux-ci prévoient la reconnaissance mutuelle d'Israël et d'un État palestinien en échange de l'arrêt du terrorisme palestinien et de la répression israélienne. Ces accords sont complétés en 1995 par les accords d'Oslo II qui précisent le découpage de la Cisjordanie. Mais très vite, le processus de paix israélo-palestinien s'enlise avec l'assassinat de Rabin en 1995, l'opposition du Hamas, parti islamiste rival de l'OLP, la reprise de la colonisation juive en territoire palestinien et le déclenchement de la seconde intifada en 2000. Il est aujourd'hui au point mort.

2. Des cessez-le-feu et des conflits latents

• Des cessez-le-feu mettent provisoirement un terme à des conflits internationaux. C'est le cas de la guerre Iran-Irak (1980-1988). Après huit années d'un conflit qui a fait sans doute un million de victimes et a détruit l'économie des deux États belligérants, le Conseil de sécurité de l'ONU adopte à l'unanimité la résolution 598. Celle-ci prévoit la mise en place d'un cessez-le-feu et le retrait des troupes sur la base des frontières internationalement reconnues. Si l'Irak l'accepte aussitôt, il faut attendre l'année suivante pour que l'Iran la valide à son tour.

• De nombreux conflits sont en attente de résolution, faute de terrain ou de volonté d'entente. C'est le cas au Yémen, en proie à une guerre civile puis théâtre d'une intervention militaire (nommée « Tempête décisive ») opérée par une coalition dirigée par l'Arabie saoudite en 2015. L'enlisement du conflit opposant par partis interposés cette puissance à l'Iran, a conduit à une catastrophe humanitaire (10 000 morts, famine, choléra). Bien que des pourparlers de paix aient été entamés fin 2018, aucune paix durable ne se profile.

Conclusion

[Réponse à la problématique] Ainsi, depuis 1945, le Moyen-Orient est bien un foyer de conflits majeur à l'échelle mondiale : par ses enjeux, économiques, politiques et culturels ; par la diversité de ses acteurs ; par les modes de résolution qui impliquent souvent les États-Unis ou l'ONU. [Ouverture] Face à la multiplicité des conflits dans la région, Jean-Paul Chagnollaud estime que « si la paix paraît impossible à moyen terme, cela ne signifie pas que le Moyen-Orient soit condamné à une guerre perpétuelle ».

CONSEIL
Une citation est possible en fin de conclusion si elle ouvre le sujet sur une question plus vaste.

16 Dissertation

Moyen-Orient : une paix impossible ?

2 heures
10 points

INTÉRÊT DU SUJET • En vous appuyant sur vos connaissances du cours et votre réflexion personnelle, vous pourrez mettre en valeur vos qualités d'analyse et de synthèse pour expliquer le fait que la paix au Moyen-Orient semble impossible.

▶ Moyen-Orient : une paix impossible ?

LES CLÉS DU SUJET

Analyser le sujet

Moyen-Orient : une paix impossible ?

Formulation
- Formule interrogative
- Pas de bornes chronologiques explicites

Bornes chronologiques et spatiales
- Implicitement : de 1945 à nos jours
- Le Moyen-Orient (au sens large)

Type de sujet
Sujet analytique

Notions et mots clés
- Paix : état durable de non-guerre
- Impossible : irréalisable

Dégager la problématique

- Depuis 1945, le Moyen-Orient est le théâtre de guerres à répétition. Seuls deux traités de paix y ont été signés.
- On peut donc se demander pour quelles raisons cette région est conflictuelle de façon chronique. Le sujet étant déjà problématisé, vous pouvez en reprendre la formulation en guise de problématique.

Construire le plan

Pour étudier les raisons de la conflictualité quasi-permanente de cette région, un plan thématique est le plus adapté.

I. Les faiblesses des États	• Comment se manifeste l'absence de cohésion nationale ? • Comment l'autorité des États est-elle bafouée par d'autres acteurs ?
II. Les ingérences extérieures	• Comment les puissances extérieures interviennent-elles dans les conflits de la région ? • Comment les puissances régionales s'ingèrent-elles dans ces conflits ?

16 CORRIGÉ GUIDÉ

Les titres et les indications entre crochets ne doivent pas figurer sur la copie.

Introduction

[Accroche] En 2019, dans la revue *Questions internationales*, le géopoliticien Jean-Paul Chagnollaud constate : « Depuis des décennies, des conflits de toutes sortes ne cessent de défigurer le Moyen-Orient. Aucun n'a été réglé même s'il ne faut pas oublier l'importance des traités de paix signés entre Israël et deux États arabes. » [Présentation du sujet] En effet, depuis 1945, le Moyen-Orient est le théâtre de guerres interétatiques et de guerres civiles amplifiées par des interventions extérieures : la région est ainsi devenue l'épicentre de l'« arc de crises ». [Problématique] Dans cette perspective, nous nous attacherons à répondre à la question suivante : pourquoi la paix au Moyen-Orient semble-t-elle impossible ? [Annonce du plan] Pour ce faire, nous soulignerons d'abord les profondes faiblesses des États de la région [I] puis les effets sur leur stabilité des ingérences extérieures [II].

I. Les faiblesses des États du Moyen-Orient

1. L'absence de cohésion nationale

• Mis à part l'Arabie saoudite et les pays du Golfe, les États du Moyen-Orient, dont les frontières ont été tracées par la France et le Royaume-Uni en 1920, ont une faible cohésion

À NOTER
Par le traité de Sèvres (1920), la France et le Royaume-Uni se voient confier l'administration des provinces arabes issues du démantèlement de l'Empire ottoman.

nationale. Différentes communautés culturelles et religieuses coexistent sur des territoires créés de toutes pièces.

• Dans ces États, la logique communautaire l'emporte bien souvent sur la logique de l'État-nation. Ainsi, le système politique libanais repose sur le confessionnalisme, c'est-à-dire une répartition du pouvoir proportionnelle au poids de chaque communauté religieuse (chrétiens maronites, musulmans chiites ou sunnites, druzes). La guerre civile qui a ensanglanté le pays de 1975 à 1990 a opposé ces communautés.

• Dans d'autres États, une communauté minoritaire impose son pouvoir au reste de la population. C'est le cas de la Syrie, à majorité sunnite, dirigée par la minorité alaouite (chiite) du clan El-Assad. Depuis 2011, cette minorité réprime férocement un soulèvement populaire.

• Enfin, certains États fondés sur des idéologies nationalistes comme la Turquie et Israël refusent de reconnaître les droits de leurs minorités (Kurdes pour la première, Palestiniens pour le second).

2. L'autorité bafouée des États

• Dans les États touchés par une guerre civile, on assiste à une « privatisation de la violence » (Jean-Pierre Chagnollaud). En effet, lorsqu'un État, qui a le monopole de la violence (arbitraire) s'effondre, d'autres acteurs non étatiques l'exercent à sa place. C'est le cas au Liban, en Syrie et en Irak.

> ▶ **Le secret de fabrication**
> Vous pouvez commencer une sous-partie en développant une notion générale, ici la privatisation de la violence. Rappelez-en l'auteur pour justifier votre propos. Cela vous permet par la suite de présenter des exemples.

• Ainsi, des milices armées, souvent liées à des communautés religieuses et culturelles, imposent leur loi. On peut citer le Hezbollah chiite au Liban, devenu un véritable « État dans l'État ».

• Des mouvements nationalistes participent également à cette privatisation de la violence. Les Kurdes combattent ainsi en Irak, en Syrie et en Turquie pour défendre leur autonomie.

> **À NOTER**
> Depuis 2005, la Constitution fédérale irakienne reconnaît l'autonomie du Kurdistan.

• Enfin, les organisations terroristes profitent de l'effondrement des États pour s'implanter et agir au Moyen-Orient. Ainsi, de 2014 à 2017, l'organisation État islamique s'est taillé un immense territoire à cheval sur la Syrie et l'Irak.

II. Les ingérences extérieures

1. L'intervention des grandes puissances

• À partir de 1945, les États-Unis interviennent régulièrement au Moyen-Orient. Il s'agit pour eux de sécuriser leur approvisionnement en pétrole, de garantir la libre circulation maritime dans la région, de soutenir leur allié israélien et, à partir de 2001, de lutter contre le terrorisme.

> **▶ Le secret de fabrication**
> Pour donner de la consistance à votre dissertation, il est utile d'aller au-delà de la simple description ou narration. Ainsi, en présentant les enjeux des interventions américaines, vous adoptez une démarche analytique qui sera valorisée dans l'évaluation de votre copie.

• Ainsi, lors de la première guerre du Golfe, ils interviennent en réaction à l'invasion du Koweït par l'Irak en 1990. Avec l'aval de l'ONU, ils mettent sur pied une coalition internationale qui, en février 1991, contraint l'Irak à demander un cessez-le-feu. Ce conflit ruine l'Irak et appauvrit sa population, soumise à un embargo de douze ans.

> **MOT CLÉ**
> Un embargo est une mesure prise à l'encontre d'un pays, interdisant l'exportation de certains produits vers celui-ci.

• En 2003, lors de la seconde guerre du Golfe, les États-Unis envahissent l'Irak au nom de « la guerre contre le terrorisme », cette fois sans mandat de l'ONU. Cette intervention est prolongée par huit années d'occupation militaire et d'administration américaine. Elle entraîne l'effondrement de l'État irakien, le démantèlement de son armée et le réveil d'antagonismes religieux entre chiites et sunnites.

• Cependant, à partir de 2015, la Russie s'est affirmée comme une grande puissance en intervenant en Syrie aux côtés du régime de Bachar El-Assad, alimentant la guerre civile dans ce pays.

2. L'ingérence des puissances régionales

• L'ingérence des puissances régionales, soucieuses de défendre leurs intérêts et leur influence, contribue à amplifier les conflits et en accroître la complexité.

• Jusqu'à la fin du XXe siècle, les puissances régionales interviennent dans deux types de conflits : les conflits israélo-arabes et les conflits déclenchés par l'Irak. Ainsi, lors des différentes guerres israélo-arabes, l'État hébreu affronte une coalition d'États arabes.

• Lors de la première guerre du Golfe, qui oppose d'abord l'Irak au Koweït, de nombreux États de la région participent à la coalition internationale réunie par les États-Unis (Égypte, Syrie, Arabie saoudite, Émirats arabes unis).

• Depuis le début du XXIe siècle, deux puissances régionales s'opposent en intervenant dans de multiples conflits : l'Arabie saoudite et l'Iran. En Syrie, en proie à la guerre civile depuis 2011, l'Iran soutient le régime de Bachar El-Assad tandis que l'Arabie saoudite prend parti pour les rebelles. Au Yémen, l'Arabie saoudite, à la tête d'une coalition d'États arabes, prend parti pour le gouvernement tandis que l'Iran aide les rebelles houtistes.

CONSEIL
Lorsque vous donnez des exemples, limitez-vous à l'essentiel pour éviter de diluer votre démonstration dans des détails.

Conclusion

[Réponse à la problématique] En somme, aux yeux de divers observateurs, la paix au Moyen-Orient semble chose impossible. En effet, l'absence de cohésion nationale de nombreux États et la privatisation de la violence accentuent une logique communautaire. Par ailleurs, l'ingérence répétée des États-Unis et des puissances régionales contribue à amplifier, complexifier et faire durer certains conflits. [Ouverture] Cependant, des solutions diplomatiques proposées par les Nations unies laissent entrevoir des possibilités de sortie de conflit comme au Yémen à propos duquel des pourparlers de paix ont été entamés en décembre 2018.

17 Étude critique de document

La rivalité entre puissances régionales au Moyen-Orient

2 heures
10 points

INTÉRÊT DU SUJET • L'étude de ce document tout à fait explicite vous permettra de mobiliser assez aisément vos connaissances sur l'histoire contemporaine du Moyen-Orient pour présenter les enjeux d'une rivalité de puissances.

Étudiez de façon critique ce document pour présenter les enjeux et les manifestations de la rivalité entre l'Arabie saoudite et l'Iran au Moyen-Orient.

DOCUMENT **Rivalités dans le golfe Persique**

Sur les terrains syrien et libanais, l'affrontement entre l'Arabie saoudite et l'Iran est donc hautement visible. Mais il a ses sources ailleurs. La République islamique n'a jamais accepté la prétention de l'Arabie saoudite à régenter la péninsule arabique, ni à exercer une sorte de califat sur le monde musulman.

La rivalité entre les deux pays prend naissance dans les années 1970, avec le retrait britannique de la région. Le shah se positionne alors en gendarme du golfe Persique. La Révolution islamique, elle, s'en prend aux dirigeants impies de son voisinage, fomente des troubles en Arabie saoudite, notamment lors des grands pèlerinages, voire des attentats. L'Arabie saoudite encaisse d'abord, puis contre-attaque, en redoublant de prosélytisme wahhabite[1] dans le monde musulman, en créant le Conseil de coopération du Golfe (CCG) et en soutenant, après une période d'hésitation, Saddam Hussein dans sa guerre contre l'Iran (1980-1988).

Il y a bien un effort d'apaisement après la mort de Khomeini en 1989, mais le 11 septembre et l'intervention américaine en Irak remettent tout en cause. L'Arabie saoudite ne supporte pas de voir des chiites au pouvoir à Bagdad. Dès lors que la démocratie est invoquée dans la vague des printemps arabes, elle supporte mal aussi le maintien au pouvoir en Syrie d'un clan issu de la petite minorité alaouite. Elle supporte encore moins que la signature en 2015 d'un accord nucléaire entre six puissances et l'Iran permette à celui-ci d'échapper à sa condition de hors-la-loi. Et à la faveur de la prise de pouvoir *de facto* du jeune prince héritier, Mohammed ben Salman, comme de l'arrivée de Donald Trump, l'Arabie saoudite abandonne sa politique prudente, presque timide, qui réfrénait jusqu'alors l'expression publique de son hostilité à l'Iran.

L'Iran, comme souvent, attend la faute de l'adversaire pour réagir. Lorsqu'en mars 2015, Mohammed ben Salman lance contre les rebelles houthis[2] du Yémen une campagne de frappes aériennes, l'Iran vient discrètement à leur secours, juste assez pour maintenir une plaie saignante au flanc de l'Arabie saoudite. La campagne, qui devait être brève, dure toujours au printemps 2018. De même, lorsque l'Arabie saoudite, suivie par quatre autres pays, rompt en juin 2017 ses relations diplomatiques et économiques avec le Qatar, coupant ses liens de communication terrestre, l'Iran s'empresse de l'approvisionner par voies maritime et aérienne.

François Nicoullaud, in Thierry de Montbrial, Dominique David (dir.), *Ramses 2019. Les Chocs du futur*, Institut français des relations internationales/Dunod, 2018, Malakoff.

1. Wahhabite : relatif au wahhabisme, doctrine puritaine islamique.
2. Houthis : à l'origine, membres d'une tribu du Yémen. Actuellement, le terme désigne les combattants d'un mouvement politique et religieux.

LES CLÉS DU SUJET

Identifier le document

Document

Nature, genre, source
Article d'une revue de géopolitique : *Ramses 2019. Les Chocs du futur.*

Auteur
Le chercheur François Nicoullaud

Date et échelle
- 2018, durant la montée des tensions dans le golfe Persique
- Moyen-Orient, échelle régionale

Thème
La rivalité entre l'Arabie saoudite et l'Iran au Moyen-Orient

Comprendre la consigne

• La consigne porte sur les relations conflictuelles entre les deux puissances régionales du golfe Persique : l'Arabie saoudite et l'Iran. Vous devez préciser ce qui les motive et la façon dont s'exprime cet antagonisme.
• Chaque paragraphe du texte vous indique les facteurs de tension entre les deux États puis mentionne des événements qui les illustrent.

Dégager la problématique et construire le plan

La consigne vous invite à expliquer la rivalité entre l'Arabie saoudite et l'Iran tout en la décrivant. La notion de puissance est implicite.
Une formulation synthétique de la problématique vous permet d'englober ces deux dimensions : comment l'Arabie saoudite et l'Iran s'affirment-ils comme des puissances rivales au Moyen-Orient ?

I. Les enjeux d'une rivalité	• Quelles sont les ambitions de l'Arabie saoudite ? • Quelles sont celles de l'Iran ?
II. Une rivalité diplomatique	• Comment les deux puissances tentent-elles de se contenir ? • À quelles occasions s'opposent-elles diplomatiquement ?
III. Une rivalité militaire	• Dans quel contexte international les deux États s'affrontent-ils ? • Quels sont les conflits directs et indirects entre ces puissances ?

17 CORRIGÉ GUIDÉ

Introduction

Les titres et les indications entre crochets ne doivent pas figurer sur la copie.

[Présentation du document] Le document proposé est un article géopolitique extrait de l'ouvrage *Les Chocs du futur. Ramses 2019*. Il a été écrit par le chercheur François Nicoullaud en 2018 au moment de fortes tensions dans le golfe Persique. Il rappelle les origines et l'historique de l'antagonisme entre l'Arabie saoudite et l'Iran. [Problématique] Nous étudierons ce document de façon critique pour répondre à la question suivante : comment l'Arabie saoudite et l'Iran s'affirment-ils comme des puissances rivales au Moyen-Orient ?

[Annonce du plan] Pour ce faire, nous présenterons d'abord les enjeux de cette rivalité [I] puis ses manifestations dans le domaine diplomatique [II] et dans le domaine politique [III].

I. Les enjeux de la rivalité entre l'Arabie saoudite et l'Iran

1. Un enjeu politique : le leadership régional

• Comme le rappellent les lignes 3-5 du document, l'Arabie saoudite entend imposer son influence sur l'ensemble de la péninsule arabique, ce que lui conteste l'Iran.

• Pour exercer son influence régionale, l'Arabie saoudite peut compter sur une armée puissante (ses dépenses militaires sont les plus élevées de la région) et son rôle au sein du Conseil de coopération du Golfe.

> **MOT CLÉ**
> Le Conseil de coopération du Golfe est une organisation régionale siégeant à Ryad qui regroupe six États du golfe Persique.

• De son côté, l'Iran se présente comme « gendarme du golfe Persique » depuis les années 1970 en contrôlant l'accès au détroit d'Ormuz. Il dispose d'une armée aguerrie et soudée par un fort sentiment national ; de plus, le pays compte des alliés dans la région (la Syrie, l'Irak, le Hezbollah libanais, le Hamas palestinien).

2. Un enjeu religieux : l'antagonisme sunnisme/chiisme

• Aux lignes 4-5, l'auteur rappelle l'ambition de l'Arabie saoudite d'« exercer une sorte de califat sur le monde musulman ». Le pays abrite en effet le plus grand lieu saint de l'islam à La Mecque et se veut le garant de la pureté religieuse (l. 8-13).

• Par ailleurs, l'Arabie saoudite accueille le siège de la Ligue islamique mondiale qui forme les imams et finance la construction de mosquées dans le monde entier.

• L'Iran conteste ce rôle à son adversaire dont elle considère les dirigeants comme « impies » (l. 9). En effet, les chiites, majoritaires en Iran, contestent aux dirigeants sunnites saoudiens la direction de l'ensemble des musulmans. De plus, ils dénoncent leur alliance avec les États-Unis, rapprochement jugé contre-nature.

[Transition] Ainsi, l'antagonisme entre l'Arabie saoudite et l'Iran est fondé sur des enjeux politiques et religieux. Il se traduit en premier lieu par une rivalité diplomatique.

II. Une rivalité diplomatique

1. Un « bloc saoudien » ?

• Depuis 1981, le Conseil de coopération du Golfe (évoqué l. 13) regroupe autour de l'Arabie saoudite six autres monarchies arabes et musulmanes : Oman, le Koweït, Bahreïn, les Émirats arabes unis et le Qatar. Il fait contrepoids à la puissance iranienne.

• Mais cette alliance se fissure en 2017 avec la rupture des relations diplomatiques de l'Arabie saoudite et de quatre autres pays avec le Qatar, accusé de soutenir le terrorisme et d'être trop proche de l'Iran (l. 35-38).

> À NOTER
> Un processus de rapprochement diplomatique entre l'Arabie saoudite et le Qatar s'amorce depuis 2019.

2. Une diplomatie iranienne active

• Considéré comme un paria international depuis 1979, l'Iran sort de son isolement en signant en 2015 un accord international sur le nucléaire (l. 22-24). Celui-ci prévoit le renoncement au nucléaire militaire et la levée des sanctions économiques contre l'Iran.

• En 2017, l'Iran soutient le Qatar contre l'Arabie saoudite en contournant le blocus terrestre par un approvisionnement maritime et aérien (l. 37-38). Il s'ingère ainsi dans des litiges internes au camp sunnite pour en favoriser la division.

> ▶ **Le secret de fabrication**
> On reprend ici l'exemple de la crise qatarie déjà évoquée dans la première sous-partie, en adoptant le point de vue iranien. Il ne s'agit pas d'une simple redite mais d'un changement de perspective qui vous permet de donner de la cohérence à l'ensemble de la deuxième partie : la diplomatie iranienne est une réponse à la diplomatie saoudienne.

[Transition] Ainsi, face au « bloc saoudien », l'Iran mène une diplomatie active pour le fragiliser. Cependant, cette rivalité diplomatique se double d'une rivalité militaire.

III. Une rivalité militaire

1. Aux débuts de la République islamique (1979-1989)

• En 1979, l'Iran soutient des mouvements de déstabilisation en Arabie saoudite comme lors de l'attaque de la grande mosquée de La Mecque par des fondamentalistes islamistes en 1979 (l. 9-11).

• Lors de la guerre Iran-Irak (1980-1988), l'Arabie saoudite soutient l'Irak de Saddam Hussein aux côtés des puissances occidentales contre l'Iran de l'ayatollah Khomeini (l. 14-15). L'auteur rappelle que ce choix a été précédé d'une période d'hésitation en raison de l'ambition de Saddam Hussein de devenir le leader du monde arabe, ce qui effrayait la monarchie saoudienne.

2. Dans les années 2010

• Le maintien au pouvoir de Bachar Al-Assad en Syrie en pleine révolution arabe est un camouflet pour l'Arabie saoudite (l. 18-19). En effet, ce dirigeant, soutenu par l'Iran, est membre de la minorité chiite du pays.

• Cependant, le pays sort de sa réserve avec l'arrivée au pouvoir du prince Mohammed ben Salman en 2015, soutenu par les États-Unis. Ainsi, il forme une coalition arabe sunnite (avec les membres du Conseil de coopération du Golfe notamment) pour intervenir au Yémen contre une rébellion de la minorité chiite houthie. Cette intervention baptisée « Tempête décisive » s'enlise en raison du soutien militaire de l'Iran aux rebelles (l. 30-34).

> **À NOTER**
> La guerre a détruit le pays, provoqué la mort de 10 000 personnes et entraîné la famine et une épidémie de choléra.

S'ENTRAÎNER

Conclusion

[Réponse à la problématique] Ainsi, la rivalité entre l'Arabie saoudite et l'Iran au Moyen-Orient repose sur des enjeux de puissance et d'antagonisme religieux. Elle se manifeste par une opposition diplomatique entre un groupe d'États soudés autour du royaume saoudien et l'État perse isolé mais s'appuyant sur les communautés chiites de la région. Elle se traduit également par un affrontement militaire direct (guerre Iran-Irak) ou indirect (guerre au Yémen). [Critique du document] L'intérêt de ce document est de souligner la diversité des enjeux de conflits entre les deux puissances et de retracer leur antagonisme sur plusieurs décennies. Cependant, il évoque peu la dimension mondiale de cette rivalité avec le jeu des grandes puissances.

18 Dissertation

Mémoires et justice : des sources pour l'histoire ?

2 heures
10 points

INTÉRÊT DU SUJET • Ce sujet met en relation mémoires, justice et histoire. Il permet une approche du métier d'historien et met en avant le rôle des témoins, des procès et des historiens dans la reconstruction des sociétés après des conflits.

▶ Mémoires et justice : des sources pour l'histoire ?

LES CLÉS DU SUJET

Analyser le sujet

Mémoires et justice : des sources pour l'histoire ?

Formulation
Deux notions et une question

Type de sujet
Sujet analytique : on peut répondre « oui » et « non », il faut donc nuancer la première réponse

Bornes chronologiques
Non précisées : a priori, depuis 1945

Notions et mots clés
- Mémoire : reconstruction affective du passé
- Justice : institution chargée d'appliquer le droit
- Histoire : science qui étudie le passé et recherche la vérité

Dégager la problématique

• Les témoignages de personnes ayant vécu des événements traumatisants, les procès d'accusés de crimes de masse sont des éléments et des moments qui cherchent à faire éclater la vérité, ce qui est aussi le but de l'histoire.

• Mais ces notions ne sont pas synonymes. Alors comment les mémoires et la justice peuvent-elles servir le travail de l'historien ? Celles-ci sont-elles des sources suffisantes pour faire l'histoire ?

Construire le plan

Le sujet étant formulé sous forme de question, un plan analytique s'impose. On peut répondre à cette question de façon affirmative avant de nuancer cette réponse dans une seconde partie.

I. Mémoires et justice permettent de retracer les événements du passé…	• En quoi les récits des victimes, des témoins et les procès sont-ils des sources historiques importantes ? • Quelles sont les formes que prennent ces sources ?
II. … mais ce sont des sources incomplètes et subjectives dont ne peut se contenter l'historien	• Montrez la subjectivité de ces sources : elles peuvent être incomplètes et manipulées. • En quoi consiste le travail de recherche de l'historien ?

S'ENTRAÎNER

18 CORRIGÉ GUIDÉ

Les titres et les indications entre crochets ne doivent pas figurer sur la copie.

Introduction

[Accroche] Le XXe siècle a été le siècle des conflits et des meurtres de masse : destruction des Juifs d'Europe et des Tsiganes pendant la Seconde Guerre mondiale, guerre d'Algérie, génocide des Tutsi au Rwanda, épuration ethnique en ex-Yougoslavie. [Présentation du sujet] Chacun de ces conflits a profondément traumatisé les sociétés. Ils laissent des mémoires blessées, des témoignages multiples et ont parfois donné lieu à des procès, locaux ou internationaux. Ainsi la mémoire et la justice participent à l'écriture de l'histoire puisqu'ils sont des matériaux pour connaître le passé. [Problématique] Cependant, les sources mémorielles et juridiques peuvent-elles permettre à l'historien d'atteindre la vérité historique ? [Annonce du plan] Si elles aident à retracer les événements du passé [I], les mémoires et la justice sont des sources incomplètes, subjectives et répondent le plus souvent à des préoccupations du présent plutôt qu'à un « devoir d'histoire » [II].

> ▶ **Le secret de fabrication**
> Il est important de rappeler les exemples vus en classe (les jalons) qui vont vous servir à répondre au sujet dès votre introduction, que ce soit dans l'accroche, comme ici, ou lors de la présentation du sujet. Les termes du sujet étant complexes, ils demandent des définitions précises, que vous pourrez présenter dans le corps du devoir.

I. Les mémoires et la justice, des sources pour l'historien

1. Définir mémoires et justice

• La mémoire est le vécu tel qu'on se le remémore, elle cherche à donner un sens au passé, elle est émotionnelle. Les souvenirs sont sélectionnés selon les besoins de ceux qui les portent : il n'y a pas une mais des mémoires.

• La justice, quand elle concerne des événements traumatisants du passé, a pour rôle de qualifier les crimes (comme ce fut le cas à Nuremberg en 1945) d'examiner les preuves, d'exprimer ou non une culpabilité et de punir les coupables. Elle ne peut être qu'individuelle et se base sur des textes de lois.

2. Les procès : des moments qui cherchent à relater les faits

• Lors du procès de Nuremberg (1945-1946), des procès *gacaca* au Rwanda (entre 2005 et 2012) et du TPIY (1993-2017), des témoins et des accusés sont appelés à s'exprimer : 4 500 pour le conflit en ex-Yougoslavie, plusieurs millions au Rwanda.

> **CONSEIL**
> Votre argumentation doit s'appuyer sur des dates et des chiffres précis, ce sont des exemples attendus. Ne multipliez pas les exemples, un ou deux bien choisis suffisent.

• Les comptes rendus d'audience deviennent alors des sources pour l'historien. Ainsi, les tribunaux *gacaca* permettent d'établir le rôle de chaque personne au sein des Ibitero (groupes d'attaquants hutu) mais aussi de montrer que certains ont résisté et tenté de limiter les violences. Sans la libération de cette parole, beaucoup d'aspects du génocide des Tutsi au Rwanda seraient sans doute restés inconnus. De même, le TPIY a produit plus de deux millions de pages de comptes rendus : des documents pour décrire avec précision les événements.

3. Les mémoires : des témoignages précieux

• Les personnes ayant vécu la Seconde Guerre mondiale, la Shoah, la guerre d'Algérie, le génocide des Tutsi ou les opérations d'épuration ethnique en ex-Yougoslavie, par leurs **récits**, leurs témoignages, constituent des sources pour l'historien.

• Ces témoignages oraux ou écrits aident l'historien à retracer la chronologie des faits, à tracer un portrait des victimes et de leurs bourreaux, à analyser les politiques de destruction à toutes les échelles.

[Transition] Si les mémoires et la justice constituent des sources pour faire l'histoire, elles n'en restent pas moins des sources souvent orientées, parfois manipulées et il convient à l'historien de les analyser de façon critique.

II. Des sources incomplètes et subjectives

1. Les mémoires et la justice, des sources subjectives

• Les mémoires diffèrent selon les expériences personnelles vécues : concernant la guerre d'Algérie, les mémoires des partisans de l'Algérie française (harkis, pieds-noirs) sont différentes de celles des anciens combattants appelés du contingent. Ils entretiennent une nostalgie d'une « terre perdue » et rappellent les violences du FLN en occultant celles commises par l'armée française.

• Lorsqu'ils évoquent le passé, les témoins peuvent occulter certains faits, ils ont une vision des événements limitée à leur propre expérience. Aujourd'hui très âgés, les rescapés de la Shoah oublient certains détails, leurs témoignages changent.

• Enfin, si la justice cherche à être impartiale, elle ne l'est pas toujours et peut être imparfaite : au Rwanda, par exemple, des ONG ont relevé des cas de fausses accusations, des jugements rapidement rendus, des intimidations de témoins.

2. Des sources qui répondent surtout à des besoins du présent

• Les mémoires sont le reflet des besoins du présent, elles évoluent donc constamment. Ainsi, en 1945 quand l'urgence est à la reconstruction et à la cohésion nationale, la mémoire du génocide des Juifs est mise de côté en France au profit de la mémoire résistante. De même, en 1962, l'État français organise l'oubli officiel de la guerre d'Algérie, pour minimiser la perte d'influence et de prestige du pays. Les mémoires permettent alors aux sociétés de vivre plus sereinement le présent, loin des souvenirs qui divisent et évoquent des attitudes condamnables.

• De même, la justice n'est pas toujours partiale quand elle sert des intérêts politiques. Au Rwanda, les tribunaux locaux ont aussi cherché à favoriser la réconciliation d'une nation divisée. C'est pour cette raison que les violences commises par le Front patriotique rwandais n'ont pas été jugées.

3. Des sources parmi d'autres

- Le rôle de l'historien est de reconstruire scientifiquement le passé, de faire un récit le plus objectif possible de ce qui n'est plus. L'histoire ne juge pas, elle tente de décrire et d'expliquer, de mettre en relation des faits avec les circonstances politiques, économiques et sociales dans lesquelles ils se sont produits.

- L'historien fonde son travail sur des sources variées qui évoluent en fonction de l'ouverture progressive des archives (militaires, policières, privées, etc.). En 1992, l'ouverture d'une partie des archives de la guerre d'Algérie a permis à une nouvelle génération d'historiens de travailler sur la torture, par exemple.

> **À NOTER**
> La fin de la guerre froide et l'accès aux sources de l'ancien bloc soviétique ont permis d'importantes découvertes sur le génocide des Juifs et des Tsiganes.

Conclusion

[Réponse à la problématique] L'historien ne peut se contenter des mémoires et de la justice pour écrire l'histoire. Celles-ci constituent des sources précieuses, mais il doit les confronter à d'autres types de sources pour les confirmer ou les infirmer. Se rapprocher de la vérité permet de regarder l'histoire « en face » et faire toute la lumière sur des événements particulièrement sombres, douloureux et difficiles à accepter par les sociétés. [Ouverture] Plus que des sources, les mémoires et dans une moindre mesure la justice sont devenues des objets d'étude pour l'historien depuis les années 1990. Observer leur évolution, retracer leur histoire est aujourd'hui un sujet historique à part entière.

> **CONSEIL**
> L'ouverture de votre conclusion doit prolonger votre réflexion et, comme ici, montrer que vous êtes capable d'aller plus loin dans votre analyse du sujet.

19 Dissertation

La justice et le travail d'histoire et de mémoire

2 heures
10 points

INTÉRÊT DU SUJET • Ce sujet mobilise les notions clés du cours pour analyser une question centrale du thème. Vous pourrez mettre en valeur vos qualités de synthèse pour expliquer comment la justice, à toutes les échelles, permet la construction de l'histoire et la transmission des mémoires des crimes de masse, dont vous développerez quelques exemples.

► **Comment la justice participe-t-elle au travail d'histoire et de mémoire ?**

LES CLÉS DU SUJET

Analyser le sujet

Comment la justice participe-t-elle au travail d'histoire et de mémoire ?

Formulation
- Forme interrogative
- Les trois notions du thème étudié sont mises en relation

Bornes chronologiques
Non précisées : *a priori*, depuis 1945 et la mise en place d'une justice internationale

Type de sujet
Sujet analytique

Notions et mots clés
- Justice : institution (nationale ou internationale) chargée d'appliquer le droit
- Mémoire : reconstruction affective du passé
- Histoire : science qui étudie le passé et recherche la vérité

Dégager la problématique

• Les procès pour crimes de masse sont souvent l'occasion de révéler des faits à l'historien et de réparer des mémoires blessées. Pourtant, la justice ne parvient pas toujours à jouer ce rôle ; nuancer ses résultats est nécessaire.

• Reformuler le sujet permet d'aller plus loin : la justice participe-t-elle toujours efficacement au travail d'histoire et de mémoire ?

Construire le plan

Ce sujet mobilise de nombreux exemples pris dans tout le thème : crimes de masse et génocides jugés par des tribunaux internationaux et nationaux. Histoire et mémoire étant deux notions différentes, deux parties sont nécessaires pour présenter leurs relations avec la justice. Une troisième partie viendra nuancer le propos.

I. La justice participe au travail d'histoire	• Comment les procès peuvent-ils être un moment où se construit l'histoire ? • Qui sont les acteurs judiciaires qui intéressent l'histoire ?
II. La justice participe au devoir de mémoire	• Quelle mémoire s'exprime au cours des procès ? • Quelles sont les finalités des procès pour crimes de masse ?
III. Une justice imparfaite dans sa quête de vérité et de réconciliation	• Quelles sont les limites de ce type de justice ? • Les buts recherchés lors des grands procès sont-ils atteints ?

19 CORRIGÉ GUIDÉ

Les titres et les indications entre crochets ne doivent pas figurer sur la copie.

Introduction

[Accroche] Le processus judiciaire contribue à faire émerger la vérité, il favorise donc, *a priori*, le travail historique et mémoriel. [Présentation du sujet] Les crimes de masse de la deuxième moitié du XXe siècle ont donné lieu à des procès, locaux ou internationaux, qui sont des moments où l'histoire est rappelée. Ces procès ont pour but de punir les coupables, d'entendre les témoignages des victimes, leurs mémoires, mais aussi de reconstruire la cohésion des sociétés marquées par les violences d'un conflit. Cependant, concilier justice, écriture de l'histoire et devoir de mémoire peut être difficile.

[Problématique] Il est donc légitime de se demander si la justice participe toujours efficacement au travail d'histoire et de mémoire. [Annonce du plan] Nous verrons de quelle manière la justice contribue au travail de l'historien [I] et permet aux mémoires des victimes de s'exprimer [II]. Néanmoins nous pourrons également présenter ses limites quant à la recherche de la vérité et l'apaisement des débats mémoriels. [III]

> ▶ **Le secret de fabrication**
> Il n'est pas toujours nécessaire de présenter la problématique sous forme interrogative. Vous pouvez la formuler de façon indirecte afin de rendre plus fluide le lien avec la présentation du sujet.

S'ENTRAÎNER

I. La justice participe au travail d'histoire

1. La justice est une recherche de la vérité à toutes les échelles

• Lors des grands procès internationaux, tels que ceux de Nuremberg (1945-1946), celui du conflit en ex-Yougoslavie (1993) et du Rwanda (TPIR-1994) ou lors des procès nationaux (procès « successeurs de Nuremberg », procès d'Eichmann, *gacaca* au Rwanda), les parties présentent des documents (écrits, photographies, films). Ces documents sont des sources pour l'historien.

• Ainsi, lors du procès de Nuremberg où sont jugés 24 dignitaires nazis, une première histoire du nazisme s'écrit au moment des audiences : les preuves sont présentées par les Américains, des secrets diplomatiques et militaires sont dévoilés. Ce procès fait entrer les faits dans l'histoire de l'humanité, surtout lorsque le crime de génocide est reconnu par l'ONU en 1948.

> **CONSEIL**
> Une argumentation repose sur des exemples : vous devez les multiplier et les choisir dans des jalons différents pour mettre en valeur vos capacités de synthèse.

• Au TPIY, plus de deux millions de pages de compte rendus sont produits, ce sont également des sources précieuses pour l'historien et des pièces nécessaires pour qualifier les exactions commises. C'est sur leur base que les historiens débattent encore sur la qualification ou non des faits en génocide.

2. La justice met en récit de nombreux témoignages, sources d'histoire

• Lors du procès de Nuremberg, 94 témoins sont entendus. La plus grande partie d'entre eux sont interrogés pour confirmer les éléments cités dans les documents produits. L'historien obtient ainsi des informations précieuses sur le déroulement des événements, sur la nature des ordres reçus, notamment en recoupant les témoignages avec d'autres sources.

• Au Rwanda, les témoignages permettent de mettre au jour des charniers mais aussi de nuancer certaines responsabilités. Les procès se déroulent parfois sur les lieux mêmes des crimes afin de procéder à des reconstitutions minutieuses et faire éclater la vérité, but que la justice partage avec l'histoire.

[Transition] Les procès, quelle que soit l'échelle de juridiction, répondent à un impératif de justice mais aussi d'histoire. Ils sont également un moment où les mémoires des conflits peuvent s'exprimer, avec toute leur subjectivité.

II. La justice participe au devoir de mémoire

1. Une multiplicité des mémoires

• Les procès sont l'occasion d'écouter des témoignages qui diffèrent en fonction des souvenirs et des expériences vécues. Ils sont un moment où l'on écoute la douleur des victimes, de leurs familles, ils participent au devoir de mémoire, même des décennies après les événements.

> **CONSEIL**
> Commencez chaque paragraphe par l'idée générale que vous allez ensuite illustrer par deux ou trois exemples concrets.

• Ainsi, le procès d'Eichmann est l'occasion d'ouvrir « l'ère du témoin » (selon l'historienne Annette Wieviorka) : les récits provoquent l'identification aux souffrances des victimes et une prise de conscience mondiale en 1961.

• Là où il n'y a pas eu de justice, comme après la guerre d'Algérie (lois d'amnistie), les mémoires n'ont pu être écoutées. Cela a donné lieu à beaucoup de frustrations et même à une guerre des mémoires entre les harkis, les anciens du FLN, les pieds-noirs et plus largement entre la France et l'Algérie.

2. Des mémoires à écouter pour réconcilier

• En permettant l'arrestation et la condamnation de criminels au sein de l'appareil d'État, la justice internationale (TPIY) ou locale (*gacaca*) permet de pacifier des sociétés déchirées par la guerre. Les procès sont l'occasion de bâtir une mémoire collective pour commencer un processus de deuil.

• Ainsi, au Rwanda, les tribunaux *gacaca* font intervenir l'ensemble des communautés. Certains comportements, comme le sauvetage de Tutsi par leurs voisins Hutu ou les tentatives pour limiter la violence, sont mis en évidence. Le but est alors de favoriser la réconciliation nationale.

[Transition] Les procès sont donc, pour les mémoires, l'occasion de s'exprimer. Mais la réparation individuelle et collective ne peut avoir lieu que si la justice est efficace et impartiale.

III. Une justice imparfaite dans sa quête de vérité et de réconciliation

1. Des sources imparfaites

• Le temps de la justice n'est pas celui de l'histoire : elle n'a pas le recul nécessaire pour faire émerger toute la vérité. L'historien bénéficie au contraire d'un temps plus long, d'archives plus variées, ce qui lui permet d'avoir un regard plus objectif sur les événements.

• Lors du procès de Nuremberg, les documents examinés proviennent essentiellement des Américains. Depuis la fin de la guerre froide, les historiens ont eu accès à des archives soviétiques plus fournies.

• Par ailleurs, au Rwanda, par exemple, des cas de fausses accusations, d'intimidations de témoins ont été révélés par des ONG ou par l'historienne Hélène Dumas. Autant de témoignages qui compliquent la recherche.

> **CONSEIL**
> N'hésitez pas à citer des noms d'historiens spécialistes d'une question. Ils participent à un débat historiographique et aussi parfois politique.

2. Une réconciliation souvent difficile des mémoires

• Dans certains cas, comme au Rwanda ou en ex-Yougoslavie, les historiens soulignent l'instrumentalisation de la justice à des fins de réconciliation nationale. Au Rwanda, les violences commises par le Front patriotique rwandais ont été souvent occultées, la vérité en a été déformée.

• En ex-Yougoslavie, la justice a échoué dans cette quête de cohésion nationale : le TPIY n'a pas empêché la suite des massacres, pire, à chaque jugement, souvent rendu des années après les faits, les dirigeants politiques de l'un ou l'autre camp ont radicalisé leur discours et attisé les divisions.

Conclusion

[Réponse à la problématique] Les procès pour génocide ou crimes de masse, en permettant l'accès à des documents, contribuent au travail d'histoire. En se prononçant, la justice reconnaît aussi la mémoire des victimes. Ainsi, justice, histoire et mémoire se complètent. Mais pour être efficace dans ce rôle, la justice se doit d'être impartiale. [Ouverture] Ne revient-il pas plutôt à la justice de punir les coupables, à l'historien de poursuivre ses recherches et aux sociétés d'être des « passeurs de mémoires » ?

20 Étude critique de documents

Les enjeux mémoriels de la guerre d'Algérie

2 heures
10 points

INTÉRÊT DU SUJET • Les mémoires de la guerre d'Algérie ne sont pas encore apaisées. L'enjeu de ce sujet est de présenter les différents acteurs de ces mémoires et de comprendre leurs divisions.
Ce sujet présente également la position actuelle de l'État français dans un contexte qui a évolué depuis la fin de la guerre d'Algérie.

En analysant les documents, en les confrontant et en vous appuyant sur vos connaissances, présentez les enjeux mémoriels actuels de la guerre d'Algérie.

DOCUMENT 1 Les mémoires douloureuses de la guerre d'Algérie

Le travail des historiens sur la guerre d'Algérie n'a jamais cessé. Il a commencé très tôt, dès les années 1970 et 1980, et des deux côtés de la Méditerranée. Et il continue. En revanche, les saignements de mémoire de cette guerre n'ont jamais cessé, alimentés par les très nombreux groupes porteurs de cette mémoire. En France, les enfants d'immigrés algériens ou de harkis, les pieds-noirs, les très nombreux soldats partis là-bas… Tous ces groupes ont eu et gardent le sentiment de n'avoir été ni écoutés ni reconnus […]. [Emmanuel Macron] est le premier à aborder le sujet globalement, en traitant de la question coloniale, donc avant le déclenchement de la guerre elle-même. On se souvient de la polémique, pendant sa campagne en 2017, quand il avait qualifié la colonisation de crime contre l'humanité. Il a ouvert le premier cette brèche, et l'a agrandie en 2018 en se saisissant de l'affaire Maurice Audin[1] en demandant pardon à sa veuve, au nom de la France qui avait enlevé et tué ce militant anticolonialiste. […]

Cette guerre d'Algérie est instrumentalisée par des lobbys politiques qui en ont fait une rente mémorielle […]. Dans les deux pays, des groupes politiques s'en servent comme objet politique pour se maintenir ou tenter d'accéder au pouvoir. En France, l'extrême droite en a fait un aspect très important de son programme, et on voit que cela perdure. En Algérie, c'est le parti au pouvoir qui s'en sert depuis soixante ans pour se légitimer. [...]

[En France] il n'y a jamais eu de procès, du fait des nombreuses lois d'amnistie. Personne n'a été poursuivi en justice ou condamné à quoi que ce soit [...]. Si on veut comparer avec la question de la Shoah, outre le travail historique, les procès – celui de Klaus Barbie ou de Maurice Papon – ont été de formidables accélérateurs, des moments de cristallisation, de dévoilement historique des réalités. L'absence de procès sur le conflit algérien est un véritable obstacle. [...] La grande nouveauté, c'est que la nouvelle génération, en France comme en Algérie, veut se réapproprier une histoire qui ne soit ni fantasmée ni instrumentalisée. Emmanuel Macron, qui est né en 1977, appartient à cette génération. Il n'est pas dans une logique de culpabilité, de repentance, ou d'instrumentalisation. Son problème à lui, c'est de faire en sorte que l'on regarde cette histoire pour la dépasser et affronter les défis de l'avenir. Réconcilier les mémoires n'est d'ailleurs pas qu'un enjeu mémoriel, c'est une nécessité historique.

Interview de l'historien Benjamin Stora par Charles de Saint Sauveur, « Pour Macron, la réconciliation des mémoires est un enjeu primordial », *Le Parisien*, 24 janvier 2020.

---

1. Maurice Audin est un mathématicien français, anticolonialiste et membre du Parti communiste algérien. Arrêté lors de la bataille d'Alger, il a disparu et a été déclaré mort en 1957. L'historien Pierre Vidal-Naquet est convaincu qu'il a été tué pendant son interrogatoire.

S'ENTRAÎNER

DOCUMENT 2 **La commémoration du 17 octobre 1961**

ph © Philippe LOPEZ/AFP

Le 17 octobre 2019, Anne Hidalgo (maire de Paris) inaugure la stèle en hommage aux victimes algériennes du 17 octobre 1961. Inscrit sur la plaque : « À la mémoire des nombreux Algériens tués lors de la sanglante répression de la manifestation pacifique du 17 octobre 1961[1]. » (photo publiée sur le site rtl.fr)

1. Le 17 octobre 1961, 20 000 Algériens, à l'appel du FLN, défient le couvre-feu qui leur est imposé à Paris. Selon les historiens, entre 50 et 120 Algériens sont tués, et leurs corps sont jetés dans la Seine par les forces de l'ordre. Maurice Papon est alors le préfet de police de Paris.

LES CLÉS DU SUJET

Identifier les documents

Documents 1 et 2

Nature, genre, source
- **Doc. 1** : article de presse (*Le Parisien*) : interview
- **Doc. 2** : photographie de presse (et son paratexte)

Auteur
- **Doc. 1** : Benjamin Stora : historien spécialiste de la guerre d'Algérie et de leurs mémoires
- **Doc. 2** : site Internet de la radio RTL

Date et contexte

2019/2020 : le président Macron exprime en février 2020 sa volonté d'apaiser les mémoires de la guerre d'Algérie

Thèmes
- Histoire et mémoire de la guerre d'Algérie : multiplicité des mémoires
- Devoir de mémoire
- Apaisement des conflits mémoriels

Comprendre la consigne

• Les groupes mémoriels qui portent les souvenirs de la guerre d'Algérie sont multiples et opposent des visions différentes du conflit depuis 1962.
• Dépasser ces divisions pour faire une histoire apaisée du conflit est une volonté des historiens. Plus récemment, elle est devenue une volonté politique.

Dégager la problématique et construire le plan

En quoi ces documents témoignent-ils des enjeux mémoriels actuels de la guerre d'Algérie ?

I. Des mémoires de la guerre d'Algérie encore conflictuelles	• Quels sont les différents groupes mémoriels de la guerre d'Algérie en France ? • Quelle est la mémoire du conflit en Algérie ?
II. Une « guerre des mémoires » aux causes multiples	• Quels sont les « lobbys » politiques évoqués par l'auteur du texte ? • Quelle a été la mémoire officielle véhiculée par les deux pays après 1962 ?
III. Aujourd'hui, une volonté d'apaiser les mémoires	• Comment les travaux historiques peuvent-ils apaiser les conflits mémoriels ? • Quelles formes peut prendre aujourd'hui le « devoir de mémoire » ?

S'ENTRAÎNER

20 CORRIGÉ GUIDÉ

Les titres et les indications entre crochets ne doivent pas figurer sur la copie.

Introduction

[Accroche] La guerre d'Algérie reste une plaie ouverte des deux côtés de la Méditerranée. [Présentation du sujet] Dans une interview accordée au *Parisien* le 24 janvier 2020, l'historien Benjamin Stora évoque ces « saignements de mémoire » (l. 3-4) et la nécessité actuelle d'apaiser les conflits mémoriels concernant ce conflit. Le second document soumis à notre étude est une photographie de la cérémonie d'inauguration d'une plaque commémorative en hommage aux victimes de la répression du 17 octobre 1961. Elle illustre la volonté de laisser une trace de toutes les souffrances de la guerre d'Algérie, quelles qu'en aient été les victimes. [Problématique] En quoi ces documents reflètent-ils les enjeux mémoriels actuels concernant la guerre d'Algérie ? [Annonce du plan] Nous verrons que si les mémoires du conflit sont encore multiples [I], leur opposition est ancienne et repose sur de multiples facteurs [II]. Aujourd'hui, le contexte politique est sans doute propice à une relecture plus apaisée de la guerre d'Algérie, du moins en France [III].

> ▶ **Le secret de fabrication**
> Dans une étude critique de documents, l'accroche a un caractère plus facultatif que dans une dissertation, une phrase courte suffit. Pour la problématique, vous pouvez reprendre la consigne sous forme de question. En revanche, soignez la présentation des documents.

I. Des mémoires encore conflictuelles

1. Des mémoires divisées en France

• Dans cette interview, Benjamin Stora évoque de multiples « groupes porteurs » de mémoires (l. 5). « En France, les enfants d'immigrés algériens ou de harkis, les pieds-noirs, les très nombreux soldats partis là-bas » (l. 5-7). Leurs mémoires s'opposent.

> ▶ **Le secret de fabrication**
> Commencez si possible votre développement par une citation du texte qui présente de façon générale le problème dont il est question. Vous montrerez ainsi que vous êtes bien dans l'analyse d'un document et que vous n'allez pas vous contenter de restituer des connaissances.

• En effet, les groupes mémoriels qui portent la nostalgie de l'Algérie française sont nombreux : les pieds-noirs, marqués par le traumatisme du rapatriement en 1962, les partisans de l'Algérie française (anciens militaires, anciens membres de l'OAS), les harkis, anciens supplétifs de l'armée française qui ont trouvé refuge en France, abandonnés par le pouvoir et rejeté de leur pays natal.

• Les appelés du contingent sont ceux qui effectuaient leur service militaire en Algérie. Ils ont œuvré pour la reconnaissance officielle de la guerre d'Algérie afin d'obtenir des pensions d'anciens combattants. La majorité de ce groupe mémoriel milite pour une histoire plus apaisée de ce conflit.

2. Les mémoires algériennes

• Les immigrés algériens de France et leurs enfants dénoncent les conséquences de la guerre en France : la montée du racisme et des discriminations. Ils sont sans aucun doute à l'origine des commémorations des répressions dont leurs parents ont été victimes comme celle du 17 octobre 1961 (document 2).

> **CONSEIL**
> N'oubliez pas, autant que possible, de citer les deux documents dans chaque partie du devoir, à plusieurs reprises.

• Les anciens combattants du FLN et les nationalistes véhiculent la mémoire d'une guerre de libération contre l'occupant français. Cette mémoire se confond avec la mémoire nationale, inscrite dans la Constitution de l'Algérie.

[Transition] Benjamin Stora évoque rapidement le « conflit mémoriel » (l. 3-7) en France et en Algérie, mais il insiste davantage sur les raisons de cette fracture des mémoires.

II. Une « guerre des mémoires » aux causes multiples

1. Un long silence

• « Emmanuel Macron est le premier à aborder le problème globalement » (l. 8-9). En effet, avant lui, la mémoire officielle de la guerre d'Algérie ne concernait que le conflit lui-même et les personnes y ayant participé. Le temps de l'amnésie dure jusqu'en 1968. À partir de cette date, les mémoires évoluent : la jeunesse engagée à gauche remet en cause le passé colonial de la France et des historiens, comme Pierre Vidal-Naquet, évoquent pour la première fois la torture.

> **À NOTER**
> Dans *Raison d'État*, en 1972, Pierre Vidal-Naquet présente le cas de Maurice Audin comme l'évoque indirectement le paratexte du document 1.

• Dans les années 1980, les mémoires s'éveillent et se durcissent : celle des jeunes générations issues de l'immigration algérienne qui dénoncent le racisme, celle des enfants de harkis qui luttent pour une reconnaissance officielle des souffrances de leurs parents (l. 31-33). En 1997, le procès de Maurice Papon, impliqué dans la répression du 17 octobre 1961 et du 8 février 1962, réveille le besoin de vérité historique (document 2).

2. L'absence de justice

• Si Maurice Papon a été jugé, ce n'est pas dans le cadre de la guerre d'Algérie mais pour sa participation à la collaboration et à la déportation des Juifs de France pendant la Seconde Guerre mondiale. « L'absence de procès sur le conflit algérien est un véritable obstacle » (l. 30-31) à l'écriture de l'histoire et à la réconciliation mémorielle. Aucun procès n'a permis « de dévoilement historique des réalités » (l. 29-30).

• En effet, une série de lois d'amnistie est accordée entre 1962 (dans les accords d'Évian) et 1982, qu'il s'agisse des délits ou crimes commis par le FLN, l'OAS ou des militaires français. Il fallait alors de tourner vite la page « des événements » et du passé colonial de la France.

3. Des mémoires instrumentalisées à des fins politiques

• Benjamin Stora affirme qu'en France l'extrême droite instrumentalise les conflits mémoriels (l. 20-22). Il sous-entend ici que le Rassemblement national défend la mémoire des nostalgiques de l'Algérie française. Ce groupe mémoriel obtient d'ailleurs en 2005 la reconnaissance officielle des souffrances des rapatriés, réveillant une guerre des mémoires entre la France et l'Algérie. En 2016, la responsabilité de la France dans le sort particulier des harkis est reconnue pour la première fois.

• En Algérie, « c'est le parti au pouvoir qui s'en sert depuis soixante ans pour se légitimer » (l. 22-23). Il est vrai que la Constitution algérienne de 1963 impose une vision officielle de l'histoire, celle de plus d'un million de « martyrs ». Le pouvoir algérien est encore l'héritier de cette vision aujourd'hui.

> ▶ **Le secret de fabrication**
> N'hésitez pas à multiplier les citations du texte, en les intégrant dans votre argumentation et en les faisant immédiatement suivre de leur explicitation, comme ici. Vos connaissances éclairent alors les propos de l'auteur.

[Transition] Les conflits de mémoire, qui opposent des groupes en France mais aussi la France à l'Algérie, trouvent donc leurs origines dans l'histoire de la décolonisation, l'absence de justice et l'instrumentalisation politique qui existe encore de ce conflit. Une nouvelle génération d'hommes et de femmes veut dépasser ces oppositions pour construire une mémoire plus apaisée de la guerre d'Algérie.

III. Aujourd'hui, une volonté d'apaiser les mémoires

1. Grâce à une nouvelle génération d'hommes politiques

• « Emmanuel Macron, qui est né en 1977 […] n'est pas dans une logique de culpabilité, de repentance, ou d'instrumentalisation. Son problème à lui, c'est de faire en sorte que l'on regarde cette histoire pour la dépasser » (l. 33-37). Par ces lignes, Benjamin Stora donne un éclairage sur la volonté du président de la République de faire des mémoires de la guerre d'Algérie une priorité historique mais aussi politique. Il est le premier président à être né après ce conflit, il n'en a été ni l'acteur (comme François Mitterrand et Jacques Chirac), ni le témoin (Nicolas Sarkozy et François Hollande).

- Emmanuel Macron va plus loin que ses prédécesseurs afin d'apaiser les relations franco-algériennes. Il utilise même le terme de « crimes contre l'humanité » pour évoquer la colonisation française, qui suscite une vive polémique. Il cherche à élargir la question de la guerre d'Algérie à celle de la colonisation dans son ensemble.

> À NOTER
> Nicolas Sarkozy avait évoqué en 2007 à Alger « les fautes de la colonisation française » tandis qu'en 2016, François Hollande avait parlé des « souffrances infligées au peuple algérien ».

- L'inauguration d'une plaque face à la Seine par la maire de Paris relève de la même volonté de vérité historique (document 2). Après le réveil mémoriel des années 1970, seules certaines mémoires du conflit ont été honorées (pieds-noirs, harkis). Cette plaque est sans ambiguïté sur les victimes et leur sort, même si le nombre de victimes est encore objet de débat. Elle s'inscrit dans un « devoir de mémoire » mais aussi d'histoire.

2. Des politiques qui s'appuient sur les travaux des historiens

- Emmanuel Macron n'est pas un spécialiste de l'histoire de la guerre d'Algérie et de ses mémoires. Il s'appuie sur le travail des historiens « qui n'a jamais cessé […], a commencé très tôt, dès les années 1970 et 1980, et des deux côtés de la Méditerranée » (l. 1-3).
- Benjamin Stora fait évidemment référence à ses travaux personnels mais aussi à ceux de Pierre Vidal-Naquet qui ont sans doute pesé dans la décision du président de « demander pardon » à la veuve de Maurice Audin mentionné dans le document 1 (l.13-16). Les historiens comme Raphaëlle Branche, Sylvie Thénault, Mohammed Harbi et bien d'autres poursuivent leurs recherches car, comme l'indique Benjamin Stora, c'est une nécessité historique pour réconcilier les mémoires.

Conclusion

[Réponse à la problématique] Ces deux documents évoquent donc bien la complexité des enjeux mémoriels concernant la guerre d'Algérie. Après des décennies de mémoires parallèles et concurrentes, la volonté politique actuelle semble rejoindre celle des historiens, afin de mettre fin à une concurrence mémorielle qui suscitait tensions et incompréhensions. [Ouverture] Il n'en reste pas moins que ce processus de réconciliation sera encore long et difficile. L'absence de consensus sur le jour de commémoration de la fin de la guerre d'Algérie en est le parfait exemple.

> CONSEIL
> Attention dans ce sujet à ne pas donner votre avis. Vous devez rester neutre.

S'ENTRAÎNER

21 Étude critique de document

Juger le génocide des Tutsi au Rwanda

2 heures
10 points

INTÉRÊT DU SUJET • Ce sujet mobilise une partie de vos connaissances sur les notions de génocide et de justice. Lisez attentivement le texte afin de bien cerner les thèmes évoqués.

▶ **En analysant le document et en vous appuyant sur vos connaissances, montrez quels sont les objectifs et les difficultés de la mise en place d'une justice locale au Rwanda après le génocide des Tutsi.**

DOCUMENT

C'est un magasin discret situé dans une rue calme du quartier de Kamatamu, au nord de Kigali. On y trouve des laisses pour chiens, des muselières […]. Solange Nyirahabineza a ouvert Canivet Pet il y a un an et demi. […] La jeune femme ignore que jusqu'en 2012, au même endroit, se trouvait une *gacaca*, un tribunal populaire. Dans cette pièce exiguë, des hommes et des femmes ont été jugés pour meurtres ou vols après le génocide au Rwanda. […]. À la fin du génocide […], le pays n'avait plus d'infrastructure étatique : ni écoles, ni hôpitaux, ni tribunaux. De son côté, le Tribunal pénal international pour le Rwanda (TPIR) sera créé par le Conseil de sécurité de l'ONU le 8 novembre 1994 et officiellement fermé le 31 décembre 2015. Son objectif : poursuivre en justice les idéologues du génocide, les ministres du gouvernement génocidaire et ceux qui ont encouragé les massacres […]. Sur le territoire, il a fallu du temps pour rebâtir un système judiciaire, former des juges et faire revenir des avocats partis en exil. En 1998, on a estimé qu'au rythme de la justice de l'époque, il faudrait deux cents ans pour juger les accusés qui s'entassaient par centaines de milliers dans les prisons rwandaises. […]

« Nous avions trois choix, a rappelé Paul Kagame, ancien chef du FPR [Front patriotique rwandais] et président du pays, en 2012. Le premier, le plus dangereux, était le chemin de la revanche. Le deuxième était celui d'une amnistie générale. Nous avons choisi la troisième voie, la plus difficile, celle consistant à traiter la question une fois pour toutes et à rétablir l'unité et l'intégrité de la nation. » [...]

Des citoyens sont alors sélectionnés par des comités de secteur pour leur bonne réputation et leur intégrité. [...] « Nous avons reçu une formation d'environ deux semaines sur l'histoire du Rwanda, les racines du génocide, l'influence des colonisateurs belges, ainsi que des notions juridiques, se souvient Édouard Lutaya. J'ai été désigné par la population et je l'ai pris comme une marque de confiance. Le but des *gacaca* était de réconcilier les gens, d'être le plus juste possible afin qu'ils réapprennent à vivre ensemble. »

Pierre Lepidi, « Rwanda : les "gacaca", ces tribunaux populaires par lesquels le "miracle" est arrivé », *Le Monde*, 13 avril 2019.

LES CLÉS DU SUJET

Identifier le document

Document

Nature, genre, source
- Article de presse
- *Le Monde* (quotidien)

Auteur et destinataire
- Pierre Lepidi (journaliste)
- Public français

Date et contexte
- 2019
- 25 ans après le génocide au Rwanda

Thèmes
- Justice
- Génocide
- Réconciliation

Comprendre la consigne

Vous devez relever dans le texte les **buts** recherchés par les tribunaux locaux du Rwanda mais aussi les **raisons** qui ont motivé le choix d'une justice locale.

Dégager la problématique et construire le plan

- La problématique est souvent contenue ou suggérée dans la consigne. On peut ici s'interroger sur la raison pour laquelle le Rwanda a mis en place des tribunaux locaux pour juger le génocide plutôt que de passer par la justice internationale.

• Chaque **objectif** est difficile à mettre en œuvre. Présentez donc chacun d'eux et les difficultés qui lui sont propres dans la même partie. Chaque objectif constituera le thème d'une partie.

• Classez les buts par ordre chronologique ou du plus évident ou moins évident et demandez-vous si les buts recherchés par les tribunaux *gacaca* ont été atteints.

I. Des tribunaux pour répondre à une urgence de justice	• Quelle est la situation du Rwanda au sortir du génocide ? • Qu'est-ce qui est reproché aux accusés ?
II. Une justice pour réconcilier un peuple déchiré	• Quelle est la particularité du génocide au Rwanda ? • Les verdicts ont-ils été cléments ?
III. Une justice rendue ?	• Quelle mémoire de cette justice les premières lignes du texte évoquent-elles ? • Quelles sont les limites du document ?

21 CORRIGÉ GUIDÉ

Les titres et les indications entre crochets ne doivent pas figurer sur la copie.

Introduction

[Accroche] Le président rwandais, Paul Kagame, déclarait à propos des procès des personnes impliquées dans le génocide des Tutsi qu'il souhaitait « traiter la question une fois pour toutes et à rétablir l'unité et l'intégrité de la nation ». [Présentation du sujet] Dans un article du *Monde* publié le 13 avril 2019 à l'occasion des 25 ans de la fin du génocide rwandais, le journaliste Pierre Lepidi revient sur la tenue de ces tribunaux locaux, les *gacaca,* et présente les objectifs ainsi que les difficultés rencontrées par cette justice locale inédite. [Problématique] Dans quelle mesure ce document témoigne-t-il des raisons pour lesquelles une justice locale s'est superposée aux autres échelles judiciaires au Rwanda ? [Annonce du plan] Nous verrons qu'une justice à l'échelle locale, même si elle a rencontré de nombreuses difficultés, devait répondre à un double objectif :

> CONSEIL
> Vous pouvez utiliser une citation du texte pour constituer votre accroche.

faire face à un contexte particulier [I] et ressouder un peuple déchiré [II]. On se demandera enfin si ces objectifs ont été atteints [III].

I. Des tribunaux pour répondre à une urgence de justice

1. Un pays dévasté, une justice dépassée

- Le Rwanda est dévasté en 1994 : « À la fin du génocide [...], le pays n'avait plus d'infrastructure étatique » (l. 7-8). La justice nationale ne peut faire face à l'ensemble des dossiers qui concernent les exécutants du génocide : « il faudrait deux cents ans pour juger les accusés » (l. 17). Il est donc apparu nécessaire de trouver une solution rapide et faire preuve de pragmatisme en instaurant les *gacaca*.
- Le TPIR, « créé par le Conseil de sécurité de l'ONU le 8 novembre 1994 et officiellement fermé le 31 décembre 2015 » (l. 10-11), n'est chargé que de juger les idéologues et responsables rwandais qui ont donné l'ordre des actes génocidaires, alors que les exécutants sont nombreux au sein des Ibitero. Il faut donc accélérer les procédures.

2. Juger des génocidaires

- Les accusés sont coupables de génocide. Ce concept, inventé par Raphael Lemkin et officialisé par l'ONU en 1948, est défini comme un acte « commis dans l'intention de détruire, ou tout ou en partie, un groupe national, ethnique, racial ou religieux ».
- Les tribunaux sont l'occasion pour les victimes mais aussi pour les bourreaux de s'exprimer : on apprend ainsi des faits avec plus de précision, ou on en découvre des méconnus.

II. Une justice pour réconcilier un peuple déchiré

1. Un génocide de proximité

- Le génocide des Tutsi a été commis par des groupes hutu, une ethnie majoritaire au Rwanda. C'est pourquoi on pouvait craindre une volonté de « revanche » (l. 21).
- Entre 800 000 et un million de Tutsi ont été massacrés par des voisins, des gens de leur village, qu'ils connaissaient, parfois au sein d'une même famille.

2. Une justice de réconciliation

- Les tribunaux *gacaca* cherchent à concilier la justice et la nécessité de vivre ensemble après de tels actes de violences : « Le but des *gacaca* était de réconcilier les gens, d'être le plus juste possible » (l. 30-31).

S'ENTRAÎNER

• Les tribunaux *gacaca* étaient des juridictions traditionnelles et anciennes au Rwanda : inclure tous les hommes dans ces tribunaux avait un but de réconciliation : « Des citoyens sont alors sélectionnés par des comités de secteur pour leur bonne réputation et leur intégrité » (l. 25-26).

> CONSEIL
> Équilibrez les références au document et l'apport en connaissances issues du cours.

III. Une justice rendue ?

1. Une justice incomplète

• Certaines ONG ont reproché aux tribunaux *gacaca* de manquer d'impartialité et surtout de professionnalisme. Comme le dit un homme cité dans l'article, beaucoup de juges n'ont suivi qu'une « formation d'environ deux semaines » (l. 27).

• Même si les accusés n'ont pas bénéficié d'amnistie, la justice a souvent été clémente et les accusés ont pu voir leur peine limitée à des travaux d'intérêt général.

2. Le début de l'oubli ?

• Les premières lignes du texte évoquent l'ignorance d'une habitante de la tenue d'un tribunal *gacaca* sur le lieu même où elle a ouvert un magasin (l. 3-5) : peut-être entre-t-on dans un régime mémoriel d'amnésie d'un traumatisme que l'on cherche à refouler ?

• Si justice a été rendue, on peut tout de même s'interroger sur la réalité d'une réconciliation nationale : des témoins ont pu être intimidés.

Conclusion

[Réponse à la problématique] Les souhaits du président rwandais n'ont été qu'en partie réalisés : [Intérêt et limites des documents] justice a été rendue, mais celle-ci n'a pas permis une réconciliation immédiate qui prendra sans doute du temps. Quelle justice aurait pu répondre à l'impossible ?

Entretenir la mémoire du génocide des Juifs

2 heures
10 points

INTÉRÊT DU SUJET • Ce sujet transversal mobilise l'ensemble des connaissances développées dans le thème 3. Il faut ici s'interroger sur les moyens d'entretenir la mémoire et leurs objectifs. Ceux-ci varient en fonction des préoccupations du présent.

▶ Entretenir la mémoire du génocide des Juifs.

LES CLÉS DU SUJET

Analyser le sujet

Entretenir la mémoire du génocide des Juifs

Formulation
- Un verbe à l'infinitif
- Pas de bornes chronologiques

Bornes chronologiques et spatiales
- De la Libération à nos jours
- En France et dans le monde

Type de sujet
Sujet analytique

Notions et mots clés
- Entretenir : conserver, transmettre
- Mémoire du génocide

Dégager la problématique

• Il s'agit d'analyser les raisons pour lesquelles la mémoire du génocide est entretenue et les modalités de cette conservation. La façon d'entretenir la mémoire évolue au cours du temps.

• La problématique à laquelle vous répondrez est la suivante : à quels enjeux historiques et mémoriels l'entretien de la mémoire du génocide répond-il ?

Construire le plan

I. Les différents moyens d'entretenir la mémoire du génocide...	Comment la mémoire est-elle entretenue ?
II. ... répondent à des enjeux historiques et mémoriels en évolution	• Pour quelles raisons entretient-on cette mémoire ? • Quels sont les différents régimes mémoriels sur la Shoah ?

22 CORRIGÉ GUIDÉ

Les titres et les indications entre crochets ne doivent pas figurer sur la copie.

Introduction

[Accroche] Le sociologue Maurice Halbwachs définit la mémoire comme « la manière dont les groupes sociaux interprètent leur passé en fonction de leurs besoins présents ». [Présentation du sujet] La mémoire du génocide des Juifs, événement traumatique majeur du XXe siècle, parce qu'elle se construit, se transmet et évolue depuis la fin de la Seconde Guerre mondiale, est devenue un sujet qui intéresse les historiens. [Problématique] À quels enjeux historiques et mémoriels l'entretien de la mémoire de ce génocide répond-il ? [Annonce du plan] Nous verrons que les moyens d'entretenir la mémoire de la Shoah sont multiples [I] et qu'ils répondent à des enjeux historiques et mémoriels qui évoluent [II].

> **▶ Le secret de fabrication**
> Lorsque cela est possible, présentez vos deux ou trois idées principales (titres des parties) en une seule phrase. Chaque élément de la phrase correspondra alors à une partie, ce qui facilitera l'annonce du plan en introduction et la rédaction des transitions entre les parties.

I. Les différents moyens d'entretenir la mémoire du génocide…

1. La construction de lieux de mémoire

• Dans l'immédiat après-guerre, les lieux de mémoire du génocide des Juifs et des Tsiganes sont rares. Ils permettent de souder la communauté des « survivants » mais se limitent souvent à des plaques dans les synagogues et les cimetières.

• Les premiers mémoriaux voient le jour dans la décennie suivante : mémorial du Martyr juif inconnu en 1956, Yad Vashem à Jérusalem en 1957. Ces premiers lieux institutionnels fixent les règles des mémoriaux consacrés à la Shoah : ce sont des espaces de recueillement et de recherche. Ils participent à l'éveil de la mémoire.

• Les « musées de la Shoah » se multiplient surtout à partir des années 1990 : Mémorial de l'Holocauste à Washington, Mémorial de la Shoah à Paris, Mémorial aux Juifs assassinés d'Europe à Berlin. Les camps de concentration, d'internement, les centres de mise à mort sont aménagés et deviennent de véritables musées *in situ*.

2. Les procès des criminels nazis après Nuremberg

• Les procès qui se tiennent après Nuremberg permettent de juger les criminels nazis encore en liberté. Ils sont l'occasion d'entendre les témoins, d'écrire l'histoire et donc d'entretenir la mémoire. C'est le cas des douze procès qui se tiennent en Allemagne de l'Ouest et en Pologne jusqu'en 1949.

• Le procès d'Eichmann en 1961 constitue un véritable tournant. Centré uniquement sur l'extermination des Juifs d'Europe, il permet à de nombreux témoins de s'exprimer et constitue un rappel, pour la diaspora juive, de son histoire.

• Les derniers procès en Europe se déroulent entre les années 1980 et 2000. En France, le procès de Klaus Barbie en 1987 est un moyen de lutter contre le négationnisme qui menace alors l'histoire et la mémoire du génocide.

MOT CLÉ
Le négationnisme est une doctrine niant la réalité du génocide des Juifs, notamment l'existence des chambres à gaz.

3. Des œuvres littéraires et des films

• Pendant le conflit et dans l'immédiat après-guerre, les premiers récits du génocide sont des témoignages, écrits pendant la déportation ou après la libération des camps. C'est le cas du *Journal d'Anne Frank* ou de l'ouvrage de Primo Levi *Si c'est un homme.* Puis les récits se tarissent, le discours est difficilement audible.

• Le cinéma se saisit du sujet à partir des années 1970, surtout après l'œuvre de Claude Lanzmann, *Shoah*, en 1985. Plus de 2 000 films sortent entre 1985 et 2000, et plus de 20 000 depuis. Les ouvrages littéraires connaissent la même trajectoire.

[Transition] Faire émerger les lieux du génocide, publier les témoignages des rescapés, juger des crimes imprescriptibles, représenter sont des moyens de lutter contre l'oubli. Cependant ces moyens répondent aussi à des enjeux historiques et mémoriels en évolution, ils ont leur propre histoire.

II. ... répondent à des enjeux historiques et mémoriels en évolution

1. Après 1945 : entretenir la mémoire n'est pas une priorité

• Si les lieux de mémoire sont rares juste après le conflit, c'est que la priorité est au résistancialisme, notamment en France. Le sort des Juifs est alors amalgamé à celui des autres déportés. Les lieux du génocide sont aussi instrumentalisés par les autorités, en France, en URSS, pour glorifier toutes les victimes, sans mention de la particularité du sort des Juifs et des Tsiganes.

> **MOT CLÉ**
> Le résistancialisme est le fait de glorifier l'action résistante et de minimiser la collaboration en France pendant l'Occupation.

• La priorité est également à la justice (Nuremberg) et aux premières recherches historiques. Il faut tourner la page de la guerre, installer la paix. Le temps n'est pas à la mémoire, mais à l'amnésie, à l'oubli des souffrances des déportés raciaux.

2. À partir du début des années 1960 : un besoin qui apparaît

• Le procès d'Eichmann en 1961, plus que tout autre procès, ouvre le temps de l'anamnèse, celui du réveil des mémoires. La spécificité du génocide des Juifs, mais pas celui des Tsiganes, est alors révélée au grand public. Ce moment inaugure la tenue de nouveaux procès en Allemagne (ceux des dirigeants d'Auschwitz) dans les années 1970.

• À cette occasion également, la série télévisée *Holocaust* est diffusée afin de lutter contre les propos négationnistes ; des œuvres littéraires, qui n'avaient pas connu le succès, sont à nouveau publiées.

3. Depuis 1980-1990 : entretenir la mémoire devient un impératif

• Depuis 1980-1990, dans le contexte de la montée du négationnisme, puis dans les années 2000, avec la disparition des derniers témoins, entretenir la mémoire devient un impératif urgent. C'est le temps des commémorations, de l'hypermnésie. Le « devoir de mémoire » s'impose : des lieux de mémoire sont aménagés, notamment les sites des centres de mise à mort autour desquels un véritable tourisme s'organise.

• La Shoah devient un sujet universel dans la littérature et le cinéma. De 1980 à 1991, Art Spiegelman publie *Maus*, un roman graphique sur la transmission de cette mémoire. Le film *Le Fils de Saul* (de László Nemes) obtient le Grand Prix du festival de Cannes en 2015.

Conclusion

[Réponse à la problématique] Entretenir la mémoire du génocide des Juifs répond à un double objectif : un objectif mémoriel (rendre hommage aux victimes et à leurs descendants) et un objectif historique (faire progresser la recherche mais aussi étudier l'évolution de ces mémoires). [Ouverture] Avec la disparition des derniers survivants de la Shoah, l'historien va perdre une précieuse source pour faire l'histoire. Entretenir la mémoire sera sans doute plus difficile, mais encore plus nécessaire.

23 Dissertation

Les lieux de mémoire du génocide

2 heures
10 points

INTÉRÊT DU SUJET • Ce sujet interroge sur la finalité des lieux de mémoire. Leur nature diverse et l'absence de certains lieux de mémoire posent la question de leurs fonctions. Les notions d'histoire et de mémoire doivent également être mobilisées.

▶ Les lieux de mémoire du génocide des Juifs et des Tsiganes

LES CLÉS DU SUJET

Analyser le sujet

Les lieux de mémoire du génocide des Juifs et des Tsiganes

Formulation
Un thème du chapitre conclusif

Bornes chronologiques
Sans indication : de nos jours

Type de sujet
Sujet analytique

Notions et mots clés
- Lieux de mémoire : lieux, symboles, dates, liés à des événements dont on veut se souvenir (Pierre Nora)
- Génocide : destruction programmée de tout un peuple (ici les Juifs et les Tsiganes)

Dégager la problématique

- Les lieux de mémoire du génocide des Juifs et des Tsiganes sont de nature différente. Multiples pour le génocide des Juifs, ils sont beaucoup plus rares pour celui des Tsiganes. Il faut donc s'interroger sur la finalité de ces lieux de mémoire et sur ces différences de traitement.
- Quels rôles les lieux de mémoire du génocide des Juifs et des Tsiganes jouent-ils aujourd'hui ?

Construire le plan

Le sujet est **analytique** : il conduit à décrire une situation. On peut répondre à la problématique après avoir présenté les différents lieux de mémoire.

I. Les lieux de mémoire du génocide sont multiples	• Faites une présentation organisée des différents lieux de mémoire du génocide. • Regroupez-le en deux ou trois rubriques.
II. Ces lieux permettent de mieux connaître l'histoire du génocide...	• Que montrent ces lieux de mémoire ? • Que ne montrent-ils pas ?
III. ... mais ils répondent surtout à un devoir de mémoire	• Pourquoi certains lieux répondent-ils plus à un « devoir de mémoire » qu'à un « travail d'histoire » ? • En quoi sont-ils incomplets ?

23 CORRIGÉ GUIDÉ

Les titres et les indications entre crochets ne doivent pas figurer sur la copie.

Introduction

[Accroche] La mémoire du génocide des Juifs et des Tsiganes, lente à émerger, est devenue aujourd'hui omniprésente, et a même pris un caractère d'urgence avec la disparition progressive de ses derniers témoins. [Présentation du sujet] Les lieux de mémoire, tels que définis par Pierre Nora, sont des espaces mais aussi des symboles ou des dates, liés à des événements du passé dont l'on veut se souvenir. Concernant le génocide des Juifs qui s'est déroulé pendant la Seconde Guerre mondiale, les lieux de mémoire sont nombreux et de natures différentes alors qu'ils sont beaucoup plus rares pour les victimes tsiganes. [Problématique] Quels rôles ces lieux de mémoire peuvent-ils jouer aujourd'hui ? [Annonce du plan] S'ils diffèrent par leur nature [I], les lieux de mémoire permettent de mieux connaître le processus de destruction dont les Juifs et les Tsiganes ont été les victimes [II]. Cependant, ces lieux répondent surtout à un devoir de mémoire et témoignent d'un déséquilibre mémoriel [III].

▶ Le secret de fabrication

Lorsque le sujet comprend une notion importante, comme ici celle de « lieu de mémoire », il est pertinent d'en citer l'auteur. Vous montrez ainsi que vous maîtrisez les concepts. Pierre Nora propose, lors de la parution de son ouvrage *Les Lieux de mémoire* (1984-1992), une réflexion générale sur les traces matérielles et immatérielles du passé.

I. De multiples lieux de mémoire pour le génocide

1. Les mémoriaux

• Après la guerre, les centres de mise à mort installés en Pologne sont en partie détruits ou non accessibles. Pour les descendants des victimes, le recueillement sur les lieux du crime est impossible. C'est la raison pour laquelle des mémoriaux voient le jour ailleurs, loin des sites de l'anéantissement.

• En 1956, un premier mémorial du Martyr juif inconnu est inauguré à Paris. Il deviendra le mémorial de la Shoah en 2005. En 1957, le Mémorial de Yad Vashem ouvre à Jérusalem. Par un vote de l'Assemblée israélienne, celui-ci obtient le droit de distribuer les autorisations de construire d'autres mémoriaux de la Shoah dans le monde.

• C'est ainsi que naît le Mémorial de l'Holocauste à Washington en 1993, considéré aujourd'hui comme le plus important, puis celui de Berlin en 2005. Ils sont particulièrement nombreux dans les grandes métropoles américaines.

À NOTER
En 1947 le gouvernement polonais ouvre Auschwitz pour en faire un lieu de mémoire, mais il met surtout en avant les victimes polonaises (5 millions de Polonais dont 3 millions de Juifs).

2. Les sites du génocide

• Si un lieu incarne la mémoire du génocide des Juifs et des Tsiganes, c'est bien Auschwitz-Birkenau. Le nombre de victimes (1,1 million dont 1 million de Juifs et 21 000 Tsiganes) efface presque les autres lieux de mémoire situés en Pologne : Treblinka, Chelmno, Sobibor, Belzec, Majdanek. D'autres sites où des Juifs ont été fusillés sont des centres de mise à mort, comme Babi Yar en Ukraine.

À NOTER
La recherche historique préconise d'utiliser le terme « centre de mise à mort » pour désigner des sites dans lesquels les Juifs étaient assassinés dès leur arrivée.

• Les camps de concentration ou de travail forcé mais aussi les ghettos sont également des lieux de mémoire. Les détenus y mouraient de faim, de froid, d'épuisement ou du typhus. Les principaux camps sont Mauthausen, Sachsenhausen, Ravensbrück en Allemagne, Struthof en Alsace. Auschwitz-Birkenau et Majdanek étaient également des camps de travail forcé. Varsovie et Cracovie abritaient les principaux ghettos en Pologne.

• Les camps de transit, ou camps d'internement, comme Drancy en région parisienne, le camp des Milles en Provence, Pithiviers, Beaune-la-Rolande, Westerbork aux Pays-Bas sont également des lieux de mémoire du génocide. Ces camps, situés dans les pays occupés par l'Allemagne nazie, recevaient des Juifs avant leur déportation.

3. Les musées de la Seconde Guerre mondiale

• Les musées plus largement consacrés à la Seconde Guerre mondiale ou les musées d'histoire et de la culture juive abritent généralement des salles consacrées à l'histoire du génocide. Leur but est de constituer une mémoire collective des faits se rapportant à la Shoah, ils sont considérés comme des lieux de mémoire.

• En France, des centres d'histoire de la Résistance et de la déportation évoquent des étapes du génocide, notamment la détention dans des camps d'internement.

[Transition] Les lieux de mémoire du génocide des Juifs et des Tsiganes peuvent donc être regroupés dans trois catégories en fonction de leur nature. Ils retracent tous, à des degrés divers, l'histoire de cet événement.

S'ENTRAÎNER

II. Des lieux permettant de mieux connaître le génocide

1. Une approche contextualisée du génocide

• Les mémoriaux les plus importants comportent tous des centres de documentation, une bibliothèque et une salle de conférences. C'est ainsi que l'a voulu Isaac Schneersohn, à l'origine du mémorial du Martyr juif inconnu. Dans ces centres de recherche, des archives personnelles y sont conservées, des conférences d'historiens y sont organisées, des témoignages de survivants s'y tiennent. Autant de sources variées pour faire l'histoire du génocide.

• Les mémoriaux sont aussi d'importants espaces pédagogiques, organisant expositions, rencontres avec d'anciens déportés, visites des sites du génocide. Ils participent à la transmission de l'histoire aux nouvelles générations.

2. Une meilleure connaissance du processus génocidaire

• La visite des musées *in situ* permet une meilleure compréhension du processus génocidaire : dans la plupart des camps de concentration, le visiteur peut observer les ruines des chambres à gaz et des fours crématoires. Cela permet de comprendre que ces structures n'étaient pas réservées aux centres de mise à mort. Elles ont servi à éliminer les prisonniers trop faibles, des résistants ou des prisonniers de guerre.

> **À NOTER**
> Les différents espaces d'un camp comme Auschwitz I (voies ferrées, place de l'appel, infirmerie, etc.) évoquent aussi l'organisation rationnelle de l'univers concentrationnaire.

• Ce qui est sans doute le plus marquant dans la visite des centres de mise à mort, c'est ce qu'ils ne montrent pas. Des terrains vides, des chambres à gaz détruites, des ghettos à peine perceptibles dans le nouveau paysage urbain. C'est cette absence, souvent matérialisée par des panneaux, des photos, des stèles, qui reflète sans doute le mieux l'ampleur du génocide.

[Transition] Les lieux de mémoire du génocide des Juifs et des Tsiganes permettent donc d'appréhender un processus complexe et géographiquement éclaté. Néanmoins, ces lieux sont avant tout consacrés au devoir de mémoire.

III. Des lieux répondant surtout à un devoir de mémoire

1. Des lieux de commémoration

• Les mémoriaux, les sites polonais, tous les lieux de mémoire du génocide des Juifs et des Tsiganes sont surtout des lieux de commémorations : chaque 27 janvier, ils accueillent chefs d'État, anciens déportés, familles des victimes et publics scolaires pour célébrer la libération d'Auschwitz.

• Le devoir de mémoire est l'obligation morale et civique de se souvenir. C'est pourquoi les commémorations ont pour but de véhiculer les valeurs essentielles de la démocratie, contre les dérives totalitaires et l'antisémitisme.

2. Une approche souvent émotionnelle du génocide

• Le visiteur d'Auschwitz I ne peut qu'être marqué par la vision de dizaines de vitrines avec leurs amas de cheveux et d'objets personnels des victimes, exposés pour rendre compte du nombre élevé de morts. Cette muséographie est une approche émotionnelle du passé.

• À Drancy, le « wagon du souvenir » installé devant la cité de la Muette par une association de rescapés ne correspond pas à une réalité historique : les convois partaient de la gare du Bourget et de Bobigny. Ce wagon a pour seul but de rappeler le sort des internés.

> **À NOTER**
> Les nouveaux lieux de mémoire (ex. : ancienne gare de Bobigny) cherchent à montrer les traces matérielles et à respecter le pouvoir évocateur du site.

3. Un déséquilibre mémoriel

• Le génocide des Tsiganes, oublié pendant quarante ans, manque aujourd'hui de lieux de mémoire et de mémoriaux officiels. Même s'ils sont nombreux à avoir trouvé la mort à Auschwitz et même à Natzweiler-Struthof en Alsace, leur sort n'est pas clairement relaté dans ces lieux de mémoire.

• En 2012, Angela Merkel inaugure à Berlin un mémorial prévu depuis dix ans : le manque de documents et les tensions mémorielles au sein de la communauté tsigane expliquent ce retard. En 2016, François Hollande inaugure une statue en hommage aux 14 Tsiganes fusillés à Saint-Sixte, dans le Lot-et-Garonne. Il est le seul monument en France à commémorer la souffrance de cette communauté.

Conclusion

[Réponse à la problématique] Les lieux de mémoire, s'ils donnent accès à l'historien à de nombreuses sources, restent avant tout des espaces consacrés à entretenir le souvenir. Leur fonction essentielle est donc de permettre le devoir de mémoire. [Ouverture] Avec la disparition des derniers témoins du génocide, les lieux qui lui sont consacrés sont cependant un support précieux à la transmission de la mémoire. Auschwitz-Birkenau est devenu un site classé au Patrimoine mondial de l'Unesco en 1979 : il témoigne du plus grand crime contre l'humanité jamais commis.

24 Étude critique de document

Une œuvre fondatrice : *Shoah*

2 heures
10 points

INTÉRÊT DU SUJET • Les films relatant le génocide sont de plus en plus nombreux. Parmi ceux-ci, le film de Claude Lanzmann fait encore référence. L'enjeu de ce sujet est de comprendre pourquoi.

En analysant le document et en vous appuyant sur vos connaissances, montrez en quoi le film *Shoah*, de Claude Lanzmann, marque un tournant dans l'histoire des mémoires du génocide des Juifs.

DOCUMENT ***Shoah*, un film majeur**

Shoah, c'est LA grande œuvre de Claude Lanzmann, en 1985, il lui a fallu une dizaine d'années de recherche […]. Une œuvre radicale, passionnante, absolument brillante. Celle qui restera à jamais liée à son créateur, Claude Lanzmann. Il décrit ici son œuvre et son travail : « Tout mon film a été fait précisément à partir de l'absence de traces, c'est-à-dire à partir de rien ». […] Absence de traces, une volonté d'aller sur les lieux, de voir, d'arpenter comme il dit. Que l'horreur n'est pas hors du monde et hors des lieux. Il y a chez Lanzmann une volonté de comprendre et pas d'abord d'exprimer l'horreur, comme le fit par exemple Resnais dans *Nuit et Brouillard* sorti au milieu des années 1950. Et l'un des grands apports de ce film, *Shoah*, aura notamment été d'insister sur la distinction fondamentale entre camps de concentration et camps d'extermination, une distinction absente chez Resnais. Et puis il y a le titre *Shoah*. On l'a oublié, mais on parlait jusqu'alors surtout de l'holocauste. Insupportable pour Lanzmann qui refusait toute idée de sacrifice contenue dans le terme *holocauste*. D'où le terme hébreu, *Shoah*, la destruction totale, l'anéantissement. Un film qui donne la parole aux victimes et aux bourreaux, [mais] aussi aux paysans polonais qui avaient préféré regarder ailleurs, créant d'ailleurs un choc profond en Pologne. C'est un travail titanesque, aller chercher les mots des vivants, des survivants, plus de 30 ans après la Shoah. Il s'en explique sur Antenne 2 au moment de la sortie du film en 1985 : « [...] J'ai choisi des protagonistes capables de revivre cela et pour le revivre ils devaient payer le prix le plus haut, c'est-à-dire souffrir en me racontant cette histoire. » Il les mène sur place, les met même en scène, pour être au plus proche de la réalité. Et parfois les brusque même pour atteindre une parole puissante et sincère. Des moments qui marquent à jamais les spectateurs, Abraham Bomba, le coiffeur de Treblinka, qu'il interviewe *in situ* en train de couper les cheveux d'un homme, ou encore Filip Müller, Juif tchèque, Sonderkommando à Auschwitz qui aurait voulu mourir avec ses frères et ses sœurs mais qui en sera dissuadé par l'une des condamnées : « Tu veux donc mourir. Mais ça n'a aucun sens. Ta mort ne nous rendra pas la vie. Ce n'est pas un acte. Tu dois sortir d'ici. Tu dois témoigner. »

Retranscription d'une émission France Info à l'occasion de la mort de Claude Lanzmann : Histoires d'info, *« Shoah », un véritable témoignage signé Claude Lanzmann*, 5 juillet 2018. Journaliste : Thomas Snégaroff – © INA.

LES CLÉS DU SUJET

Identifier le document

Document

- **Nature, genre, source** : Retranscription d'une émission de radio
- **Auteur et destinataire** : Thomas Snégaroff : journaliste et historien
- **Espace et échelle(s)** : 5 juillet 2018 : jour de la mort du cinéaste Claude Lanzmann
- **Thème** : La représentation du génocide au cinéma

Comprendre la consigne

- La façon de représenter la Shoah au cinéma a profondément évolué. Cette représentation suit des étapes, des régimes mémoriels qui lui sont propres.
- Le film de Claude Lanzmann est devenu une référence, pourquoi ?

Dégager la problématique et construire le plan

En quoi le film *Shoah* constitue-t-il un tournant dans la façon de représenter le génocide au cinéma depuis la Seconde Guerre mondiale ?

I. Un film qui rompt avec les représentations et les discours précédents	• Quels sont les décors évoqués ? • Quels sont les intentions du cinéaste, le vocabulaire employé ?
II. Un film qui donne la parole à tous les protagonistes du génocide	• Qui sont les protagonistes dans ce film ? • Quels sont les changements avec le régime mémoriel précédent ?

24 CORRIGÉ GUIDÉ

Les titres et les indications entre crochets ne doivent pas figurer sur la copie.

Introduction

[Accroche] Le 5 juillet 2018 disparaissait Claude Lanzmann, réalisateur du film *Shoah* sorti en 1985. [Présentation du sujet] Le jour de sa disparition une émission est consacrée à son œuvre sur l'antenne de France Info. Le document soumis à notre étude est la retranscription de cette émission, dont le texte a été rédigé par Thomas Snégaroff, journaliste et historien. Il y évoque la spécificité de ce film et les intentions qui étaient celles du cinéaste. [Problématique] En quoi le film *Shoah* constitue-t-il un tournant dans la façon de représenter le génocide au cinéma depuis la Seconde Guerre mondiale ? [Annonce du plan] Nous verrons que ce film rompt avec les représentations cinématographiques et les discours précédents [I], puis qu'il inaugure une nouvelle façon d'évoquer le génocide, en donnant la parole à tous les protagonistes [II].

I. Un film qui rompt avec les représentations et les discours précédents

1. Évoquer la disparition, le vide

• Dans cette émission, Thomas Snégaroff cite Claude Lanzmann : « Tout mon film a été fait précisément à partir de l'absence de traces » (l. 5-6). Le cinéaste évoque ici les centres de mise à mort polonais, autres qu'Auschwitz, dont il ne subsiste que peu de traces car les nazis les ont détruits comme celui de Treblinka.

• Grâce à ce choix cinématographique, il est plus facile au spectateur de saisir la différence entre les camps de concentration (dont il subsiste souvent des baraquements) et les centres de mise à mort (dont il ne reste que peu d'éléments visuels). Ils sont appelés « camps d'extermination » dans le texte (l. 13) car le vocabulaire approprié n'est pas encore entré dans les habitudes des journalistes.

> **▶ Le secret de fabrication**
> Dans les films ou les témoignages, l'expression « camp d'extermination » est souvent utilisée car elle était et reste encore d'usage courant. Vous ne devez pas critiquer injustement l'auteur : il s'adresse au grand public et non à des spécialistes. Vous devez cependant apporter une précision scientifique que vous maîtrisez en tant qu'élève de spécialité HGGSP.

• Jusque-là c'était surtout les images des « camps » dans leur globalité qui étaient véhiculées, comme dans *Nuit et Brouillard*, d'Alain Resnais, en 1956. Ce film reprenait des images de la libération des camps sans les nommer et sans montrer leur spécificité. Elles avaient semé la confusion dans les esprits des spectateurs, englobant les sorts de tous les déportés, juifs, résistants, ou communistes. Le journaliste affirme que Resnais souhaitait alors « exprimer l'horreur » (l. 9-10), en filmant des bulldozers poussant les cadavres dans des fosses.

2. Changer de vocabulaire

• Le « tournant » que le film *Shoah* représente dans la façon d'évoquer le génocide tient aussi au vocabulaire. Shoah veut dire « catastrophe » en hébreu, et non « anéantissement » comme l'affirme le journaliste (l. 18). Pour Lanzmann, il est à privilégier au terme holocauste qui veut dire « sacrifice » (l. 16-17).

• C'est la mini-série américaine *Holocaust*, filmée en 1977 par Marvin Chomsky, qui a popularisé ce mot outre-Atlantique où il est encore en usage. Le Mémorial du génocide des Juifs à Washington se nomme Holocaust Memorial Museum.

[Transition] Si le film de Claude Lanzmann constitue un tournant dans la façon de filmer les lieux du génocide et dans la façon de le qualifier, il est également une œuvre puissante par la parole qu'il laisse à tous les protagonistes du crime.

II. Un film qui donne la parole à tous les protagonistes

1. Un film qui donne la parole aux victimes

• « J'ai choisi des protagonistes capables de revivre cela et [...] souffrir en me racontant cette histoire. » (l. 23-26) Claude Lanzmann, par ces propos, évoque les 9 heures de témoignages qui constituent son film, dont certains sont devenus célèbres comme Abraham Bomba, coiffeur à Treblinka (l. 28-31).

• Replonger les rescapés dans leur mémoire, les mettre en scène dans un décor particulier, les pousser à témoigner, est à ce moment-là tout à fait nouveau. Cela est possible quelques années après le réveil mémoriel des années 1960-1970, après le procès d'Eichmann en 1961, après les premières menaces négationnistes. Les témoins prennent conscience de la nécessité de relater les faits remis parfois en cause, ou représentés dans des œuvres de fiction peu conformes à l'histoire.

2. Un film qui donne la parole aux coupables

• Dernier point qui fait de *Shoah* une œuvre révolutionnaire : il donne la parole aux bourreaux, souvent filmés à leur insu. Là aussi, le réalisateur innove, jamais ceux qui avaient participé à la « solution finale » n'avaient été entendus en dehors des procès.

• Lanzmann donne également la parole aux « paysans polonais qui avaient préféré regarder ailleurs, créant d'ailleurs un choc profond en Pologne » (l. 19-21). En effet, jusqu'à ce film et jusqu'à la fin de la guerre froide, les discours sur la Shoah ne mettaient pas en cause les civils polonais, pourtant spectateurs et le plus souvent complices actifs du génocide.

À NOTER
L'expression « solution finale » relève du vocabulaire employé par les nazis : vous devez donc toujours la mettre entre guillemets.

Conclusion

[Réponse à la problématique] *Shoah* constitue bel et bien un tournant cinématographique. Cette œuvre est diffusée alors que le génocide des Juifs devient un sujet universel, au début de l'hypermnésie des années 1980-1990. [Ouverture] Pourtant *Shoah* a été vu par très peu de personnes. Sa durée, neuf heures, complique son visionnage en intégralité. Elle témoigne aussi de la difficulté du cinéaste à faire des choix, tant les témoignages étaient riches d'enseignement.

Les sociétés humaines face aux fluctuations du climat

2 heures
10 points

INTÉRÊT DU SUJET • Depuis le Moyen Âge, les sociétés font face aux changements climatiques et comprennent progressivement l'impact qu'ont leurs activités sur l'environnement.
À partir de la fin du XXe siècle, le thème du réchauffement climatique s'impose dans les relations internationales.

▶ **Les sociétés humaines face aux fluctuations du climat, hier et aujourd'hui.**

LES CLÉS DU SUJET

Analyser le sujet

Les sociétés humaines face aux fluctuations du climat, hier et aujourd'hui

Formulation
- « Face à » : les sociétés humaines sont confrontées aux changements climatiques
- « Hier » : approche historique ; « aujourd'hui » : approche géopolitique

Bornes chronologiques et spatiales
- Depuis le Moyen Âge
- L'Europe pour les changements climatiques
- Le monde pour le climat dans les relations internationales

Type de sujet
Sujet évolutif

Notions et mots clés
- Sociétés humaines : groupes humains constitués sous des formes privées (ONG) ou publiques (État)
- Fluctuations du climat : changements de températures et leur impact

Dégager la problématique

- Quels changements climatiques connaissent les Européens, puis les habitants du monde, depuis le Moyen Âge ?
- Comment les sociétés tentent-elles d'agir sur ces changements ?

Construire le plan

Le plan thématique permet d'insister sur les inégalités entre les pays et sur l'impact du changement climatique, tout en lui donnant une profondeur historique.

I. Les changements à travers l'histoire	• Quelles fluctuations climatiques ont connues les sociétés européennes depuis le Moyen Âge ? • Quel est le lien entre l'industrialisation et le réchauffement climatique ?
II. Des conséquences plurielles	• Quels sont les impacts des fluctuations climatiques sur les sociétés ? • Quelles sociétés sont les plus touchées par le réchauffement climatique ?
III. Une mobilisation inégale	• Quels acteurs se mobilisent face au changement climatique ? • Quel est le rôle des États ?

25 CORRIGÉ GUIDÉ

Les titres et les indications entre crochets ne doivent pas figurer sur la copie.

Introduction

▶ Le secret de fabrication

Pour l'accroche, plutôt que de recourir à une citation pas assez connectée au sujet, vous pouvez vous appuyer sur un livre abordé en cours. La parole de spécialistes montre que vous avez assimilé quelques grandes idées de leur ouvrage et donne une valeur supplémentaire à votre ouverture.

[Accroche] Dans *Les Révoltes du ciel*, les historiens Fabien Locher et Jean-Baptiste Fressoz montrent que les sociétés modernes ont pris assez tôt conscience de leur impact sur le climat. [Présentation du sujet] Les fluctuations du climat ont toujours eu des conséquences sur les modes de vie des sociétés. Ces dernières, par leurs activités, agissent aussi sur le climat et en prennent pleinement conscience depuis la fin du XXe siècle.

[Problématique] Dans quelle mesure les sociétés ont-elles été impactées par les fluctuations climatiques et comment ont-elles tenté d'y remédier ?

[Annonce du plan] Tout d'abord, depuis le Moyen Âge, les fluctuations climatiques accompagnent l'histoire des sociétés [I], ces fluctuations ont eu de fortes conséquences sur les sociétés et leur environnement [II]. Aussi, les États et les citoyens ont commencé à prendre conscience du phénomène et à se mobiliser pour limiter le réchauffement climatique. [III]

I. Les changements climatiques à travers l'histoire

1. Périodes chaudes et périodes froides

• Les sociétés humaines ont été confrontées à différentes phases climatiques. Entre le Xe et le XIIIe siècle, l'optimum climatique médiéval (OCM) marque un réchauffement de l'hémisphère nord, et plus particulièrement de l'Amérique du Nord et l'Europe.

• Ces périodes d'adoucissement alternent avec des moments de refroidissement à l'image du Petit Âge glaciaire entre le XVe et le milieu du XIXe siècle. Les hivers sont plus froids et les automnes pluvieux, alors que les glaciers avancent sur les vallées.

2. Le poids du réchauffement climatique

• Le XIXe siècle ouvre l'ère de l'anthropocène. Contrairement aux variations climatiques antérieures, ce sont les sociétés et leurs activités qui sont responsables d'un réchauffement climatique. En effet, le recours aux énergies fossiles (charbon, pétrole, gaz) provoque une augmentation des gaz à effet de serre (GES) et donc à une augmentation des températures.

MOT CLÉ
L'anthropocène (« âge de l'humain ») se caractérise par une empreinte humaine si forte qu'elle peut modifier en profondeur l'environnement et le climat.

• L'industrialisation se diffuse dans les pays riches, puis émergents au cours du XXe siècle et le réchauffement s'accélère. Les travaux du GIEC (Groupe d'experts intergouvernemental sur l'évolution du climat) montrent depuis trois décennies le lien entre le réchauffement et les activités des sociétés industrielles.

• Tous les pays ne participent pas au réchauffement avec la même intensité, par exemple, les États-Unis émettent plus de 10 000 millions de tonnes de CO_2 par an et Madagascar moins de 100 millions.

CONSEIL
N'hésitez pas à utiliser des chiffres pour un ou deux exemples dans votre copie. Ils donnent du poids à votre argumentation.

[Transition] Ces changements climatiques ont de multiples conséquences sur les êtres humains et leurs milieux.

S'ENTRAÎNER

II. Des conséquences plurielles

1. Sur les milieux

• Les fluctuations climatiques modifient évidemment les milieux naturels. Et les sociétés humaines subissent leurs effets : si l'optimum climatique médiéval permet de bons rendements agricoles, le Petit Âge glaciaire provoque une diminution des récoltes et donc d'importantes disettes.

• Plus grave, le réchauffement climatique apparu depuis le XIXe siècle entraîne la fonte des glaciers et donc la hausse du niveau des mers, ainsi que l'extinction de nombreuses espèces animales et végétales. Les conséquences sont frappantes dans certains espaces insulaires et en Arctique.

2. Sur les sociétés

• La hausse du niveau des mers menace donc des populations qui sont concentrées sur les littoraux. En Chine et aux États-Unis, c'est le cas de la majorité des habitants. La ville de Jakarta, en Indonésie, est régulièrement touchée par des inondations, si bien que le gouvernement a réfléchi à délocaliser la capitale du pays vers Palangkaraya, hors de l'île de Java.

> **CONSEIL**
> Si les jalons sont attendus pour illustrer votre copie, amenez quelques exemples originaux (ici Palangkaraya) qui feront sortir votre copie du lot.

• Si les pays riches et émergents ont la plus grande responsabilité dans le réchauffement climatique, ce sont les sociétés des pays pauvres qui en sont les principales victimes. Ainsi, les espaces les plus menacés par des phénomènes climatiques extrêmes (canicules, cyclones, sécheresses) sont l'Afrique subsaharienne, l'Amérique centrale et du Sud, puis l'Asie du Sud.

[Transition] Les fluctuations climatiques ont toujours eu des conséquences sur les sociétés, mais depuis la fin du XXe siècle, elles s'aggravent. Les sociétés prennent plus ou moins conscience de ces menaces.

III. Une mobilisation inégale

1. Un souci croissant

• Les sociétés humaines ont très tôt compris que leurs activités avaient un impact sur leur environnement. Dès le Petit Âge glaciaire, les hommes recourent par exemple aux registres météorologiques, qui mesurent l'évolution des températures de l'atmosphère, et s'interrogent sur l'évolution du climat. Par le boisement ou le reboisement, ils comprennent aussi qu'ils peuvent influer sur le cycle de l'eau.

• La prise de conscience se renforce à la fin du XXe siècle. En 1992, lors du sommet de la Terre de Rio, le GIEC explique qu'il faut limiter le réchauffement à 1,5 °C pour le siècle suivant afin de limiter les phénomènes météorologiques extrêmes. Pour cela, les sociétés doivent trouver un équilibre entre le développement économique et la préservation de l'environnement.

2. Une accélération au cours des années 2000

- Depuis les années 2000, les États s'impliquent davantage. Malgré certaines divergences, l'accord de Paris de 2015 marque une nouvelle étape puisque la majorité des pays du monde s'y engagent pour limiter leurs émissions de GES. Les États-Unis s'en retirent avec Donald Trump en 2017, mais Joe Biden y replace le pays dès son entrée en fonction en 2021.
- Toutefois, beaucoup estiment que l'action des États est encore trop timide. Les organisations non gouvernementales tentent de sensibiliser les gouvernements pour limiter le réchauffement. Certaines personnalités, comme Greta Thunberg, mettent cette cause sur le devant de la scène par des marches citoyennes et des discours dans les grandes institutions. Face à ces démarches, les climatosceptiques comme Donald Trump ou Jair Bolsonaro nient encore le réchauffement climatique.

MOT CLÉ
Les climato-sceptiques sont des acteurs publics ou privés qui nient le réchauffement climatique ou la responsabilité des sociétés humaines dans ce phénomène.

S'ENTRAÎNER

Conclusion

[Réponse à la problématique] Si les fluctuations climatiques font partie de l'histoire des sociétés, l'anthropocène ouvre une nouvelle ère. Les sociétés humaines, à travers leurs activités industrielles et leur mode de vie, génèrent une hausse progressive des températures aux conséquences multiples.
[Ouverture] Si la politique des États et des acteurs économiques a provoqué un réchauffement climatique, ces mêmes acteurs doivent désormais privilégier la préservation de l'environnement à l'économie pour remédier à ces dégâts qui affectent la planète entière.

▶ Le secret de fabrication
L'ouverture est une étape délicate car elle clôt le devoir et doit dans l'idéal ouvrir sur un autre sujet. Vous pouvez utiliser la prospective. Vous avez soulevé un problème dans votre dissertation qui n'est pas résolu à ce jour, vous pouvez donc proposer une piste cohérente et réfléchie pour qu'il se résolve dans le futur.

26 Dissertation

Le réchauffement climatique : état des lieux

2 heures
10 points

INTÉRÊT DU SUJET • La réalité du réchauffement climatique fait aujourd'hui l'objet d'un très large consensus scientifique. Néanmoins, l'ampleur future du phénomène et les éventuelles mesures à prendre continuent à diviser.

▶ Le réchauffement climatique : état des lieux.

LES CLÉS DU SUJET

Analyser le sujet

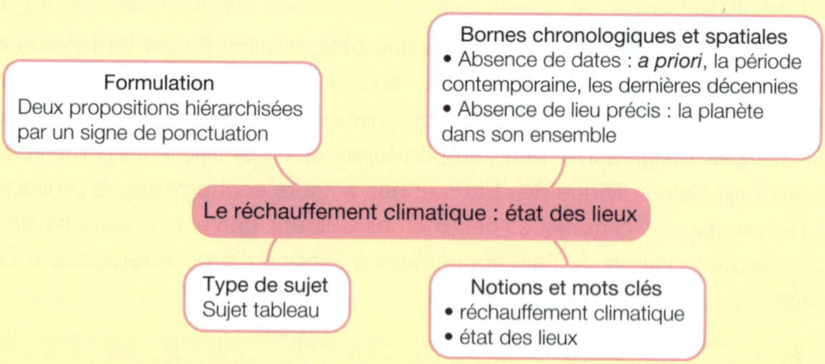

Dégager la problématique

• Pour traiter ce sujet, il convient d'abord de définir le réchauffement climatique et de déterminer ses éventuelles causes.

• L'expression « état des lieux » vous invite à voir les effets du réchauffement climatique et les différentes formes qu'il prend à travers le monde.

• On peut donc en déduire la problématique suivante : Quels sont les effets du réchauffement climatique, quelles formes prend-il à travers le monde ?

Construire le plan

Dans la mesure où il vous est demandé de faire une synthèse mondiale du phénomène du réchauffement climatique, un plan analytique s'impose.

I. Les différents aspects du réchauffement climatique	• Comment la « communauté internationale » a-t-elle pris conscience du phénomène ? • En quoi le réchauffement modifie-t-il les écosystèmes ?
II. Les raisons du phénomène	• Quels sont les effets environnementaux induits par la révolution industrielle ? • En quoi l'anthropisation de l'espace modifie-t-elle l'environnement ?
III. Les politiques contre le réchauffement climatique	• Quelles sont les grandes initiatives des États pour lutter contre le réchauffement climatique ? • Quelles sont leurs limites ?

S'ENTRAÎNER

26 CORRIGÉ GUIDÉ

Les titres et les indications entre crochets ne doivent pas figurer sur la copie.

Introduction

[Accroche] Comme en témoigne la couverture médiatique internationale dont fit l'objet la Conférence de Paris sur le climat en 2015, le réchauffement climatique est aujourd'hui au centre du débat mondial. [Présentation du sujet] Le réchauffement climatique, qui se traduit par une hausse régulière des températures annuelles moyennes à la surface du globe, fait désormais l'objet d'un très large consensus scientifique. Ses effets, bien que variables selon les régions considérées, sont déjà tout à fait observables. [Problématique] Quels sont les effets du réchauffement climatique, quelles formes prend-il à travers le monde ? [Annonce du plan] C'est ce à quoi nous allons tenter de répondre en définissant d'abord quels sont les effets concrets observables du réchauffement climatique à la surface du globe [I]. Nous verrons ensuite les raisons qui peuvent l'expliquer [II] et, pour finir, nous envisagerons les politiques de lutte engagées contre ce phénomène [III].

I. Les différents aspects du réchauffement climatique

> **▶ Le secret de fabrication**
> Une fois que vous avez défini l'idée directrice de votre partie, il est essentiel de vous interroger, au brouillon, sur l'ensemble des différents aspects qu'elle recouvre. Faites bien attention à éviter le hors-sujet.

1. Une lente prise de conscience du phénomène

• Les climatologues évaluent à 0,5 °C la hausse de la température mondiale depuis 1900. D'après leurs calculs, d'ici à 2100, la hausse globale devrait être comprise, selon les scénarios, entre 1 et 5 °C.

• Déjà ancien, le phénomène n'a pourtant pas été immédiatement pris en compte. En 1972, le retentissement mondial du rapport Meadows, insistant sur le fait qu'il ne peut y avoir de développement économique infini dans un monde aux ressources finies, contribua à attirer l'attention sur les problèmes écologiques.

• Mais ce n'est qu'au cours des années 1980 que l'ONU se saisit du problème du réchauffement climatique. À l'initiative du météorologue suédois Bert Bolin, le GIEC (Groupe d'experts intergouvernemental sur l'évolution du climat) est créé en 1988.

2. Le réchauffement climatique : des effets déjà observables

• Même si les effets du réchauffement climatique sont déjà perceptibles, ils ne le sont pas partout avec la même intensité et ils n'ont pas les mêmes conséquences sur tous les espaces.

• Les effets de l'élévation du niveau marin sont déjà sensibles sur les côtes basses et les États insulaires, notamment ceux du Pacifique, dont l'altitude ne dépasse pas en général quelques mètres. Des études géologiques récentes tendraient à montrer que le niveau des îles serait susceptible de s'élever avec le niveau de la mer. Il n'en demeure pas moins que des îles ont déjà été en partie évacuées, comme les archipels de Tuvalu ou de Kiribati.

• Outre la hausse régulière de la température moyenne du globe, année après année, le réchauffement du climat a également d'autres conséquences comme la fonte des glaciers et de la banquise, tant dans l'Arctique que dans l'Antarctique, l'augmentation du nombre d'accidents climatiques, cyclones et tempêtes, sécheresses exceptionnelles à l'origine de gigantesques incendies comme en Russie, au Brésil ou en Australie récemment…

> **CONSEIL**
> Il est bon d'avoir des exemples précis afin de démontrer l'idée énoncée en début de chaque paragraphe. Prenez soin de sélectionner vos exemples car, en temps limité, vous n'aurez pas le temps de tout dire.

[Transition] Comme nous venons de le voir, les effets du réchauffement climatique sont déjà aisément observables à la surface du globe. Nous allons maintenant essayer d'en déterminer les causes.

II. Les raisons du phénomène

1. Le résultat de l'extension de la civilisation industrielle ?

• Même si l'origine anthropique du réchauffement climatique est aujourd'hui admise par l'ensemble de la communauté scientifique, nombreux furent ceux qui, jusqu'au début des années 2000, nièrent sa réalité en rappelant qu'au cours de la longue histoire de la Terre, le climat avait connu d'autres variations. L'extrême rapidité de l'augmentation des températures de ce dernier demi-siècle tend néanmoins à en imputer la responsabilité aux humains.

• La principale explication mise en avant est celle de l'explosion des rejets de gaz à effet de serre, en particulier le dioxyde de carbone (CO_2) – notamment liés à la pollution automobile qui est à elle seule responsable d'environ 70 % de la pollution atmosphérique dans les villes des pays développés, et le méthane (CH_4), lié quant à lui à l'extension de l'élevage, en particulier bovin.

2. L'anthropisation du monde

• L'urbanisation croissante tend à renforcer le réchauffement climatique dans la mesure où les grandes concentrations humaines sont des sources de chaleur, tant en raison des infrastructures et des immeubles modifiant l'effet albédo qu'en raison des chauffages urbains qui sont à l'origine d'importants rejets de vapeurs d'eau.

MOT CLÉ
L'albédo désigne le pourcentage de radiation lumineuse réfléchie par une surface donnée.

• Plus globalement, l'accroissement très rapide de la population humaine, passée de 2,5 milliards d'individus en 1950 à près de 8 milliards aujourd'hui, contribue également à l'augmentation des activités. Elles s'avèrent de toutes natures : combustions, chauffages, déforestation, extension des champs et des prés qui modifient également l'albédo, pollutions atmosphériques, artificialisation des sols, et sont responsables à des degrés divers, de l'augmentation de l'effet de serre.

[Transition] L'origine anthropique du réchauffement climatique est pour l'essentiel un fait acquis. La communauté internationale se divise cependant sur les mesures à prendre pour faire face à cette situation.

CONSEIL
Utilisez un vocabulaire précis. Listez au brouillon les termes et concepts qui serviront dans votre développement.

S'ENTRAÎNER

III. Les politiques contre le réchauffement climatique

1. Un préalable : l'analyse scientifique du phénomène

• Le GIEC est le principal organisme d'expertise de l'ONU sur l'évolution du climat. Ses travaux, publiés sous la forme de rapports tous les 5 ou 6 ans, servent de base aux travaux de la Conférence annuelle des Parties (COP ou *Conference of the Parties*).

• Créées à la suite du Sommet de la Terre en 1992, les Conférences des Parties réunissent chaque année les représentants de la plupart des pays du monde. Certaines d'entre elles ont donné lieu à des avancées significatives comme la COP 3 qui, en 1997, aboutit au protocole de Kyoto. Signé par l'Europe, le Japon et le Canada, celui-ci vise à réduire les rejets de CO_2 dans l'atmosphère. En 2015, la COP 21 déboucha sur l'accord de Paris dans lequel les États signataires, y compris les États-Unis et la Chine, c'est-à-dire les deux premiers pollueurs de la planète, s'engageaient à limiter le réchauffement climatique à 2 °C par rapport à l'ère préindustrielle.

2. Des politiques de lutte limitées et pour l'instant peu efficaces

• Pour positives qu'elles soient, ces avancées s'avèrent pour l'instant peu efficientes. Dès la COP 22, réunie à Marrakech (Maroc), les participants durent reconnaître que l'engagement de Paris ne serait pas tenu.

• En fait, la communauté internationale reste extrêmement divisée sur ces questions. Outre les pays pétroliers, peu favorables à la réduction de l'utilisation des énergies fossiles pourtant principales responsables de l'effet de serre, les États-Unis se montrent en général un partenaire peu commode. Ainsi, de la même façon que le Président George W. Bush avait rejeté le protocole de Kyoto, Donald Trump a dénoncé l'accord de Paris signé par son prédécesseur, Barack Obama. Les pays émergents, en particulier l'Inde et le Brésil refusent également tout accord contraignant, considérant que celui-ci pénaliserait leur développement économique.

Conclusion

[Réponse à la problématique] Le réchauffement climatique est un fait désormais globalement accepté par la communauté internationale. Mais, au-delà de ce constat, les différentes nations du monde continuent à s'opposer sur les causes exactes et surtout sur les réponses à apporter à un tel phénomène.
[Ouverture] Pourtant, l'urgence climatique, annoncée par de nombreux scientifiques dont Dennis Meadows, est une réalité tangible et ses conséquences humaines, comme les réfugiés climatiques que le rapport Groundswell de la Banque mondiale (2018) évalue à plus de 140 millions d'ici 2050, sont déjà dramatiques.

27 France métropolitaine, mai 2022 • Jour 2
ÉTUDE CRITIQUE DE DOCUMENTS

Usages et représentations de l'environnement

2 heures
10 points

INTÉRÊT DU SUJET • Cette étude vous invite à rappeler l'évolution des perceptions que les humains ont de la nature, mais aussi les politiques publiques mises en œuvre pour y répondre (axe 1 sur la forêt française et objet conclusif sur les États-Unis). Plus complexe qu'il n'y paraît, elle nécessite un bon esprit de synthèse.

En analysant les documents, en les confrontant et en vous appuyant sur vos connaissances, montrez que la protection de l'environnement par la puissance publique est en relation avec les représentations que les sociétés se font de la « nature ».

DOCUMENT 1

Forêt de protection : un statut

À ce jour, 163 500 ha sont concernés par ce statut, soit 1 % de la surface forestière métropolitaine. Ce statut a été créé en 1922 pour lutter contre l'érosion des sols en montagne et la défense contre les risques naturels (avalanches, glissements de terrain…) ainsi que contre l'envahissement des eaux et des sables en zone côtière. Il a été élargi en 1976, par la loi sur la protection de la nature, aux forêts dont le maintien s'impose, soit pour des raisons écologiques (cas particulier des forêts alluviales rhénanes), soit pour le bien-être de la population pour les forêts périurbaines.

Procédure de classement

Le classement fait l'objet d'une procédure centralisée au ministère en charge des forêts et il est prononcé par décret en Conseil d'État.

Il […] soumet la forêt à un régime forestier spécial qui entraîne une restriction de la jouissance du droit de propriété : tout défrichement est notamment interdit ainsi que toute implantation d'infrastructure. La poursuite des coupes de bois y est tout à fait possible, tenant compte des enjeux à protéger, dans le cadre de l'application du document de gestion durable de la forêt qui fait office de règlement d'exploitation.

Le régime forestier spécial permet également de contrôler la circulation du public et des véhicules motorisés. Le Code forestier prévoit une possibilité d'indemnisation des propriétaires qui constateraient une diminution de leur revenu due au classement.

Le classement en forêt de protection, outil juridique le plus contraignant du Code forestier pour la protection des forêts, a ainsi pour effet majeur d'interdire tout changement d'affectation ou tout mode d'occupation du sol de nature à compromettre la conservation ou la protection des boisements (art. L. 412-2 Code forestier).

Ministère de l'Agriculture, 2020.

DOCUMENT 2

① « National Park Foundation » signifie « Fondation des parcs nationaux ».
« Wonder Calls » signifie « l'appel des merveilles ».
② « Donate to the Parks » signifie « Faire un don aux parcs ».
③ « Connect / Explore Parks » signifie « Se connecter / Explorer les parcs ».
④ « A Land of Giants » signifie « Une terre de géants ».
⑤ « About / Making an Impact / Share your Park / Visiting the Park » signifie « Qui sommes-nous ? / S'engager / Partager votre expérience / Visiter le parc ».

Page d'accueil du site de la Fondation des parcs nationaux (États-Unis), www.nationalparks.org, © National Park Foundation.

LES CLÉS DU SUJET

Identifier les documents

Documents 1 et 2

Nature, genre, source
- Doc. 1 : texte issu du site du ministère français de l'Agriculture
- Doc. 2 : site de la Fondation des parcs nationaux aux États-Unis

Auteurs
- Doc. 1 : administration française
- Doc. 2 : fondation privée américaine

Dates et espaces
- Doc. 1 : de 1922 à 2020, France
- Doc. 2 : de nos jours, États-Unis

Thèmes
- Doc. 1 : le statut des forêts de protection en France
- Doc. 2 : la protection de l'environnement dans les parcs nationaux états-uniens

Comprendre la consigne

- La consigne évoque, d'une part, les liens entre les actions de protection de l'environnement par la puissance publique, c'est-à-dire les politiques mises en place et, d'autre part, les représentations que les humains ont de la nature.
- Il faut donc trouver ce lien de relation : la perception que nous avons de la nature évolue et influence les politiques destinées à la protéger.

Dégager la problématique et construire le plan

- La protection de l'environnement est devenue une préoccupation centrale des sociétés des pays développés, qui ont pris conscience de sa vulnérabilité. La puissance publique répond à cet enjeu majeur. Mais les acteurs publics ne sont pas les seuls à agir.
- En quoi la perception évolutive de la nature par les sociétés influence-t-elle les actions pour sa protection par la puissance publique ?

I. Une perception et des usages de la nature en évolution	• Comment notre perception de la nature évolue-t-elle ? • Quels sont les changements dans les usages ?
II. Les réponses de la puissance publique	• Comment les lois de protection de l'environnement permettent-elles de répondre à cet enjeu ? • Sur quels autres acteurs la puissance publique s'appuie-t-elle ?

27 CORRIGÉ GUIDÉ

Les titres et les indications entre crochets ne doivent pas figurer sur la copie.

Introduction

[Accroche] Combinaison d'éléments naturels et socio-économiques, l'environnement est notre cadre de vie, qui nous contraint et que nos actions modifient. [Présentation du sujet] Depuis le XIXe siècle, les relations entre les humains et leur environnement ont profondément évolué dans les sociétés des pays développés. Il en est de même des politiques mises en place, à toutes les échelles, pour prendre en compte cette évolution. Les documents proposés sont issus de sites Internet : le premier, du ministère français de l'Agriculture, est un texte qui rappelle, en 2020, le statut des forêts dites « de protection », datant de 1922, et la procédure pour obtenir ce classement. Le deuxième est la page d'accueil de la Fondation des parcs nationaux américains, illustrée par une photographie du parc de Yosemite aux États-Unis. [Problématique] En quoi la perception de la nature par les sociétés influence-t-elle les actions de protection par la puissance publique ? [Annonce du plan] Les perceptions de la nature et les usages qui en découlent dans les sociétés des pays développés ont profondément évolué [I], ils sont à l'origine de réponses publiques diverses mais aussi de l'intervention d'acteurs privés [II].

I. Une perception et des usages de la nature en évolution

> **▶ Le secret de fabrication**
> Analysez bien la consigne du sujet et définissez le vocabulaire. Dans un devoir, on ne présente pas les conséquences d'un fait au début du raisonnement. Il faut donc ici inverser les éléments de la consigne.

1. Une nouvelle perception de la nature depuis le XIXe siècle

• Les représentations que les sociétés ont de leur environnement changent au fil du temps. La nature est d'abord vue comme un milieu hostile que l'humain doit maîtriser par ses aménagements, comme les « défrichements ». Aux États-Unis, aux XVIIe et XVIIIe siècles, les colons font l'expérience d'une nature sauvage, la *Wilderness*, « une terre de géants » (document 2), qui les domine.

• Cependant, et dès la fin du XIXe siècle, les humains prennent conscience des dangers de l'industrialisation. La nature doit être préservée. Aux États-Unis, la *Wilderness* est présentée par Henry David Thoreau comme la vraie merveille du pays (« *Wonder Calls* », document 2). Elle devient un élément de l'identité états-unienne, de ses valeurs (persévérance, courage).

• Deux courants américains apparaissent alors : le premier, radical, est défendu par John Muir. Il milite pour une « préservation » de la nature. Cette volonté de sanctuarisation aboutit à la création du premier parc naturel américain, Yosemite, en 1864. Gifford Pinchot, ingénieur forestier, plus modéré, défend la « conservation » de la nature. Il souhaite par exemple une gestion raisonnée et publique des forêts pour permettre leur renouvellement.

> **MOTS CLÉS**
> La préservation de la nature consiste à la mettre à l'écart de toute intervention humaine.
> La conservation est une exploitation raisonnée de ses ressources.

2. L'évolution des usages de la nature

• La nature est donc dans un premier temps un milieu à maîtriser et à exploiter. C'est le cas notamment de la forêt, vue comme une source de « revenu » (sylviculture) : les « coupes de bois » (document 1, l. 17) sont nécessaires pour répondre aux commandes de la marine de guerre au XVIIe siècle en France, comme aux besoins en matériaux de chauffage ou de construction.

• L'usage de la forêt évolue sous l'effet de l'urbanisation au XXe siècle : elle devient elle-même un moyen de protéger la santé des humains, de plus en plus nombreux (puits de carbone, source d'oxygène). Elle assure aussi leur sécurité en limitant les risques naturels (« érosion », « avalanches », « glissements de terrain » évoqués dans le document 1). Enfin, elle permet de préserver les écosystèmes fragiles (ex. : « les forêts alluviales rhénanes », l. 9).

• L'environnement devient surtout un lieu récréatif pour les urbains (« forêts périurbaines », comme celle de Fontainebleau) et un attrait touristique. Ainsi la page Internet de la Fondation des parcs nationaux américains invite à la visite et même à l'exploration.

> **CONSEIL**
> Il est inutile de décrire la photographie (document 2), seul le message qu'elle veut transmettre importe ici.

[Transition] Face à ces évolutions, les pouvoirs publics cherchent à encadrer les usages de la nature. Ces politiques sont menées à toutes les échelles, par différents acteurs.

II. Les réponses de la puissance publique

1. Des lois pour protéger

• Dès le XVIIe siècle, en France, l'État légifère pour réguler l'exploitation de la forêt, afin de permettre une mise en valeur rationnelle de ses ressources : c'est l'ordonnance des eaux et forêts de Colbert en 1669. En 1922, la loi qui crée le statut de « forêt de protection » (document 1) n'est que l'aboutissement de mesures publiques antérieures : le Code forestier de 1827, les campagnes de reboisement de la Sologne et des Landes (1852-1857).

• De plus, cette loi évolue dès 1976 afin de protéger des écosystèmes fragiles dans un contexte de prise de conscience écologique. Ainsi, certaines forêts françaises sont aujourd'hui totalement protégées par un « régime forestier spécial qui entraîne une restriction de la jouissance du droit de propriété » (document 1, l. 14-15) : si on peut y exploiter le bois, tout aménagement y est interdit et l'État y veille.

• Aux États-Unis, l'État fédéral légifère pour protéger l'environnement depuis le XIXe siècle, accompagnant les changements de mentalités : Yellowstone devient le premier parc national en 1872 par décision du Congrès. Theodore Roosevelt, inspiré par John Muir, fait de la protection de l'environnement une cause nationale. Aujourd'hui, 61 parcs nationaux sont gérés à l'échelle fédérale et accueillent 400 millions de visiteurs par an.

2. L'appel à des acteurs privés

• Certaines mesures de protection de la nature semblent insuffisantes : seul 1 % des forêts françaises est totalement protégé par « l'outil juridique le plus contraignant du Code forestier » (document 1, l. 25-26). Mais la forêt française gagne du terrain, car elle est valorisée par des entreprises privées pour le tourisme et dans le contexte de la transition énergétique.

• Aux États-Unis, si l'État fédéral décide de classer certains espaces naturels en parcs nationaux ou en réserves, des acteurs privés participent à leur financement et à leur promotion : ainsi la page d'accueil de la Fondation des parcs nationaux appelle aux dons des particuliers ou au mécénat des entreprises. La Fondation est elle-même une association philanthropique, comme il en existe beaucoup aux États-Unis.

Conclusion

[Réponse à la problématique] Ainsi, la puissance publique répond à une conscience écologique de plus en plus aiguë des sociétés et tente d'empêcher une exploitation excessive des ressources naturelles. Elle fait, en fonction des lieux, soit le choix de la conservation, soit celui de la préservation, aidée par des acteurs privés pour mener cette mission. [Ouverture] Aujourd'hui, l'opinion publique semble davantage séduite par la sanctuarisation des espaces naturels. Les récentes agressions dont ont été victimes les agents de l'Office national des forêts en France, alors qu'ils menaient des opérations de déboisement, témoignent de cet attachement à la nature.

28 Sujet spécimen 2021
ÉTUDE CRITIQUE DE DOCUMENTS

La gestion des milieux « naturels »

2 heures
10 points

S'ENTRAÎNER

INTÉRÊT DU SUJET • Les milieux « naturels » sont le résultat d'une rencontre entre la société et un milieu particulier. La réussite de cette rencontre repose sur l'équilibre entre son exploitation et sa protection.

DOCUMENT 1

Ainsi, la nouvelle forêt peut être la forêt actuelle plantée depuis quelques années, mais aussi les forêts récentes datant de quelques décennies seulement, telles celles installées depuis la guerre de 1914-18, dans les zones rouges du front, ou encore des forêts séculaires dont on peut dater avec précision l'acte de naissance à l'image de la forêt du littoral landais ou des forêts de montagne créées dans un cas pour fixer les dunes littorales et dans l'autre pour stabiliser les bassins de réception des torrents montagnards.

Bien souvent un acte législatif souligne le début de la création de ces nouvelles entités forestières, par exemple la législation sur la restauration des terrains de montagne de 1860 et 1882, sur les zones rouges de 1919 ou celle portant sur la création du Fonds forestier national en 1946.

Du désordre écologique provoqué par les torrents ravageurs aux décisions politiques de reboisement, ces nouvelles forêts s'inscrivent dans un contexte historique qu'il importe de caractériser avec précision. Une nouvelle forêt doit toujours être datée. Tout reboisement est à resituer dans une époque avec ses contraintes écologiques, ses besoins économiques, ses conflits sociaux et ses choix politiques. Landes et montagnes au XIXe siècle constituent de véritables laboratoires où s'élaborent de nouveaux systèmes de gestion forestière, révélateurs des aspirations et des contradictions de toute une société.

D'après Paul Arnould, « Les nouvelles forêts françaises »,
L'Information géographique, volume 60, n° 4, 1996.

DOCUMENT 2 Carte du parc national de Yellowstone (États-Unis)

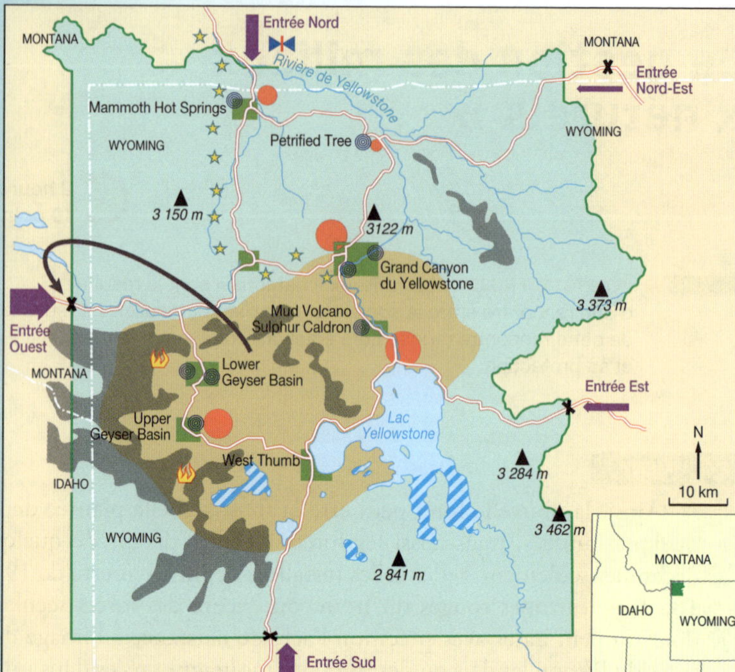

1. Concentration d'événements naturels

- Un cadre pittoresque : forêts, lacs, reliefs élevés
- Limite de la caldeira, volcan endormi depuis 400 000 ans
- Anciennes coulées de lave
- Événements géothermiques majeurs : geysers, sources d'eau chaude
- Limites des espaces protégés

2. Mise en valeur forte mais régulée

- Grandes routes carrossables ouvertes aux véhicules à moteur
- Lieux de concentration touristique (campings, hôtels, restaurants, boutiques)
- Infrastructures hôtelières (gîtes, hôtels, campings)
- Entrée fermée en hiver ; accès payant
- Lacs partiellement ou totalement fermés à la navigation à moteur

3. Pression anthropique et conflits sociaux

- Accès au parc par entrée en 2007 / Total 2,87 millions en 2007
- Conflit autour de la ressource en eau
- Conflit d'usage entre ski nordique et motoneiges : projet de quotas de motos
- Politique de réintroduction du loup
- Grands incendies de 1988

Source : Samuel Depraz, *Géographie des espaces naturels protégés*, éditions Armand Colin, 2008.

En analysant les documents, en les confrontant et en vous appuyant sur vos connaissances, montrez que concilier exploitation et protection des milieux « naturels » constitue un défi.

LES CLÉS DU SUJET

Identifier les documents

Documents 1 et 2

Nature, genre, source
- Doc. 1 : extrait d'un article paru en 1996 dans la revue scientifique *L'Information géographique*
- Doc. 2 : croquis tiré d'un livre de géographie de 2008

Auteurs
- Doc. 1 : Paul Arnould, géographe spécialiste des forêts et de l'environnement
- Doc. 2 : Samuel Depraz, géographe spécialiste des espaces naturels

Espaces et échelles
- Doc. 1 : les forêts françaises depuis le XIXe siècle
- Doc. 2 : le parc national de Yellowstone (États-Unis)

Thèmes
- Doc. 1 : exploiter et protéger les forêts françaises
- Doc. 2 : gérer durablement le parc national Yellowstone

Comprendre la consigne

- Les milieux « naturels » sont pris entre la nécessaire exploitation et le besoin de protection.
- Le terme « défi » montre la difficulté à résoudre ce dilemme.

Dégager la problématique et construire le plan

- Le terme « naturels » est placé entre guillemets : il n'existe pas de milieu naturel puisque les sociétés aménagent, exploitent et préservent leur milieu.
- La survie de ces milieux et des sociétés qui y vivent repose sur un équilibre fragile entre exploitation et protection.

I. Entre phénomènes naturels et actions humaines	• Quand sont nés le parc de Yellowstone et les forêts françaises ? • Comment les humains ont-ils construit des milieux dits « naturels » ?

II. Les sociétés et leur milieu	• Quelles menaces les humains font-ils peser sur ces milieux fragiles ? • Quels sont les principaux aménagements réalisés ?
III. Exploiter et protéger son milieu	• Quels rôles jouent les pouvoirs publics dans l'exploitation et la préservation de ces milieux ? • Comment trouver le juste équilibre entre exploitation et protection ?

28 CORRIGÉ GUIDÉ

Les titres et les indications entre crochets ne doivent pas figurer sur la copie.

Introduction

[Accroche] L'écrivain François-René de Chateaubriand a écrit : « Les forêts précèdent les peuples, les déserts les suivent ». L'écrivain montre ici l'impact précoce des sociétés sur les forêts. Aujourd'hui, les images de la déforestation en Amazonie ou en Afrique centrale témoignent de la validité de son constat.
[Présentation des documents] Les deux documents proposés reviennent sur le rapport des humains à leur milieu. Le premier est l'extrait d'un article intitulé « Les nouvelles forêts françaises », publié par le géographe Paul Arnould dans la revue *L'Information géographique* en 1996. Le second est un croquis du parc de Yellowstone réalisé par le géographe Samuel Depraz et issu de son livre *Géographie des espaces naturels protégés*.
[Problématique] Dans quelle mesure les sociétés parviennent-elles à mener une gestion durable de leurs milieux « naturels » ? [Annonce du plan] Avec l'anthropocène, les milieux « naturels » reposent sur la combinaison d'éléments naturels et humains [I]. Ces sociétés agissent donc sur leur milieu et le transforment [II] : la préservation de celui-ci repose sur la recherche d'un équilibre entre l'exploitation et la protection. [III]

> **▶ Le secret de fabrication**
>
> Formuler la problématique est parfois complexe. Ne vous contentez pas de mettre la consigne à la forme interrogative. Pour éviter de partir dans une mauvaise direction, rapprochez la consigne de l'axe du programme et n'hésitez pas à utiliser une notion majeure du cours, ici la « gestion durable ».

I. Entre phénomènes naturels et actions humaines

1. Des milieux « naturels »

• Les deux milieux présentés dans les documents ont été construits au fil de l'histoire. Ainsi, le parc de Yellowstone se situe en partie sur un volcan endormi, la caldeira, où les coulées de lave ont formé certains territoires et dont les sources d'eau chaude sont l'une des spécificités du parc.

• En revanche, les forêts françaises sont plus récentes puisque le texte de Paul Arnould relève plusieurs actions sur les forêts dont les plus anciennes datent du Second Empire (1852-1870) : « La législation sur la restauration des terrains de montagne de 1860 et 1882 » (l. 10-11). Néanmoins, la volonté de protection des forêts par l'État remonte au Moyen Âge.

2. Patrimonialiser des espaces « naturels » ?

• Le sujet met le terme « naturels » entre guillemets et invite donc à le nuancer. Les forêts sont ainsi avant tout le résultat de l'action humaine. Les politiques de reboisement sont lancées par les gouvernements, comme en France sous Colbert pour construire une flotte avec le bois issu des forêts. Aux États-Unis, dans les années 1870-1880, c'est le président Grant qui crée le parc national de Yellowstone pour protéger cet espace.

MOT CLÉ
Un parc national est une portion de territoire où la faune et la flore sont protégées de certaines activités humaines.

• Les sociétés agissent sur ces milieux et certaines évolutions, que l'on croit être le fruit de la nature, sont en réalité le produit de l'action humaine (ex. : la réintroduction de loups dans le parc de Yellowstone). Cependant, en fonction des acteurs, cela peut provoquer des conflits d'usage comme dans le parc de Yellowstone où certains veulent permettre l'usage de motoneiges alors que d'autres souhaitent les interdire.

[Transition] Le parc de Yellowstone et les forêts françaises ne sont donc pas des milieux « naturels ». Les sociétés y agissent en fonction de leurs intérêts.

II. Les sociétés et leur milieu

1. Les menaces naturelles et anthropiques

• Certaines menaces sont les conséquences de phénomènes naturels comme les incendies de 1988 dans le parc de Yellowstone provoqués par la foudre et amplifiés par la sécheresse. Un tiers du parc a été touché et il a dû être fermé.

• Les risques sont aussi la conséquence de certaines activités humaines. Les forêts françaises ont ainsi été ravagées par la Première Guerre mondiale. Le texte se réfère en effet à cet événement : « telles celles installées depuis

S'ENTRAÎNER

la guerre de 1914-1918 » (l. 3-4). Des forêts situées à l'est et au nord de la France ont été en partie détruites pour utiliser le bois ou parce qu'elles représentaient un obstacle dans l'avancée des armées.

2. Des espaces à aménager

• Les sociétés voient aussi dans ces espaces une possibilité d'agir pour préserver l'environnement, par exemple « la forêt du littoral landais ou des forêts de montagne créées dans un cas pour fixer les dunes littorales et dans l'autre pour stabiliser les bassins de réception des torrents montagnards » (l. 5-8). En effet, en Gironde, plusieurs villages ont été engloutis par le sable et c'est Napoléon III qui a décidé d'assécher les marais et de planter des forêts dans les Landes pour fixer notamment la dune du Pilat.

> **CONSEIL**
> Aucun nom propre n'apparaît dans les documents. Le correcteur appréciera que vous associiez certaines informations à des acteurs majeurs de l'axe étudié.

• Ces aménagements permettent aussi de mettre en valeur les sites pour attirer des visiteurs, à l'image du parc de Yellowstone qui a reçu plus de quatre millions de touristes en 2019. Ils viennent y admirer les geysers, le grand canyon, les sources d'eau chaude, pratiquer le kayak ou encore y camper. La forêt des Landes est elle aussi devenue un espace récréatif.

[Transition] Le parc de Yellowstone et les forêts françaises restent perçus comme « naturels » par les sociétés. Pour préserver ce patrimoine, ces dernières doivent trouver le juste équilibre entre protection et exploitation.

III. Exploiter et protéger son milieu

1. L'action de l'État

• La protection des forêts et la création des parcs nationaux reposent d'abord sur une action volontariste. Ce sont en effet des ministres ou chefs d'État comme Colbert, Napoléon III ou de Gaulle qui, en France, ont pris des « décisions politiques de reboisement » (l. 15). Ce sont également les autorités politiques qui dans le parc de Yellowstone délimitent les espaces protégés.

• Pour cela, les pouvoirs publics s'appuient sur différentes institutions qu'ils créent au besoin, comme le Fonds forestier national, en 1946 (l. 12-13), dont le but est d'aider la filière d'activité du bois et le reboisement. De même, le parc de Yellowstone crée le corps des *rangers* ; ceux-ci gèrent au quotidien les parcs nationaux et mettent en place des règles pour les visiteurs.

2. La recherche de l'équilibre

• Les sociétés humaines doivent trouver un équilibre entre exploiter, protéger et préserver leur environnement. Ainsi, la direction du parc de Yellowstone aménage à la fois des hôtels-restaurants pour les touristes, délimite pour les protéger les espaces les plus fragiles et ferme partiellement certains lacs à la navigation (document 2). C'est sur ce fragile équilibre que repose la gestion durable des parcs nationaux.

• Il en est de même pour la gestion des forêts où les périodes de défrichements ont alterné avec des phases de reboisement en fonction des intérêts de la société : « Tout reboisement est à restituer dans une époque avec ses contraintes écologiques, ses besoins économiques, ses conflits sociaux et ses choix politiques » (l. 17-19). En effet, pour Colbert, les forêts devaient participer à la puissance économique et militaire de la France ; pour Napoléon III, il s'agissait de créer de nouvelles ressources ; quant à de Gaulle, il souhaitait trouver un équilibre entre exploitation et préservation de la ressource.

Conclusion

[Réponse à la problématique] Les documents présentés montrent que les milieux « naturels » sont surtout le résultat d'actions humaines. Le Yellowstone et les forêts françaises incarnent une réussite contrastée car les sociétés ont cherché à mettre en place un équilibre entre l'exploitation et la protection, sans toujours y parvenir. [Ouverture] Ces deux documents auraient gagné à être comparés avec des milieux où l'exploitation se fait au détriment de toute protection, comme dans les forêts d'Amazonie et d'Indonésie.

> **▶ Le secret de fabrication**
>
> Votre copie doit reposer sur un fil rouge cohérent. Pour voir si celui-ci fonctionne, une fois votre brouillon terminé, lisez votre problématique et le titre de vos trois parties. Elles doivent apporter des éléments de réponse différents à votre problématique. Synthétisez ensuite l'ensemble dans une réponse concise en conclusion.

Limiter le réchauffement climatique : un enjeu planétaire

2 heures
10 points

INTÉRÊT DU SUJET • Le changement climatique a été assez tôt un sujet d'inquiétude au sein des Nations unies. Ce texte de 1979 montre l'importance de la recherche d'une action mondiale pour préserver l'environnement.

En analysant le document et en vous appuyant sur vos connaissances, répondez à la question suivante : pourquoi et comment le changement climatique devient-il un enjeu des relations internationales ?

DOCUMENT **Extrait de la déclaration finale de la Conférence mondiale sur le climat**

Du 12 au 23 février 1979, la Conférence mondiale sur le climat a réuni à Genève un groupe d'experts et de scientifiques issus de 50 pays, sous le patronage de l'Organisation météorologique mondiale (OMM) et avec la collaboration de plusieurs organismes internationaux.

Considérant l'influence prédominante que le climat exerce sur la société humaine et compte tenu de l'importance croissante que les facteurs climatiques revêtent pour de nombreux aspects des activités et des entreprises humaines, la conférence estime qu'il est devenu indispensable et urgent que les pays du monde entier :

a) tirent pleinement parti des connaissances actuelles sur le climat ;

b) prennent des mesures pour approfondir sensiblement ces connaissances ;

c) prévoient et préviennent celles des conséquences possibles de l'action de l'homme sur le climat qui pourraient nuire au bien-être de l'humanité.

Le problème

Le climat mondial a lentement évolué au cours des millénaires, des siècles et des décennies écoulés et il continuera de se modifier à l'avenir. Or, si l'homme peut tirer profit de conditions climatiques favorables, il est aussi vulnérable aux changements et aux variations du climat comme aux manifestations de conditions extrêmes telles que les sécheresses et les inondations. L'alimentation, l'eau, l'énergie, l'habitat et la santé sont autant d'aspects de la vie humaine qui dépendent fortement du climat. Les mauvaises récoltes céréalières et le déclin marqué de certains types de pêches qui se sont produits récemment mettent l'accent sur cette vulnérabilité.

Or, même des variations normales et de faibles changements par rapport aux conditions climatiques normales peuvent exercer une influence importante sur les activités de l'homme.

Si tous les pays sont vulnérables aux variations climatiques, les pays en développement, surtout ceux qui sont situés dans des zones arides et semi-arides ou au contraire très pluvieuses, le sont plus particulièrement. Il est toutefois possible d'atténuer les répercussions néfastes de ces variations et même d'en tirer parti en mettant à profit les connaissances climatologiques disponibles. Les climats des différents pays du globe sont interdépendants. C'est pour cette raison, et aussi à cause de la demande croissante de ressources émanant d'une population mondiale en expansion et qui lutte pour améliorer ses conditions de vie, qu'il est urgent d'élaborer une stratégie globale commune visant à mieux comprendre le climat et à l'utiliser de façon plus rationnelle.

Or, sans le vouloir, l'homme moderne modifie le climat à l'échelon local et aussi, dans une moindre mesure, à l'échelle régionale. On peut donc sérieusement craindre qu'en intensifiant sans cesse ses activités l'homme ne provoque des changements climatiques dont l'effet se ferait sentir dans toute une région, voire dans le monde entier. Cette éventualité ne fait qu'accentuer le caractère urgent d'une action mondiale concertée visant à étudier l'évolution possible du climat mondial et à utiliser les nouvelles connaissances ainsi acquises pour organiser le développement futur de notre société.

Organisation météorologique mondiale,
Déclaration finale de la Conférence mondiale sur le climat
tenue à Genève du 12 au 23 février 1979.

LES CLÉS DU SUJET

Identifier le document

Document

Nature, genre, source
- Extrait d'une déclaration qui clôt une conférence mondiale
- Premier appel lancé par des scientifiques sur le climat

Auteur
- Organisation météorologique mondiale (OMM)
- Organisation spécialisée des Nations unies

Date et contexte
- 1979
- Conférence qui se tient à Genève mais concerne l'ensemble du monde

Thème
- Les activités humaines ont un impact sur l'environnement
- Les acteurs impliqués dans la protection de l'environnement

Comprendre la consigne

- Les sociétés humaines sont de plus en plus touchées par des phénomènes climatiques extrêmes. Les acteurs (citoyens, scientifiques, ONG et États) sont désormais sensibilisés à ce problème.
- Comment le changement climatique devient-il un enjeu des relations internationales ?

Dégager la problématique et construire le plan

- Le document montre l'accélération des dérèglements climatiques, à l'échelle mondiale. La déclaration veut sensibiliser les populations à ces questions en s'appuyant sur les scientifiques.
- Dans quelle mesure cette déclaration sur le climat en 1979 tente-t-elle de sensibiliser les dirigeants et l'opinion publique au changement climatique ? Un plan analytique en trois parties s'impose pour répondre à cette question.

I. L'augmentation des phénomènes météorologiques extrêmes

- Comment les sociétés ont été marquées par les fluctuations climatiques ? Quels sont les phénomènes météorologiques extrêmes ?
- Dans quelle mesure les pays sont-ils inégaux face au changement climatique ?

II. Le monde face au changement climatique	• Pourquoi le changement climatique est-il un phénomène mondial ? • Comment lutter contre le réchauffement climatique ?
III. Le rôle des scientifiques et de la société	• Quel est le rôle des scientifiques ? • Quel rôle peut jouer la société ?

29 CORRIGÉ GUIDÉ

Les titres et les indications entre crochets ne doivent pas figurer sur la copie.

Introduction

[Accroche] L'ancien secrétaire général des Nations unies Ban Ki-moon a dit : « Le changement climatique s'est produit à cause du comportement humain, il est donc naturel que ce soit aux êtres humains de résoudre ce problème ». [Présentation du sujet] Ban Ki-moon souligne qu'il est temps de passer du constat aux actes. Le document proposé revient sur cette question puisqu'il s'agit d'extraits de la déclaration finale de la Conférence mondiale sur le climat organisée à Genève en février 1979. Elle montre que les sociétés ont une parfaite connaissance du changement climatique et qu'il convient désormais d'agir à différentes échelles pour y remédier.

> **MOT CLÉ**
> Le changement climatique désigne l'ensemble des modifications du climat, caractérisées depuis la fin du XIXe siècle par un réchauffement.

[Problématique] Dans quelle mesure cette déclaration sur le climat en 1979 tente-t-elle de sensibiliser les dirigeants et l'opinion publique au changement climatique ? [Annonce du plan] La déclaration constate d'abord une augmentation des phénomènes météorologiques extrêmes, [I] elle affirme ensuite que l'ensemble des espaces sont concernés par cette question, [II] avant de développer un discours scientifique qui doit constituer la base de toute action. [III].

I. L'augmentation des phénomènes météorologiques extrêmes

1. Un phénomène global

• Les changements climatiques ont marqué les sociétés à travers l'histoire : « Le climat mondial a lentement évolué au cours des millénaires, des siècles et des décennies écoulés » (l. 13-14). En effet, des périodes de réchauffement comme l'optimum climatique médiéval, au Moyen Âge, ont alterné avec des phases de refroidissement, comme le Petit Âge glaciaire à l'époque moderne.

• L'ensemble du globe est concerné, à des degrés divers par les variations climatiques : « Les climats des différents pays du globe sont interdépendants » (l. 31-32). Ce qui se passe dans un lieu a des répercussions à des milliers de kilomètres. C'est le cas de la fonte des glaces qui provoque une hausse du niveau des mers, dont les espaces insulaires sont les premières victimes.

2. Les inégalités face aux changements climatiques

• Les principales victimes vivent dans l'hémisphère sud, dans des pays pauvres ou émergents : « Si tous les pays sont vulnérables aux variations climatiques, les pays en développement [...] le sont plus particulièrement » (l. 26-29). Une région touchée par des phénomènes météorologiques extrêmes est d'autant plus vulnérable qu'elle est pauvre. Ainsi, le Japon se remet plus rapidement des catastrophes qui le touchent régulièrement qu'Haïti du séisme de 2010.

> **▶ Le secret de fabrication**
> La comparaison est particulièrement appréciée pour mener votre raisonnement. En prenant ici le contraste entre un pays riche et un pays pauvre, vous montrez que la vulnérabilité dépend de la situation économique du pays.

• Toutefois, ce sont les pays du Nord qui dirigent les débats puisque la conférence se tient à Genève et les 50 représentants de gouvernements appartiennent essentiellement à des pays riches. En outre, en 1979, une partie des pays africains et asiatiques, qui ont gagné leur indépendance depuis peu, ont du mal à s'insérer dans les organisations internationales.

[Transition] L'observation du réchauffement climatique montre qu'il s'agit d'un phénomène mondial et multiscalaire.

II. Le monde face au changement climatique

1. Les changements à l'échelle locale

• En 1979, l'Organisation météorologique mondiale (OMM) constate que l'homme par ses activités agit sur les territoires du quotidien : « sans le vouloir, l'homme moderne modifie le climat à l'échelon local et aussi, dans une moindre mesure, à l'échelle régionale » (l. 38-39). Des activités comme la surpêche en mer de Chine agissent ainsi sur l'équilibre mondial.

• Cette vulnérabilité impacte les besoins primaires dans ces pays souvent en difficulté : « L'alimentation, l'eau, l'énergie, l'habitat et la santé sont autant d'aspects de la vie humaine qui dépendent fortement du climat » (l. 18-20). Le changement climatique provoque sécheresse et mauvaises récoltes, ce qui entraîne par exemple la sous-alimentation et le difficile accès à l'eau potable dans des pays comme le Congo.

CONSEIL
Le texte est très théorique, n'hésitez donc pas à l'illustrer par des exemples concrets issus de vos connaissances.

S'ENTRAÎNER

2. Du local au global

• Si les effets du changement climatique se ressentent à l'échelle locale, le texte essaie habilement de créer une cause commune à plusieurs endroits : « la société humaine » (l. 1-2), « une population mondiale » (l. 33-34), « le monde entier » (l. 42-43) et « notre société » (l. 46). Les auteurs essaient donc de rassembler l'ensemble des pays par l'usage progressif du « nous ».

▶ **Le secret de fabrication**

Les copies qui étudient le type de langage employé, l'usage des pronoms personnels et les répétitions sont assez rares. C'est pourtant un bon moyen de comprendre les objectifs de l'auteur, surtout lorsqu'il s'agit d'une déclaration aspirant à avoir un rayonnement mondial.

• Pour accélérer le rassemblement et la prise de conscience, les auteurs de la déclaration insistent sur « le caractère urgent d'une action mondiale » (l. 43-44). Après avoir sensibilisé aux impacts des changements climatiques, le texte appelle ici à une action mondiale et rapide.

[Transition] La déclaration, solidement construite, aspire à montrer l'interconnexion du monde et le fait que le changement climatique concerne tous les humains. Pour répondre à ce problème global, il faut s'appuyer sur la communauté scientifique.

III. Le rôle des scientifiques et de la société civile

1. De meilleures connaissances

• Le texte insiste particulièrement sur le travail des scientifiques, il souhaite que les pays « tirent pleinement parti des connaissances actuelles sur le climat » (l. 6) et des « nouvelles connaissances ainsi acquises » (l. 45-46). Si les réflexions sur le climat ont commencé dès l'époque moderne, notamment avec Buffon au XVIIIe siècle, les travaux s'accentuent depuis 1945.

• Cette connaissance doit cependant encore s'affiner : il faut « approfondir sensiblement ces connaissances » (l. 7-8). Cet appel a été entendu puisqu'en 1988 est créé le GIEC qui dépend de l'OMM.

MOT CLÉ
Le GIEC (Groupe international d'experts sur l'évolution du climat), qui rassemble 195 pays, est chargé d'évaluer les risques liés au réchauffement climatique d'origine humaine.

2. L'urgence de l'action

• Cette connaissance approfondie a pour but d'aboutir à une action globale pour limiter les changements climatiques, car il est « possible d'atténuer les répercussions néfastes de ces variations » (l. 29-30). L'OMM aspire donc à limiter les bouleversements climatiques mondiaux, dont le réchauffement au premier rang, par une gouvernance mondiale.

• Cette action des États et des Nations unies ne peut toutefois fonctionner qu'en s'appuyant sur des citoyens sensibilisés à ce problème. C'est pour cela que la déclaration rappelle que le climat concerne le « bien-être de l'humanité » (l. 10-11) et « le développement futur de notre société » (l. 46). La société doit s'emparer de ces questions pour favoriser une véritable action à l'échelle mondiale.

Conclusion

[Réponse à la problématique] La déclaration de 1979 constitue une sorte d'acte fondateur de la lutte contre le réchauffement climatique lié aux activités humaines. Cependant, ce texte ne montre pas la réception de ces idées au sein de l'opinion publique. Il serait sans doute intéressant de consulter un article de presse ou une caricature de l'époque pour savoir si la population s'est intéressée à cette conférence. [Ouverture] Ce texte date de 1979 ; pourtant, les Nations unies, quatre décennies plus tard, ne parviennent pas à imposer une lutte ambitieuse contre le réchauffement climatique, comme le montrent les limites de l'accord de Paris signé en 2015.

30 France métropolitaine, mai 2022 • Jour 1
DISSERTATION

Les États-Unis et l'environnement à différentes échelles

2 heures
10 points

INTÉRÊT DU SUJET • Le sujet s'appuie sur l'objet de travail conclusif du thème 5, en vous invitant à analyser la question sous l'angle multiscalaire, cher à la géographie et à la géopolitique.

▶ Les États-Unis et l'environnement à différentes échelles

LES CLÉS DU SUJET

Analyser le sujet

Les États-Unis et l'environnement à différentes échelles

Formulation
- Reprise partielle du titre de l'objet de travail conclusif
- Appel à mener une réflexion multiscalaire

Bornes chronologiques et spatiales
- Les États-Unis : pays continent, puissance mondiale
- Des premiers colons à nos jours

Type de sujet
Sujet thématique

Notions et mots clés
- Environnement : exploitation et protection
- Différentes échelles : du local à l'international

Dégager la problématique

- Les États-Unis entretiennent des rapports complexes à leur environnement du fait de la difficile maîtrise de leur territoire.
- Pourquoi la politique environnementale aux États-Unis génère-t-elle des tensions à toutes les échelles ?

Construire le plan

Les États-Unis sont tiraillés entre les besoins d'un État continent et la nécessaire prise en compte d'un développement durable respectueux de l'environnement.

I. À l'échelle nationale : entre exploitation et protection	• En quoi les États-Unis sont-ils précurseurs en matière de protection de l'environnement ? • Quel rapport entretiennent-ils avec l'environnement ? • Quels sont les acteurs dans cet État fédéral ?
II. À l'échelle internationale : une puissance divisée	• Dans quelle mesure cette puissance majeure donne-t-elle une impulsion internationale ? • Quels sont les freins intérieurs ? • Quelles sont les conséquences de son faible engagement dans les traités internationaux ?

30 CORRIGÉ GUIDÉ

Les titres et les indications entre crochets ne doivent pas figurer sur la copie.

Introduction

[Accroche] État continent, les États-Unis entretiennent des relations complexes avec leur environnement depuis la conquête de l'Ouest. [Présentation du sujet] Quelle que soit l'échelle spatiale, les acteurs du pays sont tiraillés entre l'appropriation des richesses et leur nécessaire protection. [Problématique] Pourquoi la politique environnementale aux États-Unis génère-t-elle des tensions à toutes les échelles ? [Annonce du plan] Si, à l'échelle nationale, leur volonté d'appropriation n'a pas empêché l'émergence d'une prise de conscience environnementale [I], leur rôle majeur d'impulsion de puissance internationale est parfois freiné par leurs doutes [II].

I. À l'échelle nationale : entre exploitation et protection

> **▶ Le secret de fabrication**
> Veillez à bien montrer ici la diversité des acteurs, particulière notamment à l'organisation politique des États-Unis, un État fédéral.

1. Une nature à apprivoiser et exploiter

• Les premiers colons se sont installés dans un territoire peu transformé par les Amérindiens. Cette expérience d'une nature sauvage, la *Wilderness*, marque le rapport des Américains à la nature perçue comme une menace à dompter.

MOT CLÉ
La *Wilderness*, théorisée par Henry David Thoreau ou John Muir, désigne l'« état sauvage » ou plus spécifiquement la « nature vierge ».

• L'immensité du territoire favorise une exploitation prédatrice des ressources, qui semblent illimitées, inspirée par une conception religieuse puritaine où l'Amérique serait un nouveau paradis terrestre destiné à être transformé en terre d'abondance. Cette exploitation connaît un essor très important au XIXe siècle, avec l'industrialisation, et se poursuit aujourd'hui (gaz de schiste).

2. La conscience précoce d'un environnement à protéger

• Mais les ressources ne sont pas inépuisables : la nature apparaît comme fragile et donc à protéger. Dès lors, les États-Unis sont pionniers dans la sanctuarisation du territoire : en 1864, le premier parc naturel, le Yosemite, est créé en Californie et, en 1872, le parc de Yellowstone devient le premier parc national mondial. Aujourd'hui, on compte 61 parcs nationaux (2,2 % du pays), gérés à l'échelle fédérale par le National Park Service.

• À la volonté de préservation, où la nature est protégée pour elle-même et donc préservée de toute influence humaine (John Muir), s'oppose une lutte pour la conservation, approche qui prône un usage raisonnable des ressources naturelles : la nature n'est pas préservée pour elle-même mais en tant que réservoir pour l'homme (Gifford Pinchot).

3. Une gestion paradoxale par des acteurs multiples

▶ Le secret de fabrication

Veillez à placer quand vous le pouvez le vocabulaire spécifique des différentes disciplines (par exemple ici « multiscalaire » ou « conflits d'acteurs ») : cela montre que vous l'avez bien intégré et que vous êtes capable d'utiliser un langage scientifique.

• Les États-Unis sont un État fédéral : les décisions se prennent à plusieurs niveaux. Ainsi, la gestion de l'environnement peut paraître paradoxale car elle est pilotée à des niveaux multiscalaires. Les politiques fédérales de grands travaux (*New Deal*) ont parfois fait fi des volontés locales de sanctuariser certains territoires. Certains États revendiquent de plus en plus une décentralisation de la gestion de l'environnement et s'engagent dans des politiques de protection plus ambitieuses que celles de l'État fédéral.

S'ENTRAÎNER

• Les conflits d'acteurs sont récurrents : entre États limitrophes qui n'ont pas toujours les mêmes priorités (la Californie, très militante en matière environnementale, s'oppose ainsi au Nevada, en manque d'eau), entre populations locales et politiques gouvernementales (mobilisation des Sioux contre la fracturation hydraulique au Dakota, en 2017) ou entre populations et FTN (Erin Brockovich contre la contamination des nappes phréatiques au chrome).

[Transition] On retrouve ce positionnement paradoxal des États-Unis dans leur rôle de puissance internationale.

II. À l'échelle internationale : une puissance divisée

1. Une puissance majeure donneuse d'impulsion

• Plus grande puissance mondiale, les États-Unis ont su assumer un rôle de leader dans le domaine environnemental, notamment en tant que lanceur d'alerte (Rachel Carson). Pour son action internationale contre le réchauffement climatique, le vice-président Al Gore reçoit le prix Nobel de la paix en 2007.

• Nombre de métropoles américaines s'illustrent par leur engagement au niveau international dans le réseau C40 (Cities Climate Leadership Group), organisation qui vise à lutter contre le dérèglement climatique et est actuellement dirigée par le maire de Los Angeles. Plus de 3 000 entités américaines ont signé l'engagement pour le climat de la COP 23 de 2017, refusé par l'État fédéral.

• Des FTN américaines, soucieuses de leur image (*greenwashing*), s'engagent et sont pionnières dans des mesures en faveur de l'environnement. Ainsi, Walmart multiplie les initiatives contre les plastiques inutiles et le gaspillage, et des entreprises de la Silicon Valley (Google, Tesla) investissent dans des technologies innovantes (*data centers* marins, éclairage « intelligent » des maisons…).

MOT CLÉ
Le *greenwashing* est un procédé de marketing ou de relations publiques utilisé par une organisation pour se donner une image trompeuse de responsabilité écologique.

2. Des courants intérieurs qui freinent l'engagement international

• Dès les années 1980, les puissants lobbies du pétrole et du charbon s'attaquent aux politiques environnementales, notamment aux fondements scientifiques tels ceux du GIEC, et donnent ainsi naissance au scepticisme environnemental, qui atteint son apogée avec le retrait de l'accord de Paris.

• Donald Trump, ouvertement climatosceptique, annule de nombreuses mesures prises par l'administration Obama, comme le plan de réduction des gaz à effet de serre. Absent au sommet de l'urgence climatique en 2019 à l'ONU, il met en doute le lien entre le changement global et les incendies en Californie en septembre 2020.

• Cependant, certaines ONG sont très actives à Washington et dans les instances internationales, où elles forment un « lobby vert ». Ainsi, en août 2019, l'ONG américaine Earthjustice assigne en justice sa propre administration pour avoir assoupli la loi sur les espèces menacées.

3. Un faible engagement dans les traités internationaux

• Les États-Unis s'illustrent dans une posture de méfiance internationale au profit de la défense de leurs intérêts nationaux. Depuis 2005, ils sont le seul État industrialisé à ne pas avoir ratifié le protocole de Kyoto. Cette attitude attentiste s'est confirmée en 2019 avec leur retrait de l'accord de Paris mis en place lors de la COP 21.

• Ce positionnement contradictoire de stop-and-go empêche les États-Unis de prendre un vrai rôle de leadership dans la question environnementale et lui fait perdre de la crédibilité au niveau international.

Conclusion

[Réponse à la problématique] L'histoire et les réalités économiques et géopolitiques amènent les États-Unis à adopter une posture très paradoxale en matière environnementale, à la fois meneurs historiques de la lutte pour la préservation mais également plus gros pollueurs de la planète. [Ouverture] Particulièrement peu engagé sous le mandat Trump, le gouvernement fédéral semble revenir vers une diplomatie climatique offensive, avec la décision prise dès janvier 2021 par Joe Biden de réintégrer l'accord de Paris.

31 Sujet spécimen 2021 • DISSERTATION

Les acteurs de la gestion environnementale aux États-Unis

2 heures
10 points

INTÉRÊT DU SUJET • Ce sujet invite à s'interroger sur la gestion environnementale aux États-Unis par divers intervenants, à toutes les échelles (locale, nationale, internationale). Les démarches et intérêts des acteurs divergent souvent.

La gestion de la question environnementale par les acteurs états-uniens à différentes échelles.

LES CLÉS DU SUJET

Analyser le sujet

Formulation
- Deux concepts
- Un lien de subordination entre les deux

Bornes chronologiques et spatiales
- Du XIXe siècle à nos jours
- Les États-Unis

La gestion de la question environnementale par les acteurs états-uniens à différentes échelles

Type de sujet
Sujet analytique, multiscalaire (à différentes échelles)

Notions et mots clés
- Gestion ; question environnementale
- Acteurs

Dégager la problématique

- Le sujet invite à définir ce que veut dire « gérer la question environnementale » pour les différents types d'acteurs états-uniens. Les mesures prises en faveur de l'environnement sont différentes selon leur échelle d'application.

• Vous pouvez déduire la problématique suivante : Pourquoi la gestion de la question environnementale par les différents acteurs états-uniens est-elle paradoxale ?

Construire le plan

Au regard du sujet, un plan multiscalaire s'impose.

I. À l'échelle mondiale, un pays précurseur mais peu impliqué	• En quoi les États-Unis sont-ils précurseurs dans la prise en compte de l'environnement ? • Quelle est la politique environnementale des États-Unis à l'échelle mondiale ?
II. À l'échelle nationale, un pays divisé sur la gestion environnementale	• Quel est le rôle de l'État fédéral dans la gestion de l'environnement ? • Quel type d'actions mène-t-il ? En quoi ces actions peuvent-elles être contradictoires ?
III. À l'échelle locale, de réels moyens d'action, sources de tensions	• Quels sont les différents acteurs de la gestion environnementale à l'échelle locale ? • En quoi leurs politiques sont-elles sources de tensions avec l'État fédéral ?

S'ENTRAÎNER

31 CORRIGÉ GUIDÉ

Les titres et les indications entre crochets ne doivent pas figurer sur la copie.

Introduction

[Accroche] La nature est un élément de l'identité culturelle des États-Unis. Aujourd'hui, la société américaine est partagée entre le désir de maîtriser l'environnement et celui de le protéger. [Présentation du sujet] Si, à l'échelle mondiale et nationale, le pays véhicule une image négative ou ambiguë sur la gestion de l'environnement, à l'échelle régionale et locale le système fédéral permet une certaine flexibilité des politiques environnementales. Cependant cette question divise les principaux acteurs en jeu et reste source de tensions. [Problématique] Pourquoi la gestion de la question environnementale par les différents acteurs états-uniens est-elle paradoxale ? [Annonce du plan] Pour répondre à cette question, nous présenterons successivement trois échelles de la gouvernance environnementale par les acteurs états-uniens : mondiale [I], nationale [II] et locale [III].

▶ Le secret de fabrication

Un plan multiscalaire suppose de respecter scrupuleusement le changement d'échelle. Il est préférable de commencer par une petite échelle (mondiale), puis l'échelle nationale (échelle fédérale aux États-Unis) pour finir par la plus grande (échelle locale : États fédérés, villes, quartiers).

I. À l'échelle mondiale : un pays précurseur mais peu impliqué

1. Un pays précurseur de la question environnementale

• La conquête de l'Ouest et l'exploitation des richesses ont été si rapides et si dévastatrices pour le milieu que l'idée de protéger la nature a vu le jour dès le début du XIXe siècle aux États-Unis.

• La *Wilderness*, nature sauvage, à préserver, inspire le courant philosophique du transcendantalisme de Ralph Waldo Emerson et H. D Thoreau. Une conscience écologique précoce se développe en même temps que les premiers aménagements de mise en valeur de la nature.

2. Une politique internationale d'obstruction

• Pourtant, le mode de vie américain reste énergivore et prédateur pour les ressources. Depuis 2005, les États-Unis n'ont toujours pas ratifié le protocole de Kyoto, pourtant signé par le président Bill Clinton en 1997.

• Apparu dans les années 1980 sous la présidence Reagan, un « scepticisme environnemental », alimenté par les lobbies du pétrole et du charbon, atteint son apogée sous le mandat de Donald Trump avec le retrait des accords de Paris en 2019. Les climatosceptiques accroissent leur influence à la Maison-Blanche et les principales FTN états-uniennes, responsables de nombreuses catastrophes écologiques, restent peu impliquées dans cette question.

MOT CLÉ

Les climatosceptiques ne croient pas au réchauffement climatique ou à l'incidence de l'activité humaine sur celui-ci. Ils remettent en cause les experts du GIEC.

3. Une prise de conscience progressive mais ambiguë

• Certaines avancées sont pourtant à souligner : en 2005, un partenariat a été signé entre les États-Unis et cinq pays d'Asie-Pacifique afin de lutter contre les émissions de gaz à effet de serre. Le président Joe Biden a par ailleurs décidé de ratifier les accords de Paris dès sa prise de fonction.

• Des ONG états-uniennes très puissantes, véritables « lobbies verts », ou des personnalités politiques s'engagent pour alerter l'opinion mondiale sur le changement climatique, comme Al Gore, prix Nobel de la paix 2007.

• Enfin, plusieurs FTN, dont les GAFAM, investissent pour la transition énergétique et pour réduire leur impact environnemental. Cependant, elles sont souvent accusées de « green washing », c'est-à-dire de mettre en avant des arguments écologiques à des fins purement marketing.

[Transition] Si les États-Unis assument leur volonté de préserver avant tout leurs intérêts nationaux en refusant toute contrainte internationale, ils prennent progressivement conscience de la nécessité de protéger et préserver leurs ressources. Ce paradoxe s'observe aussi à l'échelle nationale.

II. À l'échelle nationale : un pays divisé sur la gestion environnementale

1. Le rôle protecteur de l'État fédéral

• Deux courants environnementalistes voient le jour à la fin du XIXe siècle : le préservationnisme, dont John Muir est le pionnier, défend une protection de la nature préservée de toute influence humaine, tandis que Gifford Pinchot défend une vision utilitariste de la nature et un usage raisonné de ses ressources (conservationnisme). Ces mouvements favorisent la sanctuarisation d'espaces naturels comme Yosemite (1864) et Yellowstone (1872).

• Le président Theodore Roosevelt fait de la protection de l'environnement une cause nationale. À l'écoute de John Muir, il est à l'origine de cinq nouveaux parcs nationaux et du National Forest Service.

> INFO +
> On compte aujourd'hui 61 parcs nationaux (2,2 % du territoire), gérés à l'échelle fédérale par le National Park Service.

2. Des mesures limitées et paradoxales

• Malgré la création de l'Agence de protection de l'environnement et le vote du Clean Air Act en 1970 pour lutter contre la pollution de l'air, les mesures fédérales restent limitées et souvent remises en cause à la faveur de l'alternance politique.

• Ainsi, dans les années 1980, l'administration Reagan assouplit l'application du Clean Air Act, et plus tard, l'administration Trump annule le plan de réduction des gaz à effet de serre et l'interdiction des forages en zones protégées, mesures prises sous la présidence Obama.

• L'État fédéral reste, la plupart du temps, défenseur d'une vision utilitariste de la nature, perçue comme source de richesses : c'est lui qui accorde les autorisations d'exploitation minière (gaz de schiste et pétrole).

[Transition] Si une véritable politique environnementale semble difficile à mettre en œuvre sur le long terme à l'échelle nationale, le système fédéral laisse aux différents acteurs régionaux et locaux une grande flexibilité pour agir.

S'ENTRAÎNER

III. À l'échelle locale : de réels moyens d'action, sources de tensions

1. Des États impliqués dans la question environnementale à l'échelle régionale

• Certains États fédérés revendiquent de plus en plus une décentralisation de la gestion de l'environnement et s'engagent dans des politiques de protection plus ambitieuses que celles de l'État fédéral.

• Ainsi les États du Massachussetts et de Washington se sont engagés dans la réduction des émissions de gaz à effet de serre, comme la Californie qui investit aussi massivement dans les stations pour les voitures à hydrogène depuis 2005.

2. À l'échelle locale, de multiples acteurs

• Les actions locales se multiplient notamment dans les métropoles qui s'engagent au niveau international dans le réseau C40 (Cities Climate Leadership Group), aujourd'hui dirigé par le maire de Los Angeles. Les villes de New York, Chicago ou Seattle mènent ainsi de nombreuses actions à l'échelle urbaine (végétalisation des toits, développement des transports en commun).

• Les ONG, des lanceurs d'alerte, de simples citoyens mènent des campagnes de boycott et de dénonciation de certaines pratiques de grandes FTN américaines, entreprennent des démarches judiciaires contre des atteintes graves à l'environnement. Là aussi, ces acteurs se heurtent à la politique fédérale.

Conclusion

[Réponse à la problématique] La multiplicité des acteurs et des échelles de gestion de l'environnement aux États-Unis rend leur compréhension difficile. Entre préservation et exploitation ultralibérale, la question environnementale reste un sujet de tensions et les politiques suivies peuvent sembler paradoxales. [Ouverture] Si ce manque d'homogénéité des politiques environnementales états-uniennes inquiète les défenseurs de l'environnement, il est néanmoins constitutif du système américain et laisse la possibilité à d'autres puissances d'exercer leur leadership sur la scène internationale.

La nature vue par un philosophe américain

2 heures
10 points

INTÉRÊT DU SUJET • La nature états-unienne, la *Wilderness*, est au cœur du transcendantalisme. Pour ce courant philosophique, la nature sauvage constitue l'originalité et la vraie merveille des États-Unis, tant d'un point de vue esthétique que moral.

D'après le document proposé, vous montrerez que la nature est, pour l'auteur, la vraie merveille de l'Amérique et qu'elle seule est un véritable professeur de vie.

DOCUMENT La nature du Massachusetts vue par Henry David Thoreau

Avec Ralph Waldo Emerson, Henry David Thoreau (1817-1862) est le principal représentant du premier courant philosophique états-unien, le transcendantalisme. Il se rend célèbre avec Walden *(1854), récit racontant sa vie, pendant deux ans, dans une cabane construite dans la forêt, sur les bords de l'étang de Walden, près de la ville de Concord (Massachusetts). Cet article est paru en 1842 sans nom d'auteur dans la revue transcendantaliste* The Dial.

Ce n'est pas dans la société que l'on trouve la santé, mais dans la nature. Si nous n'avons pas au moins un pied dans la nature, nos visages seront pâles et livides. La société est toujours malade, et elle l'est d'autant plus qu'elle est évoluée. Il n'émane d'elle aucune senteur qui soit aussi saine que celle des pins, ni aussi aucune odeur aussi pénétrante et roborative que l'immortelle[1] dans les hauts pâturages. J'aimerais toujours avoir près de moi un livre d'histoire naturelle qui me serait une sorte d'élixir et dont la lecture redonnerait du tonus à mon organisme. En effet, pour le malade, la nature l'est aussi, mais pour celui qui est bien portant, elle représente une source de santé. Celui qui contemple une forme de beauté naturelle ne saurait connaître ni mal ni déception. Les doctrines du désespoir, de la tyrannie ou de la servitude spirituelle ou politique n'ont jamais été professées par ceux qui ont partagé la sérénité de la nature. De toute évidence, le vrai courage ne viendra jamais à manquer sur cette côte atlantique, tant que nous serons entourés par le Pays des Fourrures[2].

Ces mots suffisent à redonner du cœur à l'ouvrage, quelles que soient les circonstances. L'épicéa, le hemlock[3] et le pin n'engendrent pas le désespoir. […]

Nous nous figurons que tout le tintamarre de la religion, de la littérature et de la philosophie que l'on entend dans les chaires, les lycées et les salons se répercute à travers tout l'univers. […] Mais si un homme dort profondément, il l'oubliera totalement du crépuscule jusqu'à l'aube. […] Quel formidable entraînement fournit la science de la nature pour se préparer aux combats de la vie la plus active. De fait, la bravoure incontestable que supposent ces études est beaucoup plus impressionnante que la vaillance tonitruante du guerrier.

Henry David Thoreau, *Histoire naturelle du Massachusetts*, 1842,
trad. de l'anglais par Guy Chain, Éditions La Part commune, 2014.

---

1. Immortelle : plante à fleurs jaune d'or.
2. Le Pays des Fourrures : Grand Nord canadien, région où les conditions extrêmes imposent aux hommes, pour leur survie, une lutte permanente contre les éléments.
3. Épicéa et hemlock : arbres de la famille des conifères.

LES CLÉS DU SUJET

Identifier le document

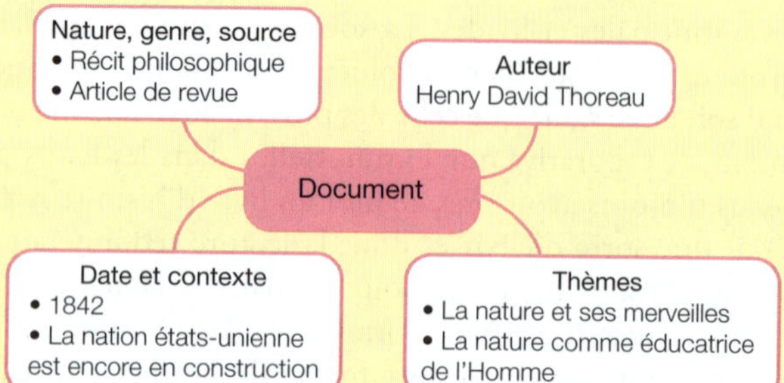

Comprendre la consigne

- La consigne vous invite à réfléchir sur ce qui fait de la nature la vraie merveille de l'Amérique.
- Vous devez aussi analyser les différents éléments qui font de la nature une leçon de vie pour l'humain, tant d'un point de vue physique que moral.

Dégager la problématique et construire le plan

- L'auteur présente la nature sous diverses facettes : lieu d'expériences esthétiques et sensorielles, elle est une véritable « merveille de l'Amérique » ; elle est un guide moral pour les humains et leur offre des leçons qui valent toutes les connaissances livresques.
- À partir d'un travail d'analyse cursive, vous pouvez déduire trois grandes idées qui vont guider les trois parties du développement.

I. La nature, vraie merveille de l'Amérique	Pourquoi la nature américaine suscite-t-elle l'admiration de l'auteur ?
II. La nature, école de vie et de santé	De quelles expériences la nature est-elle porteuse ?
III. La nature, vérité du monde	Dans quelle mesure les leçons offertes par la nature valent-elles les savoirs livresques ?

S'ENTRAÎNER

32 CORRIGÉ GUIDÉ

Les titres et les indications entre crochets ne doivent pas figurer sur la copie.

Introduction

[Accroche] La nature constitue un des thèmes centraux du transcendantalisme, premier courant philosophique états-unien. [Présentation de la source et de l'auteur] L'auteur, Henry David Thoreau, qui est avec Ralph Waldo Emerson le principal représentant de ce courant, développe dans cet extrait d'un article intitulé « Histoire naturelle du Massachusetts », publié en 1842 dans la revue *The Dial*, quelques-uns des thèmes essentiels de cette philosophie. [Problématique] Comment l'évocation de la nature du Massachusetts et du Grand Nord canadien est-elle l'occasion, pour l'auteur, d'un discours politico-moral dans lequel il oppose la sagesse de la nature à la folie de la civilisation ? [Annonce du plan] Nous verrons d'abord que, pour Henry David Thoreau, la nature constitue la vraie merveille de l'Amérique [I]. Nous analyserons ensuite les leçons qu'elle professe aux humains [II] et nous montrerons enfin les raisons qui, selon l'auteur, rendent la nature supérieure à la culture [III].

> ▶ **Le secret de fabrication**
> Avant de vous lancer dans la rédaction du développement, rappelez-vous ce qu'est le transcendantalisme et quels sont ses thèmes de prédilection. Ce courant de pensée philosophique tend à unir l'individuel à l'universel. Considérant la nature comme grandiose et immense, il l'associe à des valeurs morales.

I. La nature, vraie merveille de l'Amérique

1. La nature : un lieu de jouissance esthétique

• Selon Thoreau, la nature est avant toute chose le lieu d'une expérience sensorielle et esthétique. D'elle se dégagent bien-être et sagesse. Les majestueuses allées d'épicéas, d'hemlocks et de pins inspirent à l'Homme émerveillement et sérénité.

• La nature est un ravissement pour les sens. L'immortelle des hauts pâturages ou le pin sont à la fois un merveilleux spectacle pour la vue et une jouissance pour l'odorat (l. 4-6).

• Ces forêts, uniques par leur immensité, sont les véritables cathédrales du Nouveau Monde, elles sont ces espaces vierges qui rendent l'Amérique incomparablement supérieure à l'Europe. Même s'il prétend s'en éloigner, Thoreau reprend ici les thématiques du puritanisme protestant. À la façon des Pères pèlerins qui créèrent la colonie du Massachusetts au XVIIe siècle, il voit dans la nature du Nouveau Monde un espace vierge de tous péchés.

2. La nature, condition du bonheur

• La nature est la condition du bonheur physique de l'Homme. C'est au contact de la nature qu'il est sain car « si nous n'avons pas au moins un pied dans la nature, nos visages seront pâles et livides » (l. 2-3). La nature contribue aussi au bonheur moral des individus : « Celui qui contemple une forme de beauté naturelle ne saurait connaître ni mal ni déception » (l. 11-12).

• D'après l'auteur, la contemplation de la beauté naturelle est porteuse de bonheur et d'épanouissement. Sans doute trouve-t-on là une version américanisée du sentiment du sublime tel que le définit Emmanuel Kant dans la *Critique de la faculté de juger*. Mais Thoreau voit dans la contemplation de la nature une expérience aussi bien esthétique que morale (l. 12-16).

[Transition] Lieu de beauté et de jouissance, la nature est également porteuse d'enseignement, ainsi que nous allons le voir maintenant.

II. La nature, une école de vie et de santé

1. La nature, lieu de l'affermissement physique de l'Homme

• Loin de la nature, l'Homme dépérit : « Ce n'est pas dans la société que l'on trouve la santé, mais dans la nature » (l. 1-2).

• La nature, par sa dureté même est une école de vie. L'auteur exprime une conception vitaliste de l'existence lorsqu'il évoque à propos des conditions extrêmes du Pays des Fourrures la nécessité pour l'Homme de se dépasser pour survivre et vaincre l'adversité (l. 14-16). La nature est donc une école de courage physique qui surpasse de beaucoup l'expérience du guerrier (l. 26-28).

2. La nature, lieu d'enseignement moral et intellectuel

• La nature offre des enseignements porteurs de vrais savoirs, de ceux qui aident à vivre, « une sorte d'élixir et dont la lecture redonnerait du tonus » (l. 8).

• Thoreau affirme que « les doctrines du désespoir, de la tyrannie ou de la servitude spirituelle ou politique n'ont jamais été professées par ceux qui ont partagé la sérénité de la nature » (l. 12-14). La nature serait donc, d'après lui, porteuse de liberté et de joie. En dépit des certitudes de l'auteur, il est pourtant facile d'observer que les théories de « retour à la nature » ne furent pas toujours associées à des systèmes politiques prônant la liberté.

> **CONSEIL**
> Interrogez-vous sur les éventuelles contradictions de l'auteur. Vous pouvez critiquer la pensée développée par l'auteur en mettant en avant ses limites.

[Transition] La nature est donc, d'après Thoreau, la meilleure institutrice pour l'Homme ; ses vertus la rendent infiniment supérieure à la civilisation, comme nous allons le voir maintenant.

> **À NOTER**
> Les idées que défend ici H. D. Thoreau peuvent être vues comme une version américaine des idées de J.-J. Rousseau sur les vertus de la nature.

III. La nature, la vérité du monde

1. La nature contre les faux savoirs et les fausses sagesses

• L'auteur assimile les « vérités » des religions, de la littérature, de la philosophie à un « tintamarre » de salons ou de salles de classes (l. 20-22). L'Homme savant croit qu'elles ont quelque importance et qu'elles s'imposent à tout l'univers, mais, dans la nature, elles ne sont d'aucune utilité.

S'ENTRAÎNER

• Ces « vérités » ne sont en fait que de fausses vérités, et il suffit à l'Homme de s'endormir pour les oublier « totalement du crépuscule jusqu'à l'aube » (l. 22-24). Cet apparent mépris pour le savoir livresque est pour le moins étonnant de la part d'un homme qui, même s'il vécut deux ans au fond d'une cabane, n'en était pas moins diplômé d'Harvard et doté d'une immense culture.

À NOTER
L'université d'Harvard, près de Boston, est aujourd'hui mondialement connue. Elle fut à l'origine créée, en 1636, pour former les pasteurs des communautés puritaines du Massachusetts.

2. La nature supérieure à la culture

• La nature est la vérité de la vie. La profession de foi que Thoreau nous livre en faveur de la nature n'est pas une simple valorisation de celle-ci. Elle s'accompagne d'un rejet de la civilisation et de la culture.

• Implicitement, Thoreau considère la culture comme porteuse de mensonges, car « la société est toujours malade, et elle l'est d'autant plus qu'elle est évoluée » (l. 3-4). Avec cet anti-intellectualisme apparent, Thoreau illustre un des aspects de la culture états-unienne dans laquelle les savoirs livresques sont parfois considérés comme des sophismes.

Conclusion

[Réponse à la problématique] Dans ce texte, Henry David Thoreau développe un certain nombre des idées fondamentales du transcendantalisme. Il explique les raisons pour lesquelles, selon lui, la nature constitue le lieu privilégié de la vie. [Ouverture] Cette pensée peut apparaître comme une forme de naturalisme rejetant les apparents sophismes de la civilisation. Même si elle peut surprendre chez un lettré comme Thoreau, elle n'en est pas moins une des composantes de ce que certains penseurs états-uniens aiment à penser comme un pragmatisme.

33 Étude critique de document

La bataille de Yosemite

2 heures
10 points

INTÉRÊT DU SUJET • La nature états-unienne est considérée par la plupart des habitants du pays comme un élément essentiel de leur identité. C'est ce qu'illustre l'affaire du Yosemite Park évoquée par l'article suivant.

D'après le document proposé, vous expliquerez les raisons des oppositions au rachat par une entreprise japonaise de la société exploitant les services de Yosemite Park et vous montrerez que ce parc constitue un des lieux de l'identité états-unienne.

DOCUMENT Le parc naturel, patrimoine des États-Unis

L'article évoque la bataille qui opposa, fin 1990, l'entreprise japonaise d'électronique Matsushita et le gouvernement fédéral à propos du Yosemite Park. Cédant aux pressions, l'entreprise japonaise s'engagea, en janvier 1991, à revendre la société commerciale du parc à une fondation à but non lucratif.

L'acquisition de la firme américaine MCA[1] par le japonais Matsushita, annoncée fin novembre [1990], provoque finalement un sursaut de nationalisme aux États-Unis. Non pas parce que, en offrant 6,6 milliards de dollars (33 milliards de francs) pour le rachat de la firme cinématographique MCA, le géant japonais de l'électronique met la main sur une partie du capital artistique américain. Depuis la reprise, l'an dernier, de Columbia par Sony, les Américains ont appris à ne plus s'émouvoir des incursions nippones en territoire hollywoodien.

Cette fois Matsushita a avancé, semble-t-il, ses pions un peu loin. En achetant MCA, le groupe japonais met aussi la main sur divers services (hôtels, restaurants, campings, épiceries…) situés dans le célèbre parc naturel de Yosemite, en Californie. C'est cette atteinte au patrimoine national que les autorités américaines ont choisi de dénoncer.

Les propriétés de MCA à Yosemite pèsent pourtant « seulement » 300 millions de dollars. Somme bien faible comparée aux milliards du Rockefeller Center[2], autre symbole de la culture américaine également passé l'an dernier sous la coupe d'intérêts nippons. Mais il est plus facile, pour l'administration de Washington, de mobiliser son opinion sur une opération touchant à des arbres qui ont au moins l'âge de la nation américaine plutôt qu'à des intérêts industriels ou financiers. Le ministre de l'Intérieur, M. Manuel Lujan Jr, a d'ailleurs annoncé mardi 1er janvier [1991] sa volonté d'annuler la concession de MCA à Yosemite, en expliquant qu'il avait l'impression que « les Japonais achetaient la totalité des États-Unis ».

« La bataille de Yosemite », *Le Monde* et AFP, 3 janvier 1991.

1. MCA (Music Corporation of America), créée en 1924, était une entreprise états-unienne travaillant dans l'industrie du disque, du cinéma et dans la télévision.
2. Gigantesque ensemble commercial de 19 gratte-ciel sur la 5e Avenue à New York.

LES CLÉS DU SUJET

Identifier le document

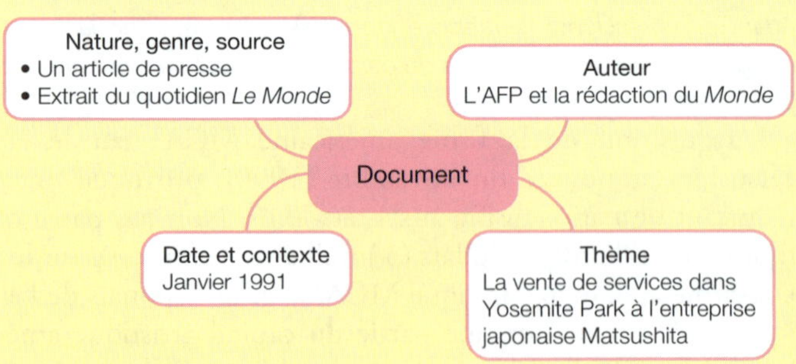

Comprendre la consigne

- La consigne vous invite d'abord à réfléchir à la pénétration économique japonaise aux États-Unis pendant les années 1990.
- Il s'agit ensuite de comprendre pourquoi, d'après le texte, le rachat des infrastructures commerciales de Yosemite Park par Matsushita, a engendré une telle opposition.

Dégager la problématique et construire le plan

• L'article évoque en particulier les investissements des FMN japonaises aux États-Unis au cours des années 1990.

• Il traite surtout des réactions provoquées par ces investissements en mettant l'accent sur les oppositions suscitées par la mainmise des Japonais sur Yosemite Park.

• L'enjeu du sujet est d'analyser les ressorts de cette affaire et de montrer comment le possible rachat de Yosemite Park cristallise l'opinion états-unienne, qui considère cet espace naturel comme un haut-lieu de l'identité nationale.

I. Investissements des multinationales japonaises aux États-Unis	• Quelles sont, d'après l'article, les entreprises états-uniennes rachetées par des capitaux japonais ? • En quoi le rachat de MCA par Matsushita n'est pas une opération financière comme les autres ?
II. Le rachat de Yosemite Park : une opposition aux multiples raisons	• Ne peut-on pas dire que l'opposition aux IDE japonais est teintée de nipponophobie ? • Pourquoi Yosemite Park constitue-t-il un enjeu symbolique majeur ?
III. Une affaire économique devenue affaire d'État	• Quel est le rôle des citoyens états-uniens dans l'opposition à Matsushita ? • Quel est le rôle de l'État fédéral de cette affaire ?

33 CORRIGÉ GUIDÉ

Les titres et les indications entre crochets ne doivent pas figurer sur la copie.

Introduction

[Accroche] Depuis le XIXe siècle, la *Wilderness* constitue un des lieux de l'identité états-unienne. [Présentation du sujet] Le texte qui nous est ici présenté est un extrait d'un article du *Monde* de janvier 1991, signé par la rédaction du quotidien et l'AFP (Agence France Presse). Il évoque les remous créés par la prise de contrôle des infrastructures commerciales de Yosemite Park (Californie) par l'entreprise japonaise d'électronique Matsushita. [Problématique] Comment cette affaire, dans un contexte de rachat d'entreprises états-uniennes par des multinationales japonaises, est-elle emblématique de l'attachement des États-Unis à son patrimoine national naturel ? [Annonce du plan] Nous verrons d'abord la façon dont les investissements japonais aux États-Unis se sont multipliés dans les années 1980 [I]. Nous analyserons ensuite les raisons pour lesquelles le rachat de Yosemite Park par la firme Matsushita a provoqué de multiples oppositions [II]. Enfin, nous observerons comment cette affaire, à l'origine économique, est devenue une affaire d'État [III].

I. Les investissements des FMN japonaises aux États-Unis

1. Des multinationales japonaises conquérantes

• Les années 1980 correspondent à la période finale de la « haute croissance » au Japon (1950-1980) et à une période d'expansion mondiale du capitalisme japonais dont l'article se fait l'écho.

> **▶ Le secret de fabrication**
> Il est indispensable de renvoyer au texte. Ceci peut prendre la forme de simples renvois ou de citations, mais celles-ci doivent être expliquées et venir à l'appui de votre démonstration.

• Ainsi, outre le Rockefeller Center, gigantesque ensemble commercial new-yorkais composé de 19 tours racheté par Mitsubishi en 1989 (l. 16-18), les investissements japonais s'intéressent alors tout particulièrement au secteur des industries de divertissement, comme les studios de cinéma hollywoodiens. L'article mentionne ainsi « la reprise, l'an dernier, de Columbia par Sony » (l. 7), autre géant japonais de l'électronique.

2. Le rachat de MCA par Matsushita

• En novembre 1990, Matsushita décide de racheter la société MCA (Music Corporation of America) pour la somme de 6,6 milliards de dollars (l. 1-4), prenant ainsi le contrôle d'une des principales maisons de production musicale et cinématographique de l'époque.

• Mais « Cette fois Matsushita a avancé, semble-t-il, ses pions un peu loin » car « en achetant MCA, le groupe japonais met aussi la main sur divers services (hôtels, restaurants, campings, épiceries…) situés dans le célèbre parc naturel de Yosemite, en Californie » (l. 11-13). Paradoxalement, ce n'est pas le rachat d'un des plus gros studios cinématographiques qui va susciter une vive opposition mais la prise de contrôle des services du parc de Yosemite.

> **CONSEIL**
> Essayez d'utiliser des citations courtes qui se fondent dans votre commentaire.

[Transition] Les investissements japonais aux États-Unis sont nombreux au cours des années 1980. C'est cependant autour de l'enjeu essentiellement symbolique représenté par les services commerciaux du parc de Yosemite que va se cristalliser l'opposition à Matsushita, comme nous allons le voir.

II. Les raisons d'une opposition

1. Un rejet teinté de nipponophobie

• L'article affirme que le rachat de MCA par Matsushita est à l'origine d'un « sursaut de nationalisme aux États-Unis » (l. 3). Le rachat de plusieurs symboles de la culture américaine, comme le Rockfeller Center de New York (l. 17) a visiblement été ressenti comme une provocation par beaucoup d'États-Uniens.

> **MOT CLÉ**
> La nipponophobie est la peur ou la détestation de tout ce qui est japonais.

• La prise de contrôle par Sony et par Matsushita des studios Columbia et MCA a également permis à ces sociétés de mettre « la main sur une partie du capital artistique américain » (l. 6). Sans doute le journaliste utilise-t-il ici l'expression « mettre la main », dont la tonalité est péjorative, pour retranscrire l'état d'esprit de beaucoup d'États-Uniens.

2. Le Yosemite Park : un des lieux de l'identité états-unienne

• Néanmoins, il est apparemment paradoxal que cette vague de nipponophobie éclate à propos de la prise de contrôle des services commerciaux de Yosemite Park. En effet, alors que Matsushita a déboursé 6,6 milliards de dollars pour acquérir MCA (l. 4-5), la valeur des sociétés commerciales de Yosemite Park, d'un intérêt économique secondaire, ne représente que 300 millions de dollars (l. 15-16).

• L'opposition à la prise de contrôle de Yosemite Park par la FMN japonaise n'est donc pas de nature économique mais symbolique. Premier parc naturel, créé par l'État de Californie en 1864, le Yosemite Park, dans lequel se trouvent « des arbres qui ont au moins l'âge de la nation américaine » (l. 20-21) est perçu comme un des lieux essentiels de l'identité et son passage sous contrôle étranger est alors perçu par beaucoup d'États-Uniens comme une dépossession.

[Transition] L'hostilité au rachat des sociétés commerciales de Yosemite Park relève, comme nous venons de le voir, de motifs symboliques. C'est sur cette thématique que vont s'organiser de multiples formes d'oppositions vis-à-vis de la multinationale japonaise.

S'ENTRAÎNER

III. Une affaire économique devenue une affaire d'État

1. L'opinion états-unienne contre Matsushita ?

• Ainsi que le fait observer l'article, l'opinion américaine s'est apparemment sentie peu concernée par le rachat par des firmes japonaises de groupes états-uniens au poids économique considérable, comme les studios de la Columbia ou le Rockefeller Center. L'opinion a, à l'inverse, réagi pour la cession d'une société ayant en charge « quelques arbres ».

• Ceci montre que la question de la vente de Yosemite Park met en jeu des représentations qui touchent aux mythes fondateurs des États-Unis. La *Wilderness*, dont Yosemite Park avec ses arbres pluricentenaires, est perçue comme un des lieux de l'identité américaine, et une partie de l'opinion états-unienne voit donc dans l'offensive économique de Matsushita une menace contre celle-ci.

> **À NOTER**
> Célèbre pour ses chutes, ses dômes rocheux et ses forêts, Yosemite Park est parcouru chaque année par plus de 3,5 millions de randonneurs.

> **▶ Le secret de fabrication**
> L'analyse, c'est-à-dire la compréhension, du document et son commentaire critique impose de mobiliser un important savoir, faute de quoi votre devoir n'est pas une étude critique mais une paraphrase. Ainsi, il est par exemple indispensable de mobiliser vos connaissances sur la représentation de la *Wilderness* et l'histoire des parcs naturels aux États-Unis.

2. Le rôle de l'État fédéral

• C'est sur ce sentiment que capitalise l'État fédéral lorsqu'il décide d'intervenir, via Manuel Lujan Jr, secrétaire à l'Intérieur sous la présidence de George W. Bush, faisant ainsi de cette affaire, à l'origine économique, une affaire d'État.

• Celui-ci prend l'initiative d'annoncer « mardi 1er janvier sa volonté d'annuler la concession de MCA à Yosemite, en expliquant qu'il avait l'impression que "les Japonais achetaient la totalité des États-Unis" » (l. 23-25).

Conclusion

[Réponse à la problématique] D'une simple affaire d'ordre commercial, le rachat de la société MCA par la FMN Matsushita devient une affaire d'État dans la mesure où Yosemite Park est perçu par les États-Uniens comme un élément de leur identité. [Critique du document] Cependant, le document ne nous permet pas de définir l'ampleur exacte des protestations. [Ouverture] Mais on peut supposer qu'elles furent très fortes, puisque Matsushita finit par céder, acceptant de revendre rapidement la société commerciale du parc de Yosemite à une fondation états-unienne à but non lucratif.

34 Étude critique de documents

Les États-Unis et la question environnementale : le cas de Pittsburgh

2 heures
10 points

INTÉRÊT DU SUJET • La ville de Pittsburgh est une métropole située dans la *Rust Belt*, ancienne région industrielle du Nord-Est des États-Unis. Pourtant, elle s'illustre depuis plusieurs années par une politique environnementale ambitieuse.

D'après les deux documents, montrez que Pittsburgh connaît une trajectoire particulière par rapport à la politique environnementale états-unienne.

DOCUMENT 1 Pittsburgh, une métropole respectant l'accord de Paris

Alors que les États-Unis sortaient des accords de Paris sur le climat, la ville de Pittsburgh, en Pennsylvanie, autrefois capitale de la sidérurgie, est devenue un modèle dans la lutte contre le réchauffement climatique.

« J'ai été élu pour représenter les habitants de Pittsburgh, pas de Paris », a expliqué le président américain Donald Trump, jeudi 1er juin [2017], utilisant la cité industrielle de l'Est américain (Pennsylvanie) pour justifier le retrait de l'accord de Paris sur le climat. Formule choc, mais mauvais choix de ville. Dans les minutes qui ont suivi, le maire démocrate de la ville, Bill Peduto, a renvoyé le chef de l'État dans les cordes sur Twitter.

« Les États-Unis rejoignent la Syrie, le Nicaragua et la Russie, en décidant de ne pas participer à l'accord mondial de Paris. C'est maintenant aux villes de prendre les rênes » de l'économie verte [...].

Mais le président n'a pas cité que Pittsburgh. Dans sa déclaration, il a insisté : « Il est temps de mettre Youngstown, dans l'Ohio, Detroit, dans le Michigan et Pittsburgh, en Pennsylvanie, qui comptent parmi les meilleurs endroits de ce pays, devant Paris, en

France. » Il fait ainsi l'amalgame entre d'anciennes villes industrielles laissées pour compte, comme Detroit, et d'autres comme Pittsburgh qui connaissent une fulgurante renaissance postindustrielle avec des centres urbains qui se sont totalement métamorphosés ces dernières années.

Toutefois, un point commun ressort entre ces trois villes, en dehors de leur localisation dans la *Rust Belt* industrielle : elles ont toutes voté Clinton en novembre 2016. […]

Le Monde avec AFP, site LeMonde.fr, 2 juin 2017.

DOCUMENT 2 **De la ville industrielle à la ville verte**

Des années 1930 à aujourd'hui, Pittsburgh s'est réinventée. Aujourd'hui, c'est une ville « verte ».

A

ph © Margaret Bourke-White / The LIFE Picture Collection / Getty Images

B

ph © HaizhanZheng / iStockphoto / Getty Images

LES CLÉS DU SUJET

Identifier les documents

Documents

Nature, genre, source
- Doc. 1 : article de presse
- Doc. 2 : photographies

Auteur et destinataire
- Doc. 1 : *Le Monde* avec l'AFP (Agence France-Presse)
- Doc. 2 : Source non précisée

Date et échelles
- Années 2010
- Pittsburgh dans les années 1930 et de nos jours
- Échelles mondiale (accord de Paris), nationale (Maison Blanche), locale (Pittsburgh)

Thème
- Transformation d'une ville industrielle en « ville verte »
- Différences entre la politique gouvernementale aux États-Unis et les politiques locales

Comprendre la consigne

- L'arrivée de Donald Trump bouleverse les objectifs environnementaux à l'échelle mondiale. Cependant, aux États-Unis, des maires et des gouverneurs d'État tentent d'appliquer un développement durable.
- L'exemple de Pittsburgh illustre cette double dynamique.

Dégager la problématique et construire le plan

- La consigne et le texte invitent à privilégier un plan thématique.
- La ville de Pittsburgh montre que la politique environnementale des États-Unis doit être observée à différentes échelles. Les villes et États fédérés peuvent adopter leur propre politique environnementale.

I. L'impact mondial de la politique environnementale états-unienne	La révolution industrielle a conduit à une augmentation de la pollution aux États-Unis. Alors que la majorité des pays tentent de limiter leur impact sur l'environnement, les États-Unis restent en dehors de cette démarche.
II. Pittsburgh, un modèle particulier	Malgré son passé sidérurgique, la ville de Pittsburgh s'est reconvertie dans des activités moins polluantes. Ce changement apparaît dans le paysage urbain et contraste avec la politique environnementale du pays.
III. Le cas de Pittsburgh, reflet de la multiplicité des acteurs	Le système politique états-unien repose sur des autorités multiples. Les différences politiques se ressentent à diverses échelles et laissent une réelle autonomie aux villes et États fédérés.

34 CORRIGÉ GUIDÉ

Les titres et les indications entre crochets ne doivent pas figurer sur la copie.

Introduction

[Accroche] En janvier 2017, quand Donald Trump prend ses fonctions de Président, il fait supprimer la page consacrée à l'environnement sur le site de la Maison-Blanche. Pour autant, si les États-Unis apparaissent comme les mauvais élèves du développement durable, des villes et des États fédérés mènent une politique environnementale ambitieuse. [Présentation du sujet] C'est sur ce jeu d'échelles que revient le corpus documentaire en s'appuyant sur l'exemple de la métropole de Pittsburgh. Le document 1 est un texte rédigé par *Le Monde* avec l'Agence France-Presse en juin 2017. Il montre comment la ville de Pittsburgh reste dans l'accord de Paris malgré le retrait du pays demandé par D. Trump. Le document 2 compare deux photos de Pittsburgh en 1930 et de nos jours, opposant une Pittsburgh industrialisée à une ville plus verticalisée et mieux structurée. [Problématique] Dans quelle mesure la métropole de Pittsburgh illustre-t-elle les paradoxes de la politique environnementale états-unienne ? [Annonce du plan] La politique environnementale de la première puissance mondiale a un impact sur l'ensemble de la planète [I]. Pourtant, de grandes villes comme Pittsburgh parviennent à suivre une voie singulière par rapport aux directives de Washington [II]. Cette opposition montre la multiplicité d'acteurs impliqués dans la question environnementale aux États-Unis [III].

I. L'impact mondial de la politique environnementale états-unienne

1. Un pays au cœur de la révolution industrielle

• Pittsburgh appartient à la « *Rust Belt* » (document 1, l. 21), soit la « ceinture de la rouille ». Des industries lourdes avaient été installées dans cette région pendant la révolution industrielle à la fin du XIXe siècle, lui valant le surnom de *Manufacturing Belt*. Le déclin de ces industries lourdes a provoqué une crise de ces activités et donc le changement de surnom.

• C'est d'ailleurs à cette identité que fait référence la photographie des années 1930 (document 2 A). On y voit les fumées de la cheminée d'une usine en arrière-plan alors qu'au premier plan trône le pont en acier Fort Pitt Bridge. La ville a longtemps été considérée comme la capitale de la sidérurgie, car elle est idéalement située à la confluence de deux rivières qui se rejoignent pour former le fleuve Ohio.

> **▶ Le secret de fabrication**
> Quand l'étude porte sur deux documents, le correcteur apprécie que vous les croisiez dans votre analyse. Si vous le pouvez, utilisez-les dans la même sous-partie. Ici sur la photo des années 1930, vous comprenez que Pittsburgh était une ville industrielle mais vous ne savez pas quelles activités y étaient pratiquées. Le texte vous apporte cette information en expliquant que Pittsburgh a été la « capitale de la sidérurgie ».

2. Un climatosceptique à la Maison-Blanche

• Bien que les États-Unis soient le pays de la *Wilderness*, ils sont parmi les plus importants pollueurs. Ils émettent autant de gaz à effet de serre que la Chine et exploitent des énergies polluantes comme les gaz de schiste, dont l'extraction a été permise par Barack Obama. L'arrivée de Donald Trump a bouleversé la politique environnementale mondiale. Il s'est rapidement retiré de l'accord de Paris sur le climat, comme le rappelle le texte (l. 4). Persuadé que le réchauffement climatique n'existe pas, il a surtout privilégié pour son pays l'économie au détriment de l'environnement.

> **MOT CLÉ**
> La *Wilderness* désigne la « nature sauvage » non encore soumise à l'humain. Cette notion a accompagné la conquête de l'Ouest aux États-Unis ; elle s'illustre aujourd'hui encore par la présence de phénomènes dangereux comme les ouragans.

• Cette décision a nui à l'image du pays car la majorité des acteurs mondiaux ont rejoint l'accord de Paris et peu l'ont refusé, à l'exception de dictatures ou d'États en difficultés économiques : « Les États-Unis rejoignent la Syrie, le Nicaragua et la Russie, en décidant de ne pas participer à l'accord mondial de Paris » (document 1, l. 8-9). Il s'agit donc d'une perte de prestige pour la première démocratie du monde dont beaucoup aimeraient qu'elle prenne la tête d'une politique internationale durable. Depuis 2017, le Nicaragua et la Russie ont ratifié le texte. Les États-Unis sont donc le seul pays, avec la Syrie, à ne pas être dans l'accord.

[Transition] Si les États-Unis sont devenus un important pollueur comme les autres pays occidentaux avec la révolution industrielle, ils maintiennent cette politique au XXIe siècle malgré une prise de conscience mondiale. Pour autant, en changeant d'échelle, il convient de nuancer ce constat.

II. Pittsburgh, un modèle particulier

1. De la cité industrielle à la ville verte

• Pittsburgh continue à être considérée par certains comme une ville industrielle. Or, le texte explique que cette image fait partie du passé : « d'anciennes villes industrielles » (document 1, l. 15). La ville a dû s'adapter, elle est passée

S'ENTRAÎNER

à d'autres activités dans la recherche, l'éducation et la santé. Cette métropole de Pennsylvanie voit sa reconversion saluée puisque le président Barack Obama, qui a souscrit à l'accord de Paris sur le climat, y a accueilli le G20 en 2009.

> MOT CLÉ
> Adopté en 2015, **l'accord de Paris** sur le climat est une déclaration d'intention par laquelle chaque État signataire s'engage à diminuer l'émission de gaz à effet de serre pour contenir le réchauffement climatique.

• Pourtant, Donald Trump semble ignorer cette métamorphose puisqu'il prend l'exemple de Pittsburgh pour se retirer de l'accord de Paris en déclarant : « J'ai été élu pour représenter les habitants de Pittsburgh, pas de Paris » (document 1, l. 1-2). Le président insinue que la ville peut encore polluer avec des activités d'industrie lourde pour se développer sur le plan économique.

2. Une métamorphose inscrite dans le paysage urbain

• La comparaison des deux photographies (document 2) illustre le changement d'activités de la métropole de Pennsylvanie. Les autorités municipales ont transformé ce centre industriel en quartier des affaires, agréable à vivre, grâce à la verticalisation du bâti et aux espaces verts.

• Cette transformation semble avoir été rapide, comme l'indique l'article du *Monde* : « une fulgurante renaissance postindustrielle avec des centres urbains qui se sont totalement métamorphosés ces dernières années » (document 1, l. 17-19). Cela explique la différence entre la réussite de Pittsburgh et le maintien de la crise dans d'autres villes de la *Rust Belt*.

[Transition] Pittsburgh était donc un exemple mal choisi pour justifier le retrait de l'accord de Paris. Les États-Unis sont un État fédéral, aussi les décisions prises à la Maison-Blanche peuvent diverger à l'échelle locale.

III. Une multiplicité d'acteurs et d'échelles

1. Un système complexe

• Tout d'abord, le maire de Pittsburgh et Donald Trump n'appartiennent pas au même parti politique. Le président est républicain, alors que Bill Peduto est « le maire démocrate de la ville » (document 1, l. 6). Il y a donc une opposition entre les deux hommes, d'autant plus que certaines villes de la *Rust Belt* ont soutenu la candidate démocrate Hilary Clinton à l'élection présidentielle de 2016 (document 1, l. 21-22).

> CONSEIL
> En géographie, le changement d'échelles est particulièrement apprécié. Il permet de nuancer une situation en la regardant à l'échelle de la ville, du pays et monde.

• Dans l'idéal, la politique environnementale est le résultat d'un consensus entre l'État fédéral et les États fédérés. Mais chaque ville dispose d'une réelle autonomie, ce qui explique peut-être pourquoi Donald Trump a confondu Pittsburgh avec une autre ville de la *Rust Belt*, Detroit, qui a connu une grave crise et a beaucoup de difficultés à en sortir (document 1, l. 15-16).

2. Le choix local des villes vertes

• Pour Bill Peduto, il paraît évident que la politique environnementale doit être menée à l'échelle locale : « C'est maintenant aux villes de prendre les rênes de l'économie verte » (document 1, l. 9-10). En effet, si Washington a laissé ces questions de côté, certains pouvoirs locaux (villes, États) ont fait le choix de s'engager en faveur de l'environnement.

• Le pari semble gagnant puisqu'en plus de l'accueil du G20 en 2009, Pittsburgh connaît une « fulgurante renaissance » (document 1, l. 17). Après avoir longtemps perdu des habitants, la population de la ville se stabilise et certains investisseurs étrangers viennent s'y implanter, comme Sony.

Conclusion

[Réponse à la problématique] L'exemple de Pittsburgh montre la nécessité de changer d'échelles pour comprendre la politique environnementale états-unienne qui ne peut se résumer aux déclarations et actions tonitruantes de leur président. [Critique du document] Ce corpus montre avec justesse comment Pittsburgh s'est reconvertie en quelques décennies pour sortir de la crise postindustrielle. Toutefois, les documents se concentrent sur des questions politiques et ne montrent pas les activités pratiquées dans la métropole ni les pratiques quotidiennes des citoyens. [Ouverture] Si des villes comme Pittsburgh et des États comme la Californie tendent vers un développement durable, cela ne pourra être atteint qu'avec des décisions fortes prises par le président pour changer un système mondial.

> **▶ Le secret de fabrication**
>
> L'ouverture est la dernière image que vous laissez au correcteur. Elle a pour but de proposer un sujet en lien avec celui qui vient d'être traité ou bien d'ouvrir sur la période suivante. Ici tout votre travail a montré les contradictions entre les différentes autorités politiques dans le pays. Vous expliquez donc que les États-Unis doivent d'abord surmonter ces contradictions pour s'insérer dans une politique environnementale à l'échelle mondiale.

S'ENTRAÎNER

Préparer l'épreuve écrite : le sprint final

L'essentiel du programme en 16 fiches MÉMO

De nouveaux espaces de conquête

Faire la guerre, faire la paix

Histoire et mémoires

L'environnement, entre exploitation et protection

2 SUJETS COMPLETS

1 De nouveaux espaces de conquête : introduction

A Comprendre les enjeux du thème 1

De nouveaux espaces de conquête

- Quelle est notre connaissance des océans et de l'espace ?
- Océans et espace sont-ils les dernières frontières de l'Humanité ?
- Quels sont les enjeux géopolitiques de la conquête de ces nouveaux espaces ? Comment les acteurs y affirment-ils leur puissance ? → **AXE 1**
- Quelles coopérations et quelles rivalités les acteurs développent-ils dans l'exploitation de ces espaces ? → **AXE 2**
- Comment la Chine y affirme-t-elle sa puissance et en gère-t-elle les enjeux économiques et géopolitiques ? → **OBJET CONCLUSIF**

B Maîtriser les notions

1. Une connaissance inégale des océans et de l'espace

- Les mers et océans couvrent **71 % du globe terrestre**. Mais la connaissance que nous avons de ces espaces, tant cartographique que biologique, est très incomplète.
- L'**espace** connu – la ligne de Karman, au-delà de 100 km d'altitude – concerne les environs de la Terre (satellites), ainsi que la Lune et Mars, qui sont en revanche bien cartographiées.

2. Les dernières frontières ?

- Les **contraintes des milieux** océanique et spatial sont immenses : températures, pressions, luminosité, radiations venues de l'espace.
- Les **technologies** permettant l'exploration de ces dernières **frontières** existent déjà, mais leur coût en est souvent très élevé.

> MOT CLÉ **La frontière (mot américain *frontier*) est entendue ici comme front pionnier ; limite sans cesse repoussée entre le monde sauvage et le monde humanisé.**

2 Conquêtes, affirmations de puissance et rivalités

Les nouveaux espaces de conquête sont le théâtre de rivalités fortes entre acteurs (États et acteurs privés), qui tentent d'affirmer leur puissance et leur contrôle territorial et militaire.

A Les enjeux géopolitiques de la conquête spatiale

1945-1991	Guerre froide : rivalité États-Unis/URSS
Années 1970 à 1990	Développement des agences spatiales japonaise, européenne et canadienne
Depuis les années 2000	Apparition de nouveaux acteurs, publics (pays émergents, Chine, Inde, Israël) et privés (*New Space*)

MOT CLÉ Le *New Space* désigne l'irruption de grandes entreprises privées dans la conquête spatiale (SpaceX, Blue Origin). Il apporte de nouvelles technologies et des projets parfois très ambitieux.

Les **technologies** spatiales sont indispensables dans de nombreux domaines (positionnement, communication…). Mais leur composante **militaire** (conduite de tir, renseignement) entraîne des rivalités interétatiques.

B L'affirmation maritime des puissances

- La puissance maritime permet la projection de puissance. Les acteurs sont donc les **grands États**, avec par ordre d'importance :
  - les États-Unis, dont les groupes aéronavals quadrillent la planète ;
  - la Chine, dont la flotte est en croissance constante ;
  - les autres puissances occidentales (France et Royaume-Uni) ;
  - la Russie et l'Inde, également en progrès.

INFO + Le porte-avions américain de dernière génération *Gerald R. Ford* (2017) est le plus grand du monde : 333 mètres de long ; 112 000 tonnes, il peut transporter plus de 75 avions de dernière génération.

ph © US Navy Photo, courtesy Northrop Grumman Newport News Shipbuilding

- Les **rivalités géopolitiques** concernent tous les espaces maritimes, en particulier l'océan Indien, la Méditerranée, les mers de Chine. L'apparition d'**armes de nouvelle génération** (missiles hypersoniques) complexifie les stratégies et relance aujourd'hui une nouvelle course aux armements.

3 Enjeux diplomatiques et coopérations

Les contraintes des milieux océanique et spatial ont conduit les acteurs concurrents à développer certaines coopérations dans l'appropriation et l'exploitation des ressources.

A Les coopérations dans le domaine spatial

- La **station spatiale internationale (ISS)** est une station spatiale habitée, placée en orbite basse. Elle permet à des équipages américains, russes, européens, japonais, canadiens d'accumuler de l'expérience en vol spatial et de mener des expériences scientifiques en apesanteur.

> INFO + **La station spatiale internationale (ISS) est ravitaillée par la capsule *Crew Dragon* de SpaceX. La Chine, exclue de l'ISS, prévoit pour 2022 l'assemblage de sa station spatiale nationale, Tiangong 3.**

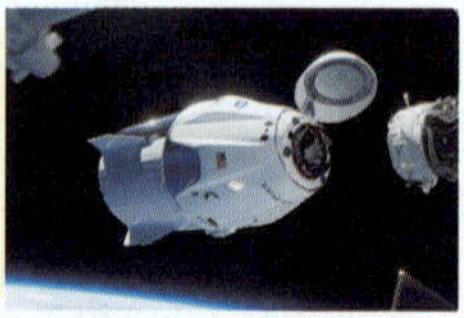
ph © NASA/SpaceX

- La coopération internationale devra s'intensifier pour la **gestion des débris spatiaux**, qui s'accumulent très vite et constituent un danger grandissant.

B Rivalités et coopérations dans le domaine maritime

- Depuis 1982, la **convention de Montego Bay** délimite précisément les eaux territoriales et les zones économiques exclusives (ZEE).
- Mais tous les États ne l'ont pas signée (États-Unis, Turquie…) et **les rivalités sont souvent aiguës** pour l'appropriation de ressources énergétiques ou halieutiques.
- Le milieu océanique étant immense et fragile, la coopération internationale est une nécessité, notamment dans la **protection de la biodiversité** ou la **lutte contre la pollution**. Mais le bilan demeure pour l'heure bien modeste.

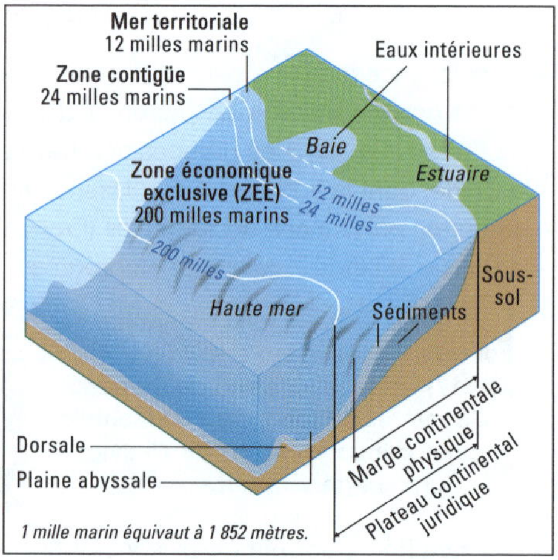

4 La Chine : à la conquête de l'espace et des océans

Après un rattrapage économique fulgurant, la Chine affirme ses ambitions dans les domaines maritime et spatial, dont les enjeux économiques et géopolitiques sont considérables.

A L'objet conclusif en un coup d'œil

L'affirmation d'une grande puissance	• Après le « siècle de la honte »... • ... l'affirmation du « rêve chinois »
Nouveaux objectifs, nouveaux moyens	• Des objectifs géostratégiques et géopolitiques • Des moyens considérables
Des enjeux économiques	• Une économie mondialisée • L'innovation spatiale
Des enjeux géopolitiques	• Le contrôle des voies maritimes • La domination par l'espace

B Une volonté politique d'affirmation

- Passé le « siècle de la honte » (1842-1949), la **Chine** s'affirme comme une **puissance mondiale**, rivale des États-Unis, qui cherche à sécuriser ses routes maritimes et à contrôler son espace maritime proche.
- Des **moyens navals considérables** sont affectés à la réalisation de ces objectifs, auxquels contribue également le domaine spatial (surveillance).

C Des enjeux économiques et géopolitiques immenses

- La Chine cherche à **connecter son économie au monde** (nouvelles routes de la soie). Les projets spatiaux sont aussi porteurs d'innovation technologique lui donnant l'occasion de combler son retard.
- Le contrôle de son espace maritime proche (**Taïwan**, mers de Chine) et un **programme spatial ambitieux** (armes antisatellites) permettront à la puissance chinoise de se déployer partout dans le monde.

> INFO + **La Chine considère Taïwan comme une partie de son territoire. Son armée se dote actuellement des moyens de récupérer l'île (navires amphibies, missiles « tueurs de porte-avions »).**

5 Faire la guerre, faire la paix : introduction

A Comprendre les enjeux du thème 2

Faire la guerre, faire la paix

- Où se déroulent les conflits armés actuels ?
- Quelles sont les caractéristiques des conflits armés ?
- Quelle est la validité de la définition de la guerre par Clausewitz ? → **AXE 1**
- Quelles sont les modalités de la construction de la paix ? → **AXE 2**
- En quoi le Moyen-Orient est-il caractéristique des conflits contemporains et des difficultés à faire la paix ? → **OBJET CONCLUSIF**

B Maîtriser les notions

1. Un panorama des conflits armés actuels

● À l'échelle mondiale, les conflits armés sont concentrés dans l'« **arc de crises** », qui s'étire du Sahel à l'Asie centrale.

● À d'autres échelles, on retrouve cette concentration : sur le continent africain, le **Sahara** est un foyer du terrorisme international.

2. Une typologie des conflits ?

● Les conflits sont **inter ou intra-étatiques**. Ils reposent sur différents enjeux (politiques, économiques ou idéologiques). Ils sont d'inégale intensité (conflits latents, de moyenne ou forte intensité).

> MOTS CLÉS **Un conflit interétatique oppose des États entre eux, tandis qu'un conflit intra-étatique oppose différents camps au sein d'un même État.**

● À côté des États, de nombreux **acteurs non étatiques** participent aux conflits : l'ONU, des organisations régionales comme l'OTAN, des sociétés militaires privées, des combattants irréguliers.

● Les conflits sont **inégalement résolus** : certains sont réglés par des traités de paix ou des cessez-le-feu ; d'autres sont en attente de résolution.

6 La dimension politique de la guerre

Au début du XIXe siècle, Clausewitz élabore une théorie militaire qui reste une référence jusqu'au XXe siècle. Cependant, les guerres irrégulières contemporaines mettent à mal ses principes.

A De la guerre de Sept Ans aux guerres napoléoniennes

- L'officier prussien Carl von **Clausewitz** rédige un traité de théorie militaire, *De la guerre*, publié à partir de 1832. Il identifie 4 principes clés :

1. La guerre est le prolongement de la politique par d'autres moyens.
2. Elle consiste en un duel entre États.
3. Le but de chaque belligérant est la soumission de son adversaire lors d'une bataille décisive.
4. Chaque guerre a sa singularité, combinant principes politique, militaire et populaire.

- La **guerre de Sept Ans** (1756-1763) et les coalitions européennes contre la France révolutionnaire et impériale (1793-1815) semblent confirmer sa théorie.

B Le modèle de Clausewitz à l'épreuve des « guerres irrégulières »

- Avec l'essor du terrorisme islamiste, s'affirment **des acteurs non étatiques** :
– à partir des années 1990, **Al-Qaida** multiplie les attentats contre les États-Unis et leurs alliés (ex. : attentats du 11 septembre 2001 à New York et à Washington) ;
– à partir de 2014, l'État islamique (**Daech**) se dote d'un territoire à cheval sur la Syrie et l'Irak et s'attaque aux mêmes cibles qu'Al-Qaida.
- Ces guerres irrégulières **n'obéissent pas au modèle de Clausewitz** :
– leurs enjeux sont transnationaux ;
– il n'y a plus de distinction entre combattants et non-combattants ;
– il n'y a pas de bataille décisive.
- Malgré leur puissance militaire, **les États semblent particulièrement vulnérables** face à des adversaires qui cherchent à les déstabiliser.

> MOT CLÉ **Une guerre irrégulière est un conflit armé sans distinction entre combattants et non-combattants, et sans terrain d'affrontement circonscrit.**

SPRINT FINAL

7 Le défi de la construction de la paix

À partir des traités de Westphalie (1648), les États deviennent les acteurs majeurs de la construction de la paix. Depuis la fin du XXe siècle, cette dernière passe par la sécurité collective mise en œuvre par l'ONU.

A Faire la paix par les traités : les traités de Westphalie

● Lors de la **guerre de Trente Ans** (1618-1648), la dynastie des Habsbourg entend imposer à l'Europe la domination du Saint Empire romain germanique et de la religion catholique. Face aux princes protestants aidés par le Danemark, la Suède puis la France, ils subissent de nombreuses défaites (ex. : Rocroi en 1643).

> MOT CLÉ **Le Saint Empire romain germanique est une entité politique composée de 350 États dont chacun des souverains participe à l'élection de l'empereur.**

● Les **traités de Westphalie** (1648) mettent fin au conflit. Ils réorganisent le territoire européen et instaurent de nouveaux principes pour les relations internationales :

1. la souveraineté des États
2. l'équilibre entre États
3. l'égalité entre États
4. la religion d'un prince = celle de ses sujets

B Faire la paix par la sécurité collective : l'ONU

● Après la disparition du bloc communiste en 1991, les conflits se multiplient. L'**ONU** cherche à mettre en œuvre **le principe de sécurité collective** : les États doivent répondre collectivement aux atteintes à la paix.

● Secrétaire général de l'ONU de 1997 à 2006, **Kofi Annan** œuvre en faveur de la sécurité collective. À ce titre, il reçoit le prix Nobel de la paix en 2001.

- 2000 ...... Objectifs du Millénaire pour le développement
- 2002 ...... Cour pénale internationale, pour juger les auteurs de génocide, de crimes de guerre et de crimes contre l'humanité
- 2005 ...... Principe de la responsabilité de protéger

● Cependant, la **mise en œuvre** de la sécurité collective est souvent difficile, comme au Kosovo ou en Syrie.

8 Le Moyen-Orient : conflits régionaux et tentatives de paix

Depuis 1945, le Moyen-Orient est le principal foyer de conflits dans le monde. Ces conflits témoignent de la multiplicité des enjeux et des acteurs et de la difficulté à instaurer une paix durable.

A L'objet conclusif en un coup d'œil

Des enjeux multiples →
- économiques : hydrocarbures, eau, passages stratégiques
- politiques : lutte contre le terrorisme, reconnaissance d'Israël, droit des peuples sans État
- culturels : contrôle des lieux saints, idéologies (sionisme, islamisme)

Des acteurs variés →
- étatiques : ONU, grandes puissances, puissances régionales (Turquie, Israël, Arabie saoudite, Iran)
- non étatiques : organisations terroristes, milices

Différents modes de résolution →
- Traités de paix (ex. : traité israélo-égyptien, 1979)
- Cessez-le-feu (ex. : guerre Irak-Iran, 1988)
- Conflits latents (ex. : conflit israélo-palestinien)

SPRINT FINAL

B Du conflit israélo-arabe au conflit israélo-palestinien

- De 1948 à 1987, des guerres à répétition **opposent l'État d'Israël à ses voisins arabes**. Le principal enjeu est l'existence d'un État hébreu en Palestine. Les États-Unis initient deux traités de paix entre Israël et l'Égypte (en 1979) puis la Jordanie (en 1994).
- Cependant, malgré la signature des accords d'Oslo en 1993, Israël refuse toujours la **création d'un État palestinien**.

C Les deux guerres du Golfe et leurs prolongements

1991 : 1re guerre du Golfe

- contexte : invasion du Koweït par l'armée irakienne
- faits : envoi d'une coalition internationale, mandatée par l'ONU
- résultat : libération du Koweït ; triomphe du droit international ?

2003 : 2e guerre du Golfe

- contexte : la suite des attentats du 11 septembre 2001, aux États-Unis
- faits : invasion de l'Irak par les États-Unis sans mandat de l'ONU
- résultat : guerre civile en Irak ; constitution de l'État islamique

9 Histoire et mémoires : introduction

A Comprendre les enjeux du thème 3

Histoire et mémoires

- Quels rapports l'histoire et la mémoire entretiennent-elles ?
- Comment de nouveaux concepts juridiques ont-ils réformé le droit international après 1945 ?
- Comment l'histoire des conflits s'inscrit-elle dans la mémoire des populations ? → AXE 1
- Quel rôle joue la justice dans la reconstruction des sociétés marquées par des conflits ? → AXE 2
- Quelle est la place de l'histoire du génocide des Juifs et des Tsiganes dans la mémoire collective ? → OBJET CONCLUSIF

B Maîtriser les notions

1. Histoire et mémoire

● La mémoire et l'histoire mettent le passé en récit. Si l'histoire est une **reconstruction scientifique du passé** qui recherche la vérité, la mémoire est, elle, **affective**, subjective et plurielle.

● Les historiens étudient l'évolution des mémoires et leurs relations. Les mémoires sont parfois instrumentalisées par le pouvoir politique, au nom du « **devoir de mémoire** », ce qui peut nuire à la recherche historique.

> MOT CLÉ **Le devoir de mémoire est l'obligation morale et civique de se souvenir d'un événement traumatisant. Il ne correspond pas au travail de l'historien, qui ne juge pas, mais cherche à expliquer des faits en les contextualisant.**

2. Crime contre l'humanité et génocide

● Utilisé la première fois pour désigner le massacre des Arméniens en 1915, le **crime contre l'humanité** devient une **notion juridique** lors du procès de Nuremberg en 1945. Il qualifie une violation grave des droits de l'homme.

● La notion de **génocide**, élaborée par Raphaël Lemkin, est officialisée par l'ONU en 1948. C'est une forme de crime contre l'humanité commis dans l'**intention de détruire** un groupe national, ethnique, racial ou religieux.

10 Histoire et mémoires des conflits

La mémoire et l'histoire mettent le passé en récit. Ces deux notions, bien que complémentaires, peuvent parfois entrer en conflit.

A Un débat historique : les causes de la Première Guerre mondiale

● Dans les années 1920, l'Allemagne est accusée d'être **responsable de la guerre**. Elle se défend en invoquant une « légitime défense ». Les historiens sont appelés à débattre. Pierre Renouvin et Jules Isaac nuancent alors les responsabilités allemandes en 1925 et 1933.

DATE CLÉ Par l'article 231 du traité de Versailles (1919), l'Allemagne, jugée responsable, est contrainte de verser de lourdes réparations.

ph © Bridgeman Images

● En 1961, l'historien Fritz Fischer accuse le nationalisme et l'expansionnisme de son pays quand d'autres défendent une vision marxiste : **l'impérialisme et le capitalisme** auraient causé la guerre.

● Le centenaire de 14-18 relance le débat : l'historien Christopher Clark incrimine davantage la **Serbie**. Gerd Krumeich lui reproche de vouloir déculpabiliser l'Allemagne dont la mémoire collective a longtemps été dominée par celle du nazisme.

SPRINT FINAL

B Mémoires et histoire de la guerre d'Algérie

● Jusqu'en 1970, la France tente d'**oublier la guerre** (lois d'amnistie) tandis que l'Algérie glorifie une « **guerre d'indépendance** ». Puis, les Français remettent en cause le passé colonial de leur pays et les mémoires se réveillent. Enfin, en 1999, le gouvernement français reconnaît officiellement que les « événements d'Algérie » (1954-1962) étaient une guerre.

● En France, plusieurs **groupes mémoriels** réclament une reconnaissance de leurs souffrances : les pieds-noirs, les harkis et les anciens combattants (appelés). Ils sont à l'origine de lois mémorielles.

MOT CLÉ Un groupe mémoriel rassemble des individus partageant une même mémoire d'un événement.

● Les **historiens** comme Benjamin Stora ou Mohammed Harbi tentent, par leurs travaux, d'apaiser des mémoires encore douloureuses.

11 Histoire, mémoire et justice

L'ampleur des crimes commis dans les années 1990 dans l'ex-Yougoslavie et au Rwanda accélère la création de juridictions, locales et internationales, destinées à juger les responsables.

A La justice locale au Rwanda

- Juger le massacre d'un million de Tutsi commis en 1994 permet de **punir les coupables** et de **réconcilier une nation** déchirée.
- Le TPIR mis en place par l'ONU pour juger les planificateurs du génocide est vite dépassé par le nombre de dossiers. Des **tribunaux locaux**, les ***gacaca***, sont créés en 2001 afin de juger les exécutants, construire un récit historique mais aussi réconcilier Hutu et Tutsi.
- Près de 2 millions de personnes ont été jugées entre 2005 et 2012. Pourtant, les tribunaux locaux ont parfois été **accusés de partialité**, d'amateurisme et d'une trop grande clémence. De plus, les crimes de guerre commis par le Front patriotique rwandais n'ont pas été jugés.

B La construction d'une justice pénale internationale (TPIY)

- La **Yougoslavie** se disloque entre 1989 et 1992. L'armée serbe mène une politique de nettoyage ethnique en Bosnie, qu'un Tribunal pénal international (TPIY) mis en place par l'ONU juge à partir de 1993.
- Entre 1993 et 2017, 161 personnes sont jugées, dont Slobodan **Milosevic**, chef d'État en exercice. Mais les procédures sont longues et de nombreux accusés sont acquittés en appel. Les procès attisent les divisions.
- Le **TPIY** inspire la création d'autres tribunaux internationaux ainsi que la Cour pénale internationale, en 2002. Il porte l'espoir de voir un jour traduits en justice tous les criminels de guerre.

ÉVÉNEMENT CLÉ **En juillet 1995, plus de 8 000 hommes sont assassinés à Srebrenica (Bosnie-Herzégovine), par l'armée serbe de Bosnie. La Serbie conteste la qualification des faits en génocide.**

ph © Mustafa Ozturk/Anadolu Agency/AFP photo

12 L'histoire et les mémoires du génocide des Juifs et des Tsiganes

La construction de lieux de mémoire, la tenue de procès et l'art ont fait de la mémoire du génocide des Juifs et des Tsiganes un « devoir de mémoire universel ».

A Les lieux de mémoire du génocide

- Dans l'immédiat après-guerre, les lieux de mémoire du génocide sont rares : c'est le **temps de l'amnésie** ; la mémoire de la résistance domine.
- Dans les années 1950-1960, des mémoriaux voient le jour (mémorial du martyr juif à Paris, Yad Vashem à Jérusalem) : c'est le **réveil mémoriel**.
- À partir des années 1990, les musées consacrés à la Shoah se multiplient (Paris, Washington, Berlin…). Les camps de concentration et les centres de mise à mort sont de plus en plus visités. Ce sont des lieux qui répondent à un **devoir de mémoire** mais aussi à une nécessité historique.

B Juger les crimes après Nuremberg

1946-1949	12 procès successeurs de Nuremberg dans la zone d'occupation américaine (Allemagne) : généraux, *Einsatzgruppen*, fonctionnaires
1961-1962	Procès d'Adolf Eichmann (Jérusalem)
1963-1964	« Procès d'Auschwitz » (Francfort)
1987	Procès de Klaus Barbie (Lyon)
1997-1998	Procès de Maurice Papon (Bordeaux)
Années 2000	Derniers procès de nazis en Allemagne

C Le génocide dans la littérature et le cinéma

- **de 1945 à 1960 : temps de l'oubli**

→ quelques témoignages (ex. : *Journal* d'Anne Frank) et documentaires

- **de 1960 aux années 1980 : réveil et affirmation des mémoires**

→ documentaire *Nuit et Brouillard* d'Alain Resnais (1956)
→ réédition de *Si c'est un homme* de Primo Levi (1987)

- **depuis les années 1990 : temps du devoir de mémoire**

→ multiplication des œuvres (ex. : *Shoah* de Claude Lanzmann ; *Maus* d'Art Spiegelmann).

13 L'environnement, un enjeu planétaire : introduction

A Comprendre les enjeux du thème 5

L'environnement, entre exploitation et protection : un enjeu planétaire

- Qu'est-ce que l'environnement ?
- L'environnement a-t-il une histoire ?
- Quels rapports les sociétés entretiennent-elles avec leur environnement ? → **AXE 1**
- Comment les sociétés ont-elles fait face au changement climatique ? → **AXE 2**
- Entre préservation et dégradation, quelle est la politique des États-Unis vis-à-vis de leur environnement ? → **OBJET CONCLUSIF**

B Maîtriser les notions

1. L'environnement : une construction historique, sociale et politique

● L'environnement est la combinaison des **éléments naturels et socio-économiques** qui forment les cadres et les conditions de vie des sociétés. Il fait l'objet de définitions multiples en fonction de la chronologie et de l'espace.

● Certaines sociétés **prennent conscience** dans les années 1980 de la pression qu'elles exercent sur l'environnement.

2. Un regard sur l'histoire de l'environnement

● Depuis les années 1970, les historiens s'intéressent à l'histoire de l'environnement. Ils cherchent à **comprendre l'évolution du climat**, son impact sur les sociétés et comment ces dernières ont agi sur l'environnement.

● En 2000, le chimiste Paul Crutzen popularise la notion d'**anthropocène**. Les historiens Jean-Baptiste Fressoz et Christophe Bonneuil en proposent une définition plus complète. Ils montrent que les humains, en agissant sur l'environnement mais aussi sur l'économie, le politique et le social, peuvent éviter les crises.

> MOT CLÉ **On appelle anthropocène l'ère géologique dans laquelle l'être humain est la principale force de changement sur Terre.**

14 Exploiter, préserver et protéger

Les changements climatiques accompagnent les sociétés depuis le néolithique. Celles-ci en ont conscience et essaient d'agir sur l'environnement.

A Exploiter et protéger une ressource « naturelle » : la forêt française depuis Colbert

- Depuis le XVIIe siècle, sous l'impulsion de **Colbert**, l'État cherche un équilibre entre l'exploitation et la protection de la forêt car il a besoin de bois pour renforcer la flotte. L'exploitation s'accompagne donc de politiques de boisement.

> PERSONNAGE CLÉ **Ministre d'État et contrôleur général des finances de Louis XIV, Jean-Baptiste Colbert (1619-1683) réorganise l'administration des Eaux et Forêts en 1669.**

Coll. Metropolitan Museum of Art, New York

- Au XIXe siècle, les autorités se préoccupent des questions forestières : ainsi, Napoléon III lance des **opérations de boisement** en Gascogne et en Sologne.
- Depuis 1964, la forêt française est gérée par l'**ONF** (Office national des forêts). Elle couvre aujourd'hui 29 % du territoire et présente de multiples visages (forêt amazonienne en Guyane, vergers…).

B Le rôle des individus et des sociétés dans l'évolution des milieux

Deux révolutions changent le rapport des hommes aux milieux.

- **10 000 av. J.-C. : révolution néolithique**

→ apparition de l'**agriculture**. Un réchauffement climatique permet aux sociétés de défricher, de produire plus de nourriture et de se sédentariser.

> MOT CLÉ **La sédentarisation est le processus par lequel les sociétés, jusque-là nomades, se fixent en des lieux où elles développent l'agriculture et l'élevage.**

- **à partir de la fin du XVIIIe siècle : révolution industrielle**

→ augmentation de la productivité par l'exploitation et la transformation des milieux. On entre dans l'anthropocène : c'est désormais l'être humain qui est responsable du changement climatique.

SPRINT FINAL

15 Le changement climatique : approches historique et géopolitique

Les périodes chaudes et froides alternent au fil des siècles. Elles influencent les sociétés qui tentent de limiter le réchauffement climatique depuis la fin du XXe siècle.

A Les fluctuations climatiques et leurs effets

Les sociétés européennes ont connu des périodes…

- de **réchauffement**, par ex. l'**optimum climatique médiéval** (Xe-XIIIe s.) : l'adoucissement du climat favorise l'amélioration des récoltes, le développement du commerce, l'essor des villes ;
- de **refroidissement**, par ex. le « **Petit Âge glaciaire** » (XVe-XIXe s.) : des hivers rigoureux et automnes pluvieux causent de mauvaises récoltes, puis des disettes. Les sociétés tentent de s'adapter par le stockage et le transport de produits entre régions.

ÉVÉNEMENT CLÉ **En 1788, après un orage terrible qui dévaste une partie des récoltes en juillet, vient une longue période de gel au cours de l'hiver. L'historien Emmanuel Leroy-Ladurie parle de « gâchette météorologique » dans le déclenchement de la Révolution française.**

B Le climat, enjeu des relations internationales : les accords internationaux

- Les activités industrielles accentuent l'effet de serre, à l'origine du **réchauffement climatique**. Les États peinent à trouver un accord, d'autant que certains pays émergents refusent les mesures trop contraignantes. Celles-ci sont souvent promues par des pays du Nord, principaux pollueurs.
- Conformément aux recommandations des experts du **GIEC**, l'accord de Paris (2015) doit limiter le réchauffement entre 1,5 et 2 °C d'ici 2100.
- À côté des États, des citoyens s'engagent pour l'environnement. Le phénomène de réchauffement est cependant nié par les **climatosceptiques**.

PERSONNAGE CLÉ **Née en 2003, la jeune militante suédoise Greta Thunberg s'est illustrée par des grèves de l'école le vendredi, puis des Marches pour le climat. Ses prises de parole, lors de la COP 24 (2018) et à l'ONU, appellent les chefs d'État et les décideurs à impulser un changement radical des modes de vie.**

ph © Dursun Aydemir / Anadolu Agency via AFP

16 Les États-Unis et la question environnementale

Pays de la *Wilderness*, les États-Unis se démarquent aussi par de vastes ressources et l'exposition à de multiples risques naturels. Cela impose un rapport complexe à l'environnement, entre protection et exploitation.

A L'objet conclusif en un coup d'œil

Des précurseurs de la préservation	• *Wilderness* • Préservationnisme • Parcs nationaux
Une puissance énergivore	• 2e plus gros pollueur du monde • Exceptionnalisme américain
Des acteurs en concurrence	• État fédéral • États fédérés • Villes
Le maintien du climatoscepticisme	• Non-ratification du protocole de Kyoto • Mandat de Donald Trump

B Entre protection et exploitation

● L'exploitation des ressources naturelles, base de la prospérité des États-Unis, entraîne des **pollutions** multiples. Mais le pays lance précocement des mesures de protection (création du **parc de Yellowstone** en 1872).

> MOT CLÉ **En Amérique du Nord, la *Wilderness* désigne la « nature sauvage », dans laquelle l'humain n'est qu'un observateur discret. Cette notion est à l'origine des parcs nationaux.**

● Des **États fédérés** et des **villes** mènent une politique environnementale ambitieuse, comme la Californie qui s'est engagée à respecter l'accord de Paris. À l'inverse, le **gouvernement** de Donald Trump mène une politique environnementale limitée et ne prend des décisions qu'après des catastrophes médiatisées.

C Les États-Unis et l'environnement à l'échelle internationale

● Convaincus d'être une « nation élue », les États-Unis refusent de ratifier certains traités (**exemptionnisme**), comme le protocole de Kyoto (1997).

● **ONG** et **FTN** jouent aussi un rôle au niveau international, par exemple :
→ **Tesla**, entreprise pionnière sur le marché de la voiture électrique ;
→ **Sea Shepherd**, ONG luttant pour la protection de la biodiversité marine.

35 France métropolitaine, mars 2023
DISSERTATION

Ruptures et continuités des formes de la guerre depuis la fin du XXᵉ siècle

2 heures
10 points

INTÉRÊT DU SUJET • Si vous maîtrisez bien l'axe consacré à la dimension politique de la guerre, ce sujet vous permettra de valoriser votre esprit de synthèse et votre connaissance de l'actualité.

▶ Ruptures et continuités des formes de la guerre depuis la fin du XXᵉ siècle.

LES CLÉS DU SUJET

Analyser le sujet

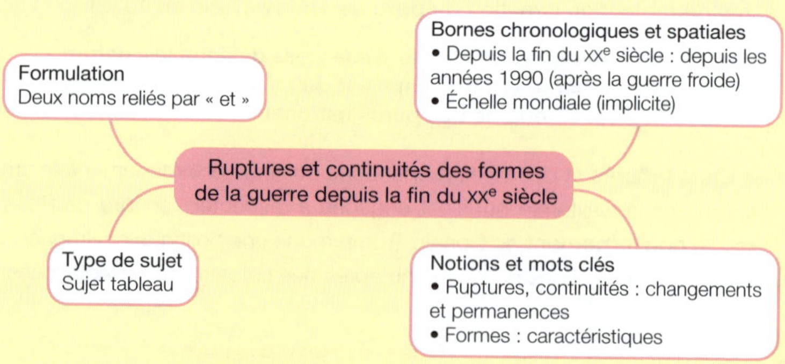

Dégager la problématique

• Depuis la fin de la guerre froide et les attentats du 11 septembre 2001, les conflits armés dans le monde sont devenus plus complexes. Dans leurs formes, ils semblent s'éloigner du modèle de Clausewitz.

• La problématique est largement suggérée par le libellé du sujet : qu'est-ce qui fait la spécificité de la guerre depuis la fin du XXᵉ siècle ?

Construire le plan

Les formes de la guerre incluent différents paramètres : un plan thématique s'impose.

I. Les acteurs de la guerre	• Quels sont les rôles des différents acteurs ? • Comment interagissent-ils ?
II. Les enjeux de la guerre	• Peut-on hiérarchiser les différents enjeux ? • Comment se combinent-ils ?
III. Les modalités de la guerre	• À quelles échelles les conflits se déroulent-ils ? • Avec quels moyens se déroulent-ils ?

35 CORRIGÉ GUIDÉ

Les titres et les indications entre crochets ne doivent pas figurer sur la copie.

Introduction

▶ Le secret de fabrication

En commençant votre dissertation par une citation de Clausewitz, vous soulignez la spécificité de la guerre depuis les années 1990, qui ne répond plus exactement au schéma classique d'une guerre entre États.

[Accroche] « La guerre n'est rien d'autre qu'un duel à plus vaste échelle », affirme Clausewitz dans son ouvrage *De la guerre* (1832). Si cette définition semble pertinente pour analyser les conflits du XVIIIe siècle jusqu'à la guerre froide, elle ne rend pas compte de la complexité de ceux de la fin du XXe siècle et du début du XXIe siècle. [Présentation du sujet] En effet, depuis les années 1990, la guerre se présente sous de nouvelles formes. [Problématique] Qu'est-ce qui fait la spécificité de la guerre depuis la fin du XXe siècle ? [Annonce du plan] Pour répondre à cette question, nous présenterons d'abord les différents types d'acteurs intervenant dans les conflits [I], puis nous soulignerons la variété des enjeux [II] et des modalités de ces conflits [III].

I. Une diversification des acteurs de la guerre

1. Les États, des acteurs toujours prédominants

• Par leur puissance militaire, les États sont toujours des acteurs déterminants des conflits contemporains. Au premier rang, se placent les États-Unis grâce à leur capacité de projection : ils interviennent en Afghanistan en 2001, puis en Irak en 2003. Cependant, ils sont concurrencés par la Chine (en mer de Chine et dans le Pacifique) et la Russie (en Syrie, en Afrique et en Europe).

• À l'échelle mondiale, l'Organisation des Nations unies (ONU) intervient dans les zones de conflits en envoyant ses Casques bleus pour maintenir la paix. Des organisations régionales mènent aussi des opérations militaires en poursuivant le même objectif : l'Organisation du traité de l'Atlantique nord (OTAN) intervient ainsi en Bosnie en 1995 et au Kosovo en 1999.

2. L'affirmation d'acteurs non étatiques

• Les organisations terroristes islamistes montent en puissance : Al-Qaida s'attaque aux ambassades des États-Unis au Kenya et en Tanzanie dès 1998, avant de perpétrer les attentats du 11 septembre 2001 à New York et Washington ; Daech s'attaque aux États occidentaux à partir de 2015.

• Des sociétés militaires privées, agissant pour le compte des États, interviennent sur différents théâtres d'opérations. Durant les guerres en Afghanistan (2001-2014) et en Irak (2003-2011), les États-Unis y ont massivement recours. Depuis 2014, la Russie utilise les services du groupe Wagner en Ukraine, au Mali et en Syrie notamment. On assiste à une privatisation de la guerre.

• Dans certains conflits, des combattants irréguliers s'opposent aux armées régulières. C'est le cas des miliciens palestiniens du Hamas qui affrontent l'armée israélienne à Gaza dans une guerre asymétrique.

> **MOT CLÉ**
> Une guerre asymétrique se caractérise par un déséquilibre notable des forces militaires antagonistes.

[Transition] Ainsi, l'intervention, à côté des États, de multiples acteurs non étatiques caractérise la guerre à partir de la fin du XXe siècle. Celle-ci présente des enjeux traditionnels mais aussi nouveaux.

II. Les divers enjeux de la guerre

1. Les enjeux traditionnels

• Les enjeux politiques restent déterminants. La rivalité entre les États-Unis et leurs alliés, d'une part, et leurs adversaires émergents (Chine et Russie), d'autre part, constitue la toile de fond de nombreux conflits. Le conflit ukrainien peut être lu comme l'opposition entre la Russie et les États membres de l'OTAN qui soutiennent l'Ukraine.

• Les enjeux économiques jouent aussi un rôle important : il s'agit de contrôler les ressources naturelles. Par exemple, l'un des enjeux de la guerre qui secoue le Sierra Leone de 1991 à 2002 est le contrôle de la zone diamantifère qui permet de financer les armes de nombreux groupes rebelles. De plus, le contrôle des axes de circulation stratégiques s'avère vital. Le golfe d'Aden est l'une des zones de la piraterie mondiale car il est traversé par un axe commercial majeur.

> **À NOTER**
> Depuis quelques années, le golfe de Guinée, à l'ouest de l'Afrique, est devenu l'épicentre de la piraterie mondiale.

• Le nationalisme constitue toujours un enjeu important : nationalisme palestinien contre Israël ; nationalisme russe contre nationalisme ukrainien.

2. Un nouvel enjeu : la diffusion de l'islamisme

• Les guerres menées par Al-Qaida, Daech et les groupes terroristes qui s'en réclament sont fondées sur la lutte contre les valeurs occidentales, au nom d'une interprétation stricte du Coran.

• Face à cette menace terroriste, les États-Unis et certains de leurs alliés occidentaux se sont lancés dans une « guerre contre le terrorisme » au lendemain des attentats du 11 septembre 2001 (intervention en Afghanistan puis en Irak).

[Transition] Les enjeux de la guerre se diversifient, tout comme ses modalités.

III. Les modalités de la guerre

1. Un champ de bataille planétaire ?

• Les attentats et les guerres menées par Al-Qaida à partir des années 1990, puis Daech à partir de 2014, se déroulent à l'échelle mondiale. L'ensemble de la population mondiale devient alors une cible pour ces organisations terroristes, sans qu'il y ait de distinction entre les civils et les militaires. Le droit de la guerre est de plus en plus souvent bafoué.

• Cependant, la majorité des conflits actuels sont intraétatiques, mais ils peuvent être lus à différentes échelles. Par exemple, la guerre civile qui débute en 2013 au Yémen oppose le gouvernement aux rebelles houtistes. Ce conflit a également une dimension régionale car l'Arabie saoudite a formé une coalition militaire pour soutenir le gouvernement yéménite contre les rebelles aidés par l'Iran.

2. De nouveaux espaces de conflits

• À côté de la terre, de la mer, de l'air et de l'espace, le cyberespace devient un lieu caractéristique de la guerre depuis la fin du XXe siècle. Les cyberattaques comprennent propagande, désinformation, renseignement et sabotage d'infrastructures.

• À partir des années 1990, l'utilisation de drones armés se développe (ex : au Kosovo en 1999). Toutefois, la présence humaine et matérielle sur le terrain reste indispensable.

> **À NOTER**
> C'est au nom de la doctrine « zéro mort » que l'usage des drones se généralise.

3. La guerre de l'information

• Lors de la première guerre du Golfe (janvier-février 1991), la chaîne de télévision américaine CNN présente l'opération *Tempête du désert* comme une « guerre propre », en occultant les effets des bombardements sur la population civile.

• Dix ans plus tard, les images des attentats du 11 septembre diffusées en continu provoquent un traumatisme dans l'opinion publique mondiale.

Conclusion

[Réponse à la problématique] Les formes de la guerre depuis la fin du XXe siècle présentent des permanences mais également des nouveautés. En premier lieu, à côté des acteurs traditionnels que sont les États, s'affirment des acteurs non étatiques. Par ailleurs, si les enjeux politiques et économiques restent pertinents, les enjeux idéologiques deviennent cruciaux. Enfin, la guerre devient globale dans sa dimension spatiale, technique et communicationnelle. [Ouverture] Actuellement, la rivalité grandissante entre les États-Unis et la Chine peut être lue au prisme de ces nouvelles formes de conflit.

Les sociétés face au changement climatique : permanence et ruptures

2 heures
10 points

INTÉRÊT DU SUJET • Le sujet permet de présenter les fluctuations climatiques et leurs effets depuis le XIXe siècle, mais aussi la façon dont les sociétés les perçoivent.

En analysant les documents, en les confrontant et en vous appuyant sur vos connaissances, montrez la permanence et les ruptures dans les relations que les sociétés entretiennent avec les milieux dans lesquels elles vivent.

DOCUMENT 1

Ministère de l'Intérieur
Sciences et Beaux-Arts
Circulaire N° 18

Paris, le 25 avril 1821

Messieurs, depuis quelques années, nous sommes témoins de refroidissements sensibles dans l'atmosphère[1], de variations subites dans les saisons et d'ouragans ou d'inondations extraordinaires auxquels la France semble devenir de plus en plus sujette.

On l'attribue en partie aux déboisements des montagnes, aux défrichements des forêts, au défaut d'abri qu'éprouvent nos campagnes, et à l'absence des obstacles naturels qui s'opposaient jadis aux vents et aux nuages du nord et de l'ouest.

Les mêmes causes produiraient les mêmes effets dans toute l'Europe, et ces phénomènes seraient dignes de fixer partout l'attention. Ces maux ne seraient pas sans remède, et il serait important que, particulièrement en France, on prît des mesures pour écarter les inconvénients, les malheurs dont le principe aurait été reconnu.

Dans l'état actuel des observations, il est peut-être difficile d'asseoir un jugement ; et c'est pour fixer mon opinion, pour voir ensuite quelles dispositions ordonner, que je viens vous demander des notes sur les divers points qui suivent :

1°- Quelles forêts existaient dans votre département il y a trente ans ? Dans quelle zone et à quelle élévation étaient-elles placées ? Quelles étaient leur étendue et l'espèce d'arbres dont elles étaient formées ?

2°- Quels étaient les propriétaires ?

3°- Quelles sont celles qui existent encore et celles qui ont été abattues ?

4°- Quelle influence a-t-on remarqué que la différence exerçât sur le système météorologique du département ? Les rivières ont-elles eu des eaux plus ou moins abondantes ? Les inondations, les pluies ont-elles été plus ou moins fréquentes ? Y a-t-il eu plus souvent de la neige ou de la grêle, et, dans les pays de montagnes, s'est-on aperçu que les glaces descendissent à plus basses régions, repoussant et refoulant la végétation vers les plaines ou les vallées ?

5°- Les vents ont-ils été plus violents, plus malfaisants, plus variables, et a-t-on remarqué que ceux du sud ou du nord exerçassent tout à coup, et par de soudains changements, de plus grands ravages que dans le siècle dernier, et lorsque la France enfin était mieux boisée ?

À ces questions, j'en pourrais ajouter d'autres ; mais vous verrez vous-mêmes, et sans avoir besoin de plus d'indications, à développer toutes les idées de cet ordre, dont vous croiriez utile de me faire part.

Je réunirai tous les documents que j'aurai reçus, je les communiquerai à l'Académie des sciences, et mon avis se formera sur ce que vous et elles auront d'abord émis en les motivant.

On a beaucoup fait et avec raison pour l'encouragement des prairies artificielles. Mais les forêts n'ont pas moins d'importance, et quand les recherches auxquelles je vous prie de vous livrer n'auraient de résultat que celui d'arrêter vos regards sur ce genre de cultures et de richesses, ma lettre aurait rempli en partie son objet.

Recevez, Messieurs, l'assurance de ma considération distinguée.

Le ministre secrétaire d'État de l'Intérieur
Signé : Siméon

Source : circulaire du ministre de l'Intérieur Siméon
adressée à tous les préfets, avril 1821

---

1. L'hiver 1819-1820 est particulièrement froid : à Paris la Seine est glacée, on meurt de froid dans les rues ; les arbres sont détruits par le gel dans le Sud-Est.

DOCUMENT 2

Traduction : « We have the power to move the world » signifie « Nous avons le pouvoir de faire avancer le monde ».

Source : illustration extraite du rapport annuel de C40 Cities, réseau de grandes métropoles engagées dans la lutte contre le dérèglement climatique, 2019

LES CLÉS DU SUJET

Identifier les documents

Documents 1 et 2

Nature, genre, source
- Doc. 1 : circulaire ministérielle adressée à tous les préfets
- Doc. 2 : illustration du rapport du réseau C40 avec slogan promotionnel

Auteurs
- Doc. 1 : Siméon, ministre de l'Intérieur
- Doc. 2 : groupe C40 Cities, réseau de métropoles mondiales engagées contre le changement climatique

Dates et contexte
- Doc. 1 : 25 avril 1821, après un hiver très rude, échelle nationale
- Doc. 2 : 2019, changement climatique global, échelles mondiale et locale

Thèmes
- Doc. 1 : prise de conscience par l'État français des effets des activités humaines sur le climat
- Doc. 2 : les métropoles, actrices locales organisées en réseau à l'échelle mondiale pour lutter contre le réchauffement climatique

Comprendre la consigne

• La consigne évoque la **permanence**, c'est-à-dire ce qui n'a pas changé, et les **ruptures**, autrement dit, les **modifications** dans les relations que les sociétés humaines entretiennent avec les milieux dans lesquels elles vivent.

• Il faut donc trouver ces éléments de permanence : anthropisation des milieux, variations climatiques. Les éléments de rupture concernent l'accélération du dérèglement climatique et les réponses pour y faire face, qui ont changé au cours du temps.

Dégager la problématique et construire le plan

En quoi les fluctuations climatiques et la façon dont les politiques publiques y font face sont-elles révélatrices de l'évolution des relations que les sociétés entretiennent avec l'environnement ?

I. Les acteurs politiques se préoccupent des variations climatiques…	• Quelles sont les variations climatiques évoquées par les documents ? • Comment et pourquoi expliquer ces variations ?
II. … mais celles-ci ont changé et les échelles et moyens d'intervention ont évolué	• Quelles sont les caractéristiques du changement climatique actuel ? • Comment ont évolué les moyens d'intervention ? À quelle échelle opèrent-ils ?

36 CORRIGÉ **GUIDÉ**

Les titres et les indications entre crochets ne doivent pas figurer sur la copie.

Introduction

[Accroche] Les hommes se préoccupent du climat depuis le Néolithique, mais la prise de conscience de l'impact de leurs activités sur l'environnement est récente. [Présentation des documents] Près de deux siècles séparent les documents soumis à notre étude. Le premier est une circulaire du ministre de l'Intérieur, Siméon, datant du 25 avril 1821. À la suite d'un hiver particulièrement rude, le ministre sollicite les préfets afin d'obtenir des informations précises sur l'état des milieux français, notamment des forêts. Le second document est une illustration d'un rapport du « C40 Cities », un réseau des plus grandes métropoles mondiales engagées en faveur de la protection de l'environnement, qui promeut les mobilités douces et la possibilité pour chacun de « faire avancer le monde ». [Problématique] En quoi les fluctuations climatiques et la façon dont les politiques publiques y font face sont-elles révélatrices de l'évolution des relations que les sociétés entretiennent avec l'environnement ? [Annonce du plan] Si les préoccupations concernant les variations climatiques sont anciennes et que les autorités tentent de les comprendre [I], ces variations ont changé de nature, et les acteurs ont changé d'échelle et de moyens d'intervention [II].

I. Les variations climatiques, une inquiétude ancienne

1. Des variations climatiques opposées

- En 1821, le ministre de l'Intérieur s'interroge sur « les refroidissements sensibles dans l'atmosphère ». En effet, une note en fin de texte décrit un hiver 1819-1820 particulièrement rude : « à Paris la Seine est glacée, on meurt de froid. » Ce qu'ignore l'auteur, c'est que son époque appartient à une longue période de refroidissement climatique (de 1300 à 1860) appelée le « Petit Âge glaciaire ». Celui-ci se caractérise par des étés frais et pluvieux ayant de graves conséquences sur les récoltes et par quelques hivers très froids (1709, 1819).
- L'illustration du rapport du C40 Cities fait référence à une variation climatique inverse : celle d'une augmentation des températures depuis l'ère industrielle causée par l'anthropisation. Cette augmentation des températures est due aux rejets de gaz à effet de serre dans l'atmosphère, de plus en plus importants sous l'effet de la croissance démographique, de la métropolisation et de l'augmentation des échanges mondiaux.

2. L'appel aux experts pour mieux comprendre ces changements

- Dans la circulaire qu'il envoie aux préfets, le ministre Siméon manifeste sa volonté de comprendre l'origine des variations climatiques : « On l'attribue en partie aux déboisements des montagnes. » Il fait ici référence aux défrichements qui ont suivi les famines de la fin du XVIIe siècle. Les surfaces cultivées se sont étendues et le bois a été utilisé pour se chauffer.

> **CONSEIL**
> Attention à la syntaxe quand vous citez les documents. Vos citations, entre guillemets, doivent s'intégrer à votre démonstration sans être trop longues.

SPRINT FINAL

• Le ministre lance alors des enquêtes, dont un recensement précis de l'état des forêts, comme Colbert l'avait fait lors de la Grande Réformation (1661-1685). Il souhaite soumettre les observations des préfets « à l'Académie des sciences » pour « voir ensuite quelles dispositions ordonner ». L'action politique sollicite donc l'avis des experts.

À NOTER
Cette circulaire a sans doute permis au code forestier de voir le jour en 1829. La grande ordonnance de Colbert de 1669 avait en effet été peu appliquée.

• Le changement climatique évoqué dans le document 2 se fonde aussi sur les observations d'experts : ceux du GIEC (Groupe intergouvernemental d'experts sur le climat), créé en 1988. Ayant pour mission d'évaluer les risques liés au changement climatique, le GIEC rédige des rapports régulièrement mis à jour grâce à des moyens modernes d'analyse.

[Transition] Ces variations climatiques que les autorités cherchent à comprendre sont devenues beaucoup plus préoccupantes. Les échelles d'intervention des différents acteurs publics et les moyens qu'ils engagent sont les signes des mutations des relations entre les sociétés et leurs milieux.

CONSEIL
N'hésitez pas à rappeler la problématique générale de temps en temps : cela donne du sens à votre démonstration.

II. Un changement climatique global, des politiques qui évoluent

1. Un changement global

• Si au XIXe siècle, Siméon a conscience de variations climatiques à l'échelle nationale (« France de plus en plus sujette ») et à l'échelle européenne (« mêmes effets dans toute l'Europe »), il n'y a pas encore de prise de conscience d'un dérèglement mondial. Or aujourd'hui, les scénarios du GIEC évoquent des hausses de températures pouvant aller jusqu'à + 4,4 °C ou plus d'ici la fin du siècle, par rapport à l'ère préindustrielle.

• Alors qu'au XIXe siècle, les variations climatiques étaient essentiellement imputées à l'agriculture, aujourd'hui, toutes les activités humaines (agriculture, industrie, transport) sont considérées comme responsables de l'entrée dans une nouvelle ère géologique : l'anthropocène.

2. Des échelles et des modes d'intervention qui évoluent

• Au XIXe siècle, les mesures de protection de la nature étaient décidées de façon centralisée par l'État, dans le but d'« écarter les inconvénients, les malheurs ». Au-delà de la dégradation des forêts françaises contre lequel il était urgent d'agir pour des raisons essentiellement économiques, Siméon fait référence à des dangers plus politiques qu'engendrent les aléas climatiques, comme les crises frumentaires, souvent à l'origine de révoltes sociales.

• À la fin du XXe et au XXIe siècle, les analyses, les échelles d'intervention et les acteurs ont changé : il est surtout question de protection et de préservation de l'environnement, plutôt que de sa seule exploitation. Si les objectifs environnementaux sont toujours fixés par les États, au sein de conférences mondiales (sommet de la Terre à Rio en 1992, COP 21 à Paris en 2015), leur mise en œuvre doit être locale (agenda 21).

• Ainsi, le réseau des C40 Cities montre l'implication des métropoles, qui cherchent à diminuer leur impact écologique par des mesures concrètes : construction de bâtiments HQE, réduction des déchets, développement d'espaces végétalisés, mobilités douces, comme ici le vélo. Les citoyens sont appelés à être des acteurs de la transition écologique, ils en ont le « pouvoir » (en vert dans le slogan).

INFO +
Le réseau C40 Cities Climate leadership group a été créé en 2005 par le maire de Londres. Il rassemble aujourd'hui 94 métropoles.

Conclusion

[Réponse à la problématique] Les fluctuations climatiques sont une préoccupation constante des sociétés humaines parce qu'elles ont des conséquences économiques, politiques et sociales. L'ère industrielle a accéléré l'impact de l'anthropisation et la science permet aujourd'hui de mieux comprendre les mécanismes à l'œuvre. Les autorités tentent de répondre, à toutes les échelles, à une conscience écologique de plus en plus aiguë des sociétés. [Ouverture] Mais en mars 2023, le GIEC a révisé ses données sur l'évolution du climat dans un sens encore plus alarmiste, estimant que les hausses de températures prévues pour la fin du siècle pourraient être atteintes dès 2030-2050. Les mesures entreprises semblent donc encore très loin d'être suffisantes pour répondre au changement climatique, devenu une urgence.

37 France métropolitaine, septembre 2022
DISSERTATION

L'État, seul acteur de la construction des mémoires ?

2 heures
10 points

INTÉRÊT DU SUJET • Ce sujet mobilise une notion clé du thème 3 et peut s'appuyer sur les nombreux exemples étudiés dans l'axe 1 et l'objet conclusif. Vos qualités de synthèse vous aideront à démontrer que l'État participe à l'élaboration des mémoires, mais n'est pas seul dans cette démarche.

▶ L'État, seul acteur de la construction des mémoires ?

LES CLÉS DU SUJET

Analyser le sujet

L'État, seul acteur de la construction des mémoires ?

Formulation
- Une phrase interrogative
- Le mot État, séparé du reste de la phrase par une virgule

Bornes chronologiques et spatiales
- Aucune borne chronologique indiquée
- Par déduction, depuis la fin de la Première Guerre mondiale (limites du programme)

Type de sujet
Sujet dialectique

Notions et mots clés
- État : puissance publique, autorité politique
- Acteur : institutions, organisations, groupes, associations…
- Construction : processus d'élaboration
- Mémoires (au pluriel) : officielle, individuelle, collective, historique

Dégager la problématique

• Le sujet invite à s'interroger sur le rôle de l'État dans la construction des mémoires. Il s'agit de montrer que l'État est confronté à d'autres acteurs qui participent aussi à ce processus. Leurs relations contribuent à faire émerger une mémoire collective apaisée.

• En quoi la construction des mémoires est-elle le fruit de relations complexes entre de multiples acteurs ?

Construire le plan

I. L'État cherche à construire une mémoire officielle...	• Pourquoi les États cherchent-ils parfois à imposer leur vision d'événements du passé ? • Pourquoi les politiques peuvent-ils faire le choix d'oublier certains évènements ? • Comment, au contraire, mettent-ils en avant certains faits dont ils veulent que la société se souvienne ?
II. ... mais les acteurs de la construction des mémoires sont multiples...	• Quels autres acteurs participent à la construction des mémoires ? • Les historiens et les juges ont-ils un rôle à jouer ?
III. ... et les mémoires évoluent en fonction des relations que ces acteurs entretiennent	• Quelles tensions existent entre les différents acteurs qui construisent les mémoires ? • Pourquoi et comment peuvent-ils être amenés à coopérer ?

37 CORRIGÉ GUIDÉ

Les titres et les indications entre crochets ne doivent pas figurer sur la copie.

Introduction

[Accroche] De nombreux pays sont agités par des polémiques mémorielles à propos d'événements survenus dans le passé, souvent des guerres ou des massacres. [Présentation du sujet] De fait, la mémoire – c'est-à-dire la reconstruction affective et subjective du passé – suscite des divisions, et les pouvoirs publics sont tentés d'en contrôler l'écriture. Pourtant, la mémoire est par essence plurielle et évolutive, et met en jeu de nombreux acteurs. [Problématique] En quoi la construction des mémoires est-elle le fruit de relations complexes entre de multiples acteurs ? [Annonce du plan] Si l'État cherche à construire une mémoire officielle [I], il est confronté à d'autres acteurs qui portent une pluralité de mémoires [II]. Les relations complexes entre l'État et ces différents acteurs contribuent alors à faire évoluer les mémoires [III].

> **▶ Le secret de fabrication**
> Quand un sujet est à la forme interrogative, votre 1re partie doit répondre par l'affirmative à la question posée. Votre 2e partie nuancera le propos et la 3e proposera une synthèse.

I. L'État cherche à construire une mémoire officielle

1. L'écriture d'une mémoire officielle au sortir des conflits

• Après un conflit majeur, les États ont pour objectif de ressouder la nation autour d'une mémoire commune. C'est le temps de la construction d'une mémoire officielle qui peut parfois aboutir à l'élaboration d'un mythe.

• Les explications complexes sont alors souvent remplacées par des schémas simplistes. Ainsi, après 1918, la propagande française défend l'idée de la seule culpabilité allemande dans le déclenchement du conflit. En Allemagne, la théorie d'un pays encerclé en 1914, victime d'une France belliqueuse puis d'un traité de paix très sévère (Versailles, 1919), favorise la montée du nazisme.

• En 1945, la même volonté de cohésion nationale pousse le général de Gaulle à présenter l'image d'une France unanimement résistante. Ce « mythe résistancialiste » domine la mémoire de la Seconde Guerre mondiale en France jusqu'aux années 1970. De la même façon, en Algérie, les autorités glorifient, après 1962, le rôle du FLN dans une « guerre de libération ».

2. L'organisation de l'oubli

• La mise en place d'une mémoire officielle nécessite aussi de passer sous silence certains faits historiques au nom de la réconciliation nationale. C'est particulièrement le cas après la Seconde Guerre mondiale ou la guerre d'Algérie.

• C'est ainsi que des lois d'amnistie évitent à la République française de devoir assumer la collaboration, ce que l'historien Henry Rousso nomme le « syndrome de Vichy ». C'est la même logique qui prévaut après la guerre d'Algérie lorsque la France organise l'oubli officiel d'une guerre « qui ne dit pas encore son nom » comme l'affirme Benjamin Stora.

> **CONSEIL**
> N'hésitez pas à nommer les historiens spécialistes de la question étudiée. Cela sera valorisé par votre correcteur.

3. La construction d'une mémoire collective par une politique mémorielle

• Cependant, les versions officielles de l'histoire ne peuvent perdurer quand le travail des historiens est rendu possible et que la connaissance progresse. Les États cherchent alors à apaiser les mémoires par des politiques mémorielles (commémorations, mémoriaux, cérémonies) qui cherchent à instaurer une mémoire collective plus proche de la vérité historique.

• Ce « devoir de mémoire » peut parfois s'accompagner de lois mémorielles qui ont pour but d'exprimer un point de vue officiel sur un événement. Ainsi, en 1990, la loi Gayssot fait du négationnisme un délit en France. En 2001, la loi Taubira qualifie la traite négrière de crime contre l'humanité.

[Transition] Le rôle de l'État est prépondérant dans la construction mémorielle. Cependant, il est concurrencé par l'implication d'autres acteurs dans cette entreprise.

II. Les mémoires sont cependant construites par d'autres acteurs

1. Le rôle des individus et des groupes mémoriels

• Avant tout constituée des souvenirs d'un individu, la mémoire est émotionnelle et se transmet au sein d'une famille, d'une société. Les témoins communiquent leur expérience, mais rarement juste après les faits : souvent, les souvenirs douloureux sont d'abord refoulés.

• La mémoire peut se transmettre au sein de groupes mémoriels spécifiques : les Arméniens, les Juifs et les Tsiganes, victimes de génocide ; mais aussi les harkis, les pieds-noirs, les appelés du contingent, les Algériens, les victimes de la guerre d'Algérie… Tous ces groupes véhiculent des mémoires, et ces mémoires peuvent s'opposer.

2. Le rôle des historiens et des juges

• Le rôle des historiens consiste à faire émerger la vérité, à replacer les événements dans leur contexte. Ils fondent leurs recherches sur des sources variées, comme les témoignages, les archives publiques et les travaux de leurs collègues.

• Les grands procès qui se tiennent après les conflits ou les crimes de masse, comme le procès de Nuremberg (1945-1946) ou celui d'Adolf Eichmann (1961), sont aussi l'occasion d'écrire une mémoire collective.

[Transition] Les mémoires sont donc plurielles, façonnées par de multiples acteurs. Ceux-ci entretiennent des relations complexes, entre tensions et coopérations, et la nature des mémoires qu'ils construisent évolue.

III. L'évolution des mémoires, fruit des relations entre les différents acteurs qui la construisent

1. Les tensions entre l'État, les historiens et les groupes mémoriels

• Au sortir des conflits, lorsque les États construisent une mémoire officielle, l'information est contrôlée et la propagande empêche le travail des historiens. Ceux-ci n'ont pas accès aux archives. Pendant cette période d'amnésie, les témoins ne sont pas écoutés.

• Puis, à mesure que les historiens dévoilent la vérité historique, le discours officiel s'efface. Vient alors le temps du réveil mémoriel, ou anamnèse. L'État se trouve confronté aux pressions des différents groupes mémoriels qui demandent justice et réparation pour les souffrances endurées.

• Enfin, quand une mémoire collective semble s'imposer et que l'État multiplie les commémorations, on entre dans l'hypermnésie. L'État se heurte alors aux historiens qui l'accusent de favoriser une approche émotionnelle du passé. Ainsi, l'association de l'historien Pierre Nora, « Liberté pour l'histoire », dénonce en 2005 la tentation du pouvoir de vouloir juger l'histoire, de hiérarchiser les victimes.

> **À NOTER**
> Des tensions existent aussi entre les historiens et les juges. Par exemple, après le génocide au Rwanda, les historiens ont dénoncé l'instrumentalisation de la justice à des fins de réconciliation nationale.

2. Des acteurs qui coopèrent pour apaiser les mémoires

• Les polémiques mémorielles n'ont pas disparu, mais les lois mémorielles sont aujourd'hui moins fréquentes. Les historiens ont obtenu que celle de 2005 demandant de rappeler « les aspects positifs de la colonisation française » soit abrogée.

• Afin d'apaiser les conflits mémoriels, la France a reconnu officiellement l'implication des autorités dans le génocide des Juifs (1995) et l'existence d'une guerre en Algérie (1999). En 2020, le président Macron a demandé à Benjamin Stora de proposer des mesures afin de réconcilier les mémoires sur la colonisation et la guerre d'Algérie des deux côtés de la Méditerranée.

Conclusion

[Réponse à la problématique] La construction des mémoires est parfois source de débats. Mais dans des sociétés pacifiées, elle oppose de moins en moins les historiens et l'État et une mémoire collective, apaisée, s'impose. [Ouverture] Ce n'est toutefois pas le cas dans les sociétés profondément divisées ou dans les pays en guerre. Ainsi, en Russie, la mémoire de la Seconde Guerre mondiale est instrumentalisée par le pouvoir pour justifier l'invasion en Ukraine en février 2022.

38

France métropolitaine, septembre 2022
ÉTUDE CRITIQUE DE DOCUMENTS

Conflits et tentatives de paix au Moyen-Orient depuis les années 1960

2 heures
10 points

INTÉRÊT DU SUJET • Ce sujet porte sur l'objet conclusif du thème 2 consacré au Moyen-Orient. La liste des évènements et des conflits cités dans le second document sollicite votre esprit de synthèse.

▶ En analysant les documents, en les confrontant et en vous appuyant sur vos connaissances, dégagez les ruptures et les permanences dans la conflictualité au Moyen-Orient depuis 1967.

SPRINT FINAL

DOCUMENT 1

ph © Menahem KAHANA/AFP

De gauche à droite, les drapeaux des États-Unis, d'Israël, des Émirats arabes unis et de Bahreïn sont projetés sur les remparts de la vieille ville de Jérusalem (Jérusalem-Est) le 15 septembre 2020, en soutien aux accords de normalisation conclus par Israël avec les Émirats arabes unis et Bahreïn.

DOCUMENT 2

• **1967** : à la suite de la fermeture du détroit de Tiran aux navires israéliens par le président égyptien Nasser, Israël conquiert à l'Égypte le désert du Sinaï et la bande de Gaza, la Cisjordanie et Jérusalem-Est à la Jordanie et le plateau du Golan à la Syrie. De nombreux Arabes palestiniens se réfugient dans des camps en Jordanie, en Syrie et au Liban.
• **Novembre 1967** : résolution 242 de l'ONU proposée par le Royaume-Uni et approuvée à l'unanimité par le Conseil de sécurité de l'ONU.
• **Septembre 1972** : lors des Jeux Olympiques de Munich, un commando palestinien assassine des athlètes israéliens.
• **1973** : guerre du Kippour. Israël est attaqué par les armées syrienne et égyptienne. Le conflit armé s'achève sur un *statu quo* territorial.
• **1978** : signature des accords de Camp David entre Israël et l'Égypte qui constituent la base du traité de paix entre les deux pays signé le 26 mars 1979.
• **1980-1988** : guerre Iran-Irak. Elle se solde par un million de morts sans gain territorial de part et d'autre.
• **1987** : première Intifada. Soulèvement des Palestiniens dans les territoires occupés.
• **1988** : Israël reconnaît l'Organisation de Libération de la Palestine (OLP).
• **1991** : première guerre du Golfe. Le Koweït est évacué par l'Irak suite à l'intervention d'une coalition soutenue par l'ONU.
• **1993** : signature des accords d'Oslo entre Israël et l'OLP.
• **2002** : à l'issue de la deuxième Intifada palestinienne, l'État d'Israël édifie un mur le séparant de la Cisjordanie.
• **2003** : deuxième guerre du Golfe. La coalition américaine renverse le régime de Saddam Hussein.
• **2004** : création d'Al-Qaïda en Irak.
• **2006** : début de la première guerre civile irakienne entre groupes sunnites et chiites.
• **2008 à 2021** : affrontements armés répétés dans la Bande de Gaza opposant l'armée israélienne au Hamas.
• **Mars 2011** : début de la guerre civile en Syrie.
• **2012-2016** : la bataille d'Alep, deuxième ville syrienne, oppose les rebelles de l'armée syrienne libre à l'armée du régime syrien.
• **2014** : proclamation du califat par Daech.

• **2016-2017** : bataille de Mossoul, ville irakienne, qui oppose, dans le contexte de la deuxième guerre civile irakienne, les forces gouvernementales irakiennes aux djihadistes de Daech.
• **2020** : Israël conclut des accords de normalisation des relations diplomatiques avec les Émirats arabes unis et Bahreïn.

Sources : d'après *Le Monde diplomatique*, 2015-2021, et Pierre Blanc, Jean-Paul Chagnollaud, *Atlas du Moyen-Orient*, 2019

LES CLÉS DU SUJET

Identifier les documents

Documents 1 et 2

Nature, genre, source
• Doc. 1 : photographie de presse
• Doc. 2 : chronologie historique établie à partir du *Monde diplomatique* et d'un *Atlas du Moyen-Orient*

Auteurs
• Doc. 1 : inconnu
• Doc. 2 : les géographes Pierre Blanc et Jean-Paul Chagnollaud

Dates et contexte
• Doc. 1 : fin 2020, après la signature des accords d'Abraham
• Doc. 2 : 2021 (après les accords d'Abraham)/2019 (après la bataille de Mossoul)

Thèmes
• Doc. 1 : la célébration des accords d'Abraham en Israël
• Doc. 2 : les guerres et les accords de paix au Moyen-Orient depuis 1967

Comprendre la consigne

• La consigne porte sur l'évolution de la conflictualité au Moyen-Orient depuis la guerre des Six-Jours (1967). Elle vous invite à en souligner la continuité (« les permanences ») et les tournants (« les ruptures »).
• Le document 1 ne souligne qu'une étape d'un processus de paix entre Israël et deux États arabes. Le document 2, beaucoup plus riche en informations, couvre l'ensemble de la période à étudier. C'est sur ce dernier que reposera l'essentiel de votre analyse.

Dégager la problématique et construire le plan

• Vous pouvez dégager cette problématique : Comment ont évolué les conflits au Moyen-Orient, de la guerre des Six-Jours à nos jours ?
• Un plan thématique évitera de mélanger les conflits du Proche-Orient avec ceux du Moyen-Orient, dont les enjeux sont distincts.

SPRINT FINAL

I. Les conflits israélo-arabes et israélo-palestiniens	• Quel est le lien entre ces différents conflits ? • Comment se déroulent-ils ? • Comment sont-ils ou non résolus ?
II. Les autres conflits du Moyen-Orient	• À quelles échelles prendre en compte ces conflits ? • Quelle est leur nature ?

38 CORRIGÉ GUIDÉ

Les titres et les indications entre crochets ne doivent pas figurer sur la copie.

Introduction

[Accroche] En 2019, Jean-Paul Chagnollaud constate : « Depuis des décennies, des conflits de toutes sortes ne cessent de défigurer le Moyen-Orient. Aucun n'a été réglé même s'il ne faut pas oublier l'importance des traités de paix signés entre Israël et deux États arabes. » [Présentation des documents] Les documents proposés soulignent la pertinence de cette affirmation. Le premier est une photographie de presse prise en 2020, après les accords d'Abraham normalisant les relations entre Israël, les Émirats arabes unis et Bahreïn. Elle montre la célébration de ces accords à Jérusalem. Le second est une chronologie établie à partir de deux sources différentes : *Le Monde diplomatique,* entre 2015 et 2021, et l'*Atlas du Moyen-Orient* des géographes Pierre Blanc et Jean-Paul Chagnollaud, paru en 2019. Elle présente les principaux conflits et tentatives de paix au Moyen-Orient depuis 1967. [Problématique] Nous analyserons ces documents pour répondre à la question suivante : Comment ont évolué les conflits au Moyen-Orient, de la guerre des Six-Jours à nos jours ? [Annonce du plan] Pour ce faire, nous nous intéresserons d'abord aux conflits israélo-arabes et israélo-palestiniens [I], puis aux autres conflits du Moyen-Orient [II].

> **▶ Le secret de fabrication**
> La citation utilisée pour l'accroche souligne les enjeux du sujet. Elle rappelle que le Moyen-Orient est un foyer majeur de conflits, mais aussi qu'il a été le théâtre de tentatives de paix inégalement couronnées de succès.

I. Les conflits israélo-arabes et israélo-palestiniens

1. Les conflits israélo-arabes (document 2)

• Deux principales guerres opposent Israël à ses voisins arabes depuis les années 1960 : la guerre des Six-Jours (juin 1967) et la guerre du Kippour (1973). L'enjeu en est l'existence de l'État hébreu en Palestine.

• La guerre des Six-Jours se solde par l'extension territoriale d'Israël aux dépens de l'Égypte, de la Jordanie et de la Syrie. Elle entraîne l'adoption par l'ONU de la résolution 242 qui exige le retrait des troupes israéliennes des territoires occupés cités. La guerre du Kippour ne modifie pas la carte du Proche-Orient.

> À NOTER
> Mis à part le Sinaï restitué à l'Égypte, cette résolution n'est toujours pas respectée.

• Cependant, sous l'égide des États-Unis, les pourparlers israélo-égyptiens de Camp David (1978) aboutissent à un traité de paix entre les deux États (1979).

• La normalisation des relations entre Israël et les États arabes se poursuit en 2020 avec la signature des accords d'Abraham, sous l'égide des États-Unis : les Émirats arabes unis et Bahreïn reconnaissent à leur tour l'existence de l'État hébreu (document 1).

2. Le conflit israélo-palestinien

• Ce conflit oppose l'État d'Israël au peuple palestinien qui aspire à fonder un État. Depuis 1964, les combattants de l'Organisation de libération de la Palestine (OLP) s'opposent à l'armée israélienne. À la suite de la guerre des Six-Jours, de nombreux Palestiniens sont contraints à l'exil.

• L'OLP choisit d'abord la lutte armée et le terrorisme pour défendre la cause palestinienne : en septembre 1972, lors des Jeux olympiques de Munich, un commando palestinien assassine des athlètes israéliens. En 1987, les Palestiniens se soulèvent dans les territoires occupés lors de la première intifada.

• À la fin des années 1980, Yasser Arafat opte pour la voie diplomatique. Ses efforts, soutenus par les États-Unis, aboutissent à la signature des accords d'Oslo en 1993. Israël et l'OLP se reconnaissent mutuellement ; les territoires occupés sont confiés à une Autorité palestinienne.

• Cependant, ces accords sont rejetés par le Hamas, rival de l'OLP, et la droite israélienne qui encourage la relance de la colonisation israélienne en Cisjordanie. Les affrontements reprennent dans les territoires occupés en 2002 (seconde intifada), puis à partir de 2008. Le processus de paix est à l'arrêt.

> À NOTER
> Fondé en 1987, le Hamas est un parti islamiste palestinien très influent à Gaza.

[Transition] Si les conflits du Proche-Orient débouchent sur des processus de paix, certes fragiles, il en est tout à fait autrement au Moyen-Orient.

SPRINT FINAL

II. Les autres conflits du Moyen-Orient

1. Les guerres du Golfe (1980-2003)...

• De 1980 à 1988, l'Irak, dirigé par Saddam Hussein, attaque l'Iran pour renverser la République islamique et s'emparer des ressources pétrolières. Le conflit s'enlise et coûte la vie à un million de personnes. Sous la pression internationale, les deux belligérants acceptent le cessez-le-feu de l'ONU.

• En août 1990, l'Irak envahit le Koweït. Saddam Hussein refusant de se retirer du pays, une coalition internationale mandatée par l'ONU libère le Koweït en janvier-février 1991. Cette première guerre du Golfe se conclut par un cessez-le-feu imposé par l'ONU, qui prévoit notamment la destruction des arsenaux chimiques et biologiques irakiens.

• En 2003, les États-Unis accusent l'Irak de fabriquer des armes de destruction massive. Malgré l'opposition du Conseil de sécurité de l'ONU, ils constituent une coalition qui envahit le pays et renverse Saddam Hussein.

2. ... et leurs prolongements (2004-2017)

• L'éviction de Saddam Hussein et la démobilisation de son armée régulière plongent l'Irak dans une guerre civile irrégulière où s'affrontent chiites, sunnites et Kurdes à partir de 2006. Ce contexte favorise l'implantation d'organisations terroristes : Al-Qaïda à partir de 2004 ; l'État islamique (Daech) à partir de 2014. Ce dernier proclame le califat universel et livre dans la ville de Mossoul une sanglante bataille face aux forces gouvernementales irakiennes.

• À partir de 2011, la Syrie est secouée par les « printemps arabes ». La violente répression du pouvoir plonge le pays dans une guerre civile opposant l'armée régulière à l'Armée syrienne libre. Les opposants sont rapidement débordés par Al-Qaïda, puis l'État islamique qui se taille un immense territoire à cheval sur la Syrie et l'Irak jusqu'en 2019.

> **INFO +**
> À partir de 2015, le conflit syrien s'internationalise avec l'intervention de la Russie, de la Turquie et d'une coalition dirigée par les États-Unis.

Conclusion

[Réponse à la problématique] Ainsi, l'analyse de ces documents met en évidence la complexité chronologique des conflits au Moyen-Orient depuis les années 1960. Si le conflit israélo-arabe est marqué par des guerres, c'est un processus de paix qui s'impose depuis 1978. Au contraire, le conflit israélo-palestinien, qui semble se résoudre en 1993, est remis en cause à partir des années 2000. Dans la région du golfe Persique, plusieurs conflits internationaux auxquels prend part l'Irak se concluent par des cessez-le-feu jusqu'en 1991. [Ouverture] Cependant, l'intervention américaine de 2003 plonge la région dans des guerres civiles non résolues.

Réussir le Grand Oral

Les fiches MÉTHODE

Deux SIMULATIONS de Grand Oral

1 Choisir une question en HGGSP

Selon le *B.O.* du 13 février 2020, qui définit le « Grand Oral », vous devez choisir une question pour chacun de vos deux enseignements de spécialité. Vous serez interrogé(e) sur l'une de ces deux questions le jour de l'épreuve.

A Le « cahier des charges »

Le choix de la question doit répondre à ces **trois conditions**.

La question
1. met en lumière un des grands enjeux du programme de spécialité
2. se prête à une explicitation aisée, sans support et sans notes
3. permet de nourrir une réflexion sur votre projet d'orientation

B Des idées de sujets en HGGSP

Pour trouver votre sujet, plusieurs possibilités : traiter un exemple non étudié en cours, faire le lien avec une question d'actualité, opter pour la transversalité avec un autre enseignement de spécialité…

1. Des questions portant uniquement sur le programme d'HGGSP

- **Comment l'Inde est-elle devenue une puissance spatiale ?** Cette question s'inscrit dans le thème 1 : « De nouveaux espaces de conquête. » Vous présenterez les enjeux (scientifiques, géopolitiques, économiques) de la course à l'espace pour cet État puis les récents succès de la politique spatiale indienne.

> À NOTER **Ce sujet peut également s'appuyer sur le programme de première, où il est question de l'Inde.**

- **Pourquoi peut-on dire que le conflit yéménite se déroule à différentes échelles ?** Ce sujet est lié au thème 2 : « Faire la guerre, faire la paix. » Vous distinguerez les différentes échelles du conflit (nationale, régionale, mondiale) en lien avec ses acteurs et ses enjeux.
- **Pourquoi peut-on parler de « guerre des mémoires » à propos de la guerre d'Algérie ?** Cette question porte sur le thème 3 : « Histoire et mémoires » et vous permet aussi de mobiliser des connaissances acquises dans le programme d'histoire de tronc commun. Vous pourrez vous appuyer sur les travaux d'un historien comme Benjamin Stora, afin de présenter les enjeux, les acteurs et les répercussions contemporaines de ce conflit mémoriel.

● **Comment expliquer l'importance de la mobilisation pour la reconstruction de Notre-Dame de Paris ?** Ce sujet porte sur le thème 4 : « Identifier, protéger et valoriser le patrimoine. » Vous soulignerez les différentes dimensions de cette mobilisation (culturelle, patrimoniale, économique, géopolitique) en précisant les acteurs concernés.
● **En quoi *L'Histoire du climat depuis l'an mil* d'Emmanuel Le Roy Ladurie est-il un ouvrage novateur ?** Cette question s'inscrit dans le thème 5 : « L'environnement, entre exploitation et protection : un enjeu planétaire. » Vous présenterez la méthode utilisée par l'auteur, les principaux apports historiques et l'éclairage que ce livre donne sur le changement climatique actuel.

2. Des questions en lien avec d'autres spécialités

● De nombreux croisements sont possibles avec la spécialité **SES**. Par exemple, le thème de SES « Quelle action publique pour l'environnement ? » peut être rapproché du thème 5 d'HGGSP, et donner matière à une question telle que : « **La Californie est-elle un modèle de transition énergétique ?** »
● La spécialité « Humanités, littérature et philosophie » permet aussi des rapprochements, notamment autour de la thématique « L'humanité en question/ Histoire et violence ». Par exemple : **Comment Primo Levi rend-il compte de la violence concentrationnaire dans *Si c'est un homme* ?** (thème 3 d'HGGSP).

FOCUS

« Pitcher » son sujet auprès de ses proches

● N'hésitez pas à exposer brièvement votre sujet à vos parents ou vos amis. Ce premier « pitch » vous aide à délimiter votre sujet et vous permet de tester l'intérêt qu'il suscite.

Doc. « Ma Thèse en 180 secondes : la science pour les nuls »

● Ainsi, dans le cadre du concours « Ma thèse en 180 secondes », les doctorants doivent résumer en 3 minutes un sujet de recherche qu'ils ont développé dans une thèse de plusieurs centaines de pages.

2 Concevoir sa présentation

Les recherches sur les questions choisies peuvent débuter assez rapidement dans l'année. Pour chacune, vous devez vous documenter et organiser vos idées, au fur et à mesure, en vue d'un exposé structuré.

A Se documenter, chercher des idées

1. Se constituer une bibliographie pertinente

- Pour chaque question, établissez une **liste de mots-clés** : ils vont vous permettre d'interroger Internet, mais aussi le catalogue de votre CDI ou de la médiathèque de votre quartier.
- Consultez les documents ainsi sélectionnés, **des plus généraux** (manuels, encyclopédies) **aux plus spécialisés**.
- Dans le cas de recherches sur Internet, pensez à **vérifier les sites** que vous consultez à l'aide de ces questions :

1. Qui est l'auteur du site ? Quelle est son expertise sur le sujet ?
2. De quand datent les informations ?
3. L'exposé est-il clairement construit, solidement argumenté ?

> CONSEIL **Commencez par lire les informations données par la page de présentation du site, souvent intitulée « À propos ».**

2. Garder la trace de ses recherches

- **« Fichez » chacun des documents** consultés : le support peut être, selon votre préférence, physique (fiche Bristol) ou numérique.
- Reformulez les idées qui vous paraissent essentielles, en distinguant bien les arguments des exemples.

> CONSEIL **Notez précisément la source : le titre de l'ouvrage ou du site, le nom de l'auteur, la date de publication, ainsi que les pages consultées.**

FICHE DOCUMENT

Source :

Sujet :

Idées clés :

-
-
-

Citation :

B Organiser ses idées

1. Plusieurs méthodes de classement

● Au fil de vos prises de notes, vous allez être conduit(e) à regrouper vos idées autour de lignes directrices : une organisation de votre exposé se dessine progressivement. Essayez de la traduire sous forme de « **carte mentale** ».

● Si vous avez du mal à faire émerger les grands axes, vous pouvez recourir à la **méthode des post-it**.

1. Écrivez une idée clé par post-it.
2. Ajoutez, le cas échéant, des exemples sur des post-it d'une autre couleur.
3. Sur un mur, déplacez les post-it jusqu'à ce qu'ils s'enchaînent logiquement.

2. Le choix du plan

Votre plan dépend de la question et du type de réflexion proposé.

	Objectif	Question
Plan thématique	Il permet d'approfondir les différents aspects d'un sujet.	Il correspond à une question qui se subdivise en différentes sous-questions.
Plan dialectique	Il oppose deux thèses puis opère une synthèse des points de vue.	Il correspond à une question qui implique une discussion, un dilemme.

FOCUS

Mettre son plan sous forme de carte mentale

1. Prenez une feuille blanche A4, en format paysage.
2. Notez la question au centre, dans un « noyau ».
3. Créez autant de « branches » que de grands axes (une couleur par axe).
4. Ramifiez les branches de manière à faire apparaître les idées clés.

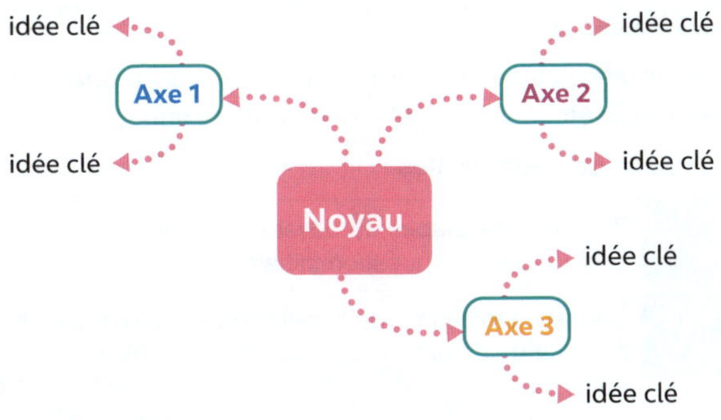

GRAND ORAL

3 Préparer efficacement l'exposé

Le jour J, vous devrez faire votre présentation en cinq minutes, sans notes. Cela suppose un travail préparatoire important : de rédaction, de mémorisation et d'entraînement à la prise de parole.

A Rédiger une trame précise

Une fois que vous êtes au clair sur la structure générale de votre exposé, vous devez mettre par écrit le déroulement de votre argumentation, sous la forme d'un plan semi-rédigé.

1. L'introduction

- L'introduction doit montrer :
  - que **votre sujet est intéressant** ;
  - que vous l'avez bien cerné ;
  - que votre plan découle de la question posée et y répond.
- Elle comprend **trois étapes** qui s'enchaînent logiquement.

1. L'accroche	En une ou plusieurs phrases, amenez progressivement votre sujet.
2. La question	Posez clairement la question à laquelle vous allez répondre et explicitez-la.
3. Le plan	Annoncez les deux ou trois grands axes, de manière que le jury comprenne d'emblée l'organisation de l'exposé.

2. Le corps de l'exposé

- Recopiez le plan que vous avez établi et remplissez-le de manière télégraphique, à l'aide de listes à puces.
- N'oubliez pas d'**appuyer chaque argument** par un exemple vérifié.
- Distinguez bien les informations nécessaires à la bonne compréhension du sujet de celles qui sont secondaires et que vous pourrez préciser dans l'entretien.

3. La conclusion

- La conclusion est l'étape de l'exposé qui reste en mémoire : rédigez-la complètement pour être sûr(e) qu'elle marque votre auditoire.
- Elle se compose de **deux parties** :

1. Le bilan	Reprenez les étapes du développement et répondez à la question initiale.
2. L'ouverture	Élargissez le champ de la réflexion à l'aide d'une citation, d'un fait d'actualité, d'une question proche.

B Mémoriser la présentation, puis simuler l'épreuve

Vous êtes désormais au clair sur le contenu de votre exposé. Il s'agit maintenant de préparer sa restitution orale.

1. Faire travailler sa mémoire

● Vous devez posséder votre exposé « sur le bout des doigts », de telle manière que les idées se rappelleront à vous naturellement le jour de l'épreuve et que vous pourrez consacrer toute votre attention à votre auditoire.

● Pour ce faire, sollicitez vos différentes mémoires (visuelle, auditive, kinesthésique…) pour fixer le déroulement de l'exposé puis récitez-le plusieurs fois, de manière à vous en souvenir durablement.

> À NOTER **Des chercheurs ont prouvé qu'il faut refaire au moins sept fois le chemin vers un souvenir pour l'ancrer durablement.**

2. Simuler un Oral blanc

● C'est à ce moment-là, quand vous avez mémorisé votre exposé, que vous devez faire appel à votre entourage – vos professeurs, vos parents ou vos amis – pour leur demander de constituer votre premier auditoire.

● Demandez-leur d'évaluer votre présentation selon ces trois critères :

1. **Pertinence**. Ai-je bien répondu à la question posée ?
2. **Clarté**. Qu'est-ce qui était clair ? moins clair ?
3. **Efficacité**. Ai-je retenu votre attention ? Comment puis-je le faire mieux ?

● N'hésitez pas également à leur demander de vous poser des questions sur le contenu de la présentation : cela vous entraînera pour l'entretien qui suit.

FOCUS

Comment fonctionne la mémoire ?

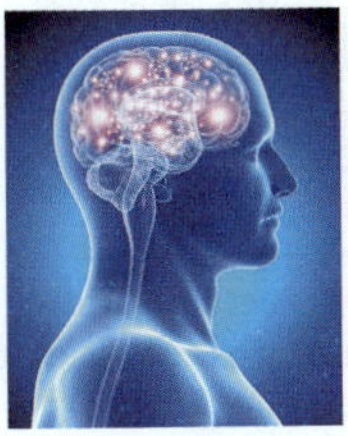

Ph © pankajstock123 – stock.adobe.com

● La mémorisation est le résultat d'un processus biochimique dans lequel les neurones jouent un rôle essentiel.

● Elle se déroule en trois étapes :

1. L'encodage : enregistrement d'une nouvelle information
2. Le stockage : rangement, consolidation de l'information
3. Le rappel : recherche du souvenir afin de le restituer

● Plus on rappelle un souvenir, plus on l'ancre durablement dans la mémoire.

GRAND ORAL

4 Présenter la question au jury

Votre présentation doit être synthétique et rendre compte efficacement du questionnement. Vous êtes principalement évalué(e) sur la solidité de vos connaissances et votre capacité à argumenter.

A Optimiser le temps de préparation

Le jury vient de choisir l'une des deux questions préparées. Vous avez alors 20 minutes pour mettre en ordre vos idées et préparer – si vous vous sentez suffisamment sûr(e) de vous – un support pour le jury.

1. Mettre en ordre vos idées au brouillon

20 minutes de préparation, c'est à la fois long et court. Comment les utiliser ?

Pensez à…	Évitez de…
rédiger l'introduction et la conclusion	rédiger tout l'exposé
noter le plan	noter des idées en désordre
résumer les principales idées	ajouter du contenu au dernier moment

2. Préparer un support pour le jury

- Si vous avez bien en tête votre exposé, mettez à profit les 20 minutes pour préparer un support destiné au jury.
- L'objectif est de permettre à votre auditoire de **mieux suivre votre présentation**. Votre support peut ainsi prendre des formes variées.

CONSEIL **Bien que non évalué, le support doit être pertinent et lisible pour bien disposer le jury.**

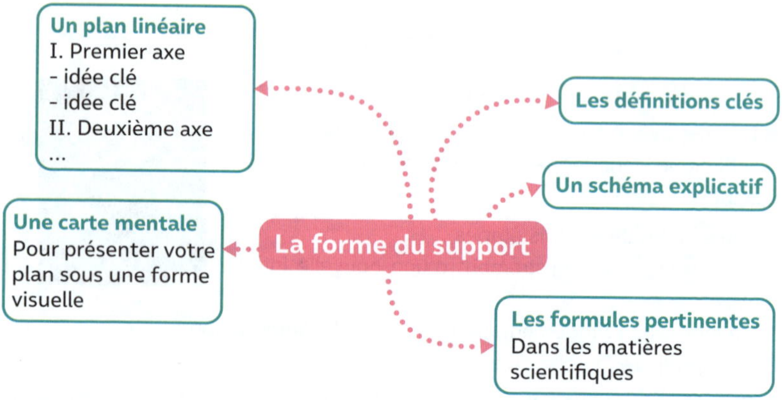

B Faire une présentation claire et fluide

1. Soigner les étapes clés de l'exposé

- Vous devez prêter une attention particulière à l'introduction et à la conclusion.

L'introduction	La conclusion
• amène la question • pose clairement la question • annonce le plan	• fait le bilan des recherches • répond à la question • ouvre de nouvelles perspectives

- Quand vous annoncez le plan, vous pouvez recourir à des formules telles que :

Tout d'abord nous nous intéresserons…
Puis nous étudierons…, avant de montrer que…

2. Mettre en évidence la progression de l'exposé

- Plus encore qu'à l'écrit, vous devez soigner vos **transitions** de sorte que votre auditoire comprenne bien la progression de votre présentation.

Les passages d'une partie à l'autre doivent être ainsi explicités :

Nous venons de voir que…
Nous allons maintenant essayer de comprendre comment ce processus…

> CONSEIL **Tout au long de votre présentation, n'hésitez pas à rappeler le fil conducteur en reprenant les mots clés de la question.**

- Les **liens entre les idées** d'une partie doivent être clarifiés au moyen de connecteurs logiques : de cause (*car, en effet…*), de conséquence (*donc, c'est pourquoi…*), d'opposition (*mais, cependant…*), de concession (*certes…*), d'addition (*de plus, en outre…*).

FOCUS

Parler debout

- Placez-vous face à votre jury, bien au centre.
- Ancrez vos pieds au sol, de manière à être bien stable.
- Placez dès le départ vos mains à hauteur de votre ventre, sans les laisser pendre le long du corps. Vous pouvez les croiser devant vous et les dénouer lorsqu'il sera nécessaire d'appuyer le propos.

Image extraite du film *À voix haute* de Ladj Ly et Stéphane de Freitas, 2017.

GRAND ORAL

5 Répondre aux questions en lien avec la présentation

Lors de la deuxième partie de l'épreuve, le jury revient sur la présentation et évalue plus largement vos connaissances dans les disciplines correspondant à vos spécialités.

A Anticiper les questions

1. Les questions sur la présentation

● Le jury va en premier lieu revenir sur certains points de la présentation pour vous **demander des précisions**.

- *Vous avez affirmé que… : pouvez-vous donner un exemple ?*
- *Vous avez cité… : quelle est votre source ?*
- *Comment définissez-vous le mot… ?*

● Afin de ne pas être surpris(e), efforcez-vous d'anticiper les questions lors de l'élaboration de l'exposé.

2. Les questions sur le programme

● Cependant, le jury peut aussi vous poser des questions sur d'autres thèmes de vos **programmes de spécialité**.

> ATTENTION **Ces questions peuvent porter sur des thèmes hors du programme limitatif de l'épreuve écrite.**

● C'est pourquoi vous devez travailler tout au long de l'année les notions au programme, en imaginant cette interrogation. Voici 4 conseils clés :

4 conseils clés

1. Faites des fiches pour chaque chapitre
2. Apprenez par cœur les définitions clés
3. Questionnez votre enseignant en cas d'incompréhension
4. Complétez le travail fait en cours avec des recherches personnelles

> CONSEIL **Cette préparation vous servira également pour l'écrit !**

B Développer une posture d'échange

1. Faire des réponses appropriées

● Un(e) seul(e) des deux membres du jury est un(e) spécialiste des domaines concernés par votre question. Votre réponse doit donc être **précise mais pas trop jargonneuse**.

● D'autres conseils utiles :

Pensez à...	Évitez de...
prendre quelques secondes pour « ingérer » la question	vous précipiter : vous risquez de ne pas répondre à la question
donner des réponses brèves pour des précisions, plus longues pour un avis personnel	répondre par oui ou par non, ne pas développer
vous appuyer sur des connaissances précises, des chiffres, des dates…	rester dans les généralités, utiliser le pronom *on*

2. Gérer les difficultés

● Si vous n'êtes **pas sûr(e) de comprendre** la question :

– reformulez-la à voix haute pour vérifier que vous avez bien compris ;

Vous me demandez si… Vous voulez savoir comment…

– demandez des précisions ou un exemple.

Qu'entendez-vous par… ? Pouvez-vous me donner un exemple ?

● Si vous **ne savez pas quoi répondre**, osez le dire : vous pouvez toutefois commencer par faire remarquer la pertinence de la question.

Ce point me semble en effet très intéressant,
mais je n'ai pas eu le temps de l'approfondir.

FOCUS

Éviter les gestes parasites

Apprenez à identifier les gestes d'auto-contact que vous effectuez pour vous rassurer en situation de stress : ils brouillent la communication et traduisent votre inconfort. Or, avec un peu d'entraînement, il est facile de les éviter.

Passer la main dans ses cheveux

Remonter ses manches, tirer dessus

Toucher sa montre, un bijou

Se gratter avec insistance

GRAND ORAL

6 Défendre son projet d'orientation

Au cours de cette partie de l'épreuve, vous exposez votre projet d'orientation : quel domaine vous intéresse, depuis quand, quels choix vous avez faits pour vous en rapprocher.

A Faire le lien entre la question traitée et son projet d'orientation

- Le jury va commencer par vous demander en quoi le travail sur la question traitée **a nourri votre réflexion sur votre projet d'orientation**. Voici quelques éléments de réponse, à adapter en fonction de votre sujet et de votre projet :

  - *En travaillant sur ce sujet au croisement de deux disciplines, j'ai acquis la certitude que je souhaitais continuer à les étudier l'une et l'autre : d'où le choix d'un cursus réunissant...*
  - *La préparation de cet oral m'a permis de rencontrer des personnes travaillant dans le domaine de..., qui m'ont donné envie de suivre leur voie ; c'est pourquoi j'ai choisi des études dans la filière...*

> CONSEIL **Même si vous avez évidemment envisagé plusieurs choix (sur Parcoursup ou par des candidatures directes), mettez plutôt l'accent sur celui permettant d'établir un lien avec la question traitée. Ainsi votre démarche paraîtra cohérente.**

- Vous pouvez aussi analyser les **compétences acquises** lors de la préparation de cette épreuve orale : mener un travail de recherche, confronter des données, faire un travail de synthèse, faire un exposé oral, et montrer qu'elles vous seront **utiles pour la suite de vos études**.

B Expliquer les étapes de son projet d'orientation

1. Projet professionnel ou projet de poursuite d'études ?

- Si vous avez une idée de métier précise, vous pouvez partir de ce **projet professionnel**, expliquer pourquoi il vous attire ; puis faire le lien avec les études qui y mènent.

- Mais vous avez le droit, à 17-18 ans, de ne pas savoir quel métier vous aimeriez exercer. Contentez-vous alors d'expliquer quel domaine vous intéresse et **quels choix d'études** après le bac vous avez faits en conséquence.

> CONSEIL **Quand vous vous êtes inscrit(e) sur Parcoursup ou si vous avez candidaté à des écoles, vous avez dû rédiger des lettres de motivation. Utilisez-les pour préparer cette partie de l'oral.**

● Si vous hésitez encore entre **deux voies**, vous pouvez exposer les différentes possibilités envisagées.

2. La genèse et la mise en œuvre du projet

● Pour retracer la **genèse** du projet, expliquez :
– comment l'idée de ce projet d'orientation vous est venue ;
– comment elle a guidé vos choix de spécialités ;
– comment elle s'est renforcée à travers différentes activités et expériences.

> CONSEIL **N'hésitez pas à détailler des expériences vécues ou à rapporter une anecdote pour rendre votre présentation plus personnelle.**

● Mentionnez la **filière choisie**, l'école ou l'université que vous souhaiteriez intégrer et les enseignements qui vous attendent. Décrivez concrètement la manière dont vous souhaitez mener ce projet : cursus envisagé, diplôme visé.

● Faites le bilan de vos atouts et de vos limites pour le domaine envisagé. Montrez que vous disposez d'une **bonne connaissance de vous-même** et de vos capacités.

FOCUS

Développer une argumentation personnelle

Pour mieux convaincre le jury de votre motivation, vous devez mettre en évidence que ce projet est vraiment le vôtre.

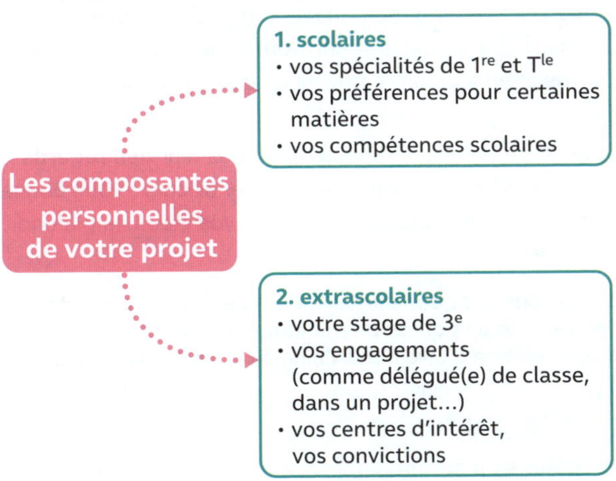

7 Retenir l'attention du jury

Lors de l'épreuve orale, il ne suffit pas de maîtriser son sujet, il faut aussi communiquer de manière efficace pour convaincre le jury. Le visage et ses expressions, ainsi que la gestuelle, sont alors essentiels pour renforcer le propos.

A Établir le contact

- Le premier contact est essentiel. Dès l'entrée dans la salle, donnez l'impression d'être ouvert(e) à l'échange, avenant(e), sans être trop familier(ère).
- Le **sourire** est l'atout indispensable pour détendre l'atmosphère et gagner la sympathie du jury. Il ne s'agit pas de rire faussement ou de sourire en permanence, mais d'afficher une attitude aimable.
- La **politesse** est de mise, même si parfois le stress fait oublier les fondamentaux de la courtoisie : saluer vos interlocuteurs, remercier, attendre d'être invité(e) à s'asseoir ou à partir avant de le faire.
- Laissez à vos examinateurs le temps de s'installer et montrez-vous **à l'écoute de leurs attentes**, sans foncer tête baissée dans votre exposé.

B Communiquer efficacement

1. Regarder l'examinateur

- Se retrouver face à face avec un jury composé de deux professeurs inconnus peut vous paraître impressionnant. Cependant, votre réussite à l'oral repose aussi sur votre capacité à **surmonter ce stress** et à vous adresser réellement à vos interlocuteurs à travers ce que vous dites, mais aussi par le regard.
- Ne fixez pas vos interlocuteurs, mais accordez-leur **des regards réguliers**, afin de capter leur attention. Évitez de regarder ailleurs : vous donneriez l'impression d'être fuyant(e). Inutile donc de fixer vos pieds, le plafond ou le mur au fond de la salle.

> CONSEIL **Si vous avez des difficultés à regarder votre interlocuteur dans les yeux, vous pouvez imaginer un point entre ses deux yeux, ce qui vous évitera d'être mal à l'aise en croisant son regard.**

2. Soigner la gestuelle

- **Évitez de rester trop statique** pendant votre intervention, mais ne surchargez pas non plus votre intervention par des gestes répétitifs ou sans lien avec le propos.

● Vos gestes doivent intervenir à des moments essentiels de votre prise de parole afin d'**appuyer ce que vous dites**. Ils doivent donc coïncider avec ce que vous cherchez à exprimer : enthousiasme, opposition, implication personnelle… (voir la rubrique « Focus » ci-dessous).

3. Éviter la monotonie

● **Variez les intonations** pour donner de la vivacité à ce que vous dites et ne pas ennuyer votre jury.

● **Insistez sur les aspects essentiels** en appuyant sur certains segments de phrases ; marquez les interrogations ou les exclamations par une intonation expressive.

● **Ayez l'air convaincu(e)** de ce que vous affirmez en adoptant une voix claire et en apparaissant sûr(e) de vous.

> INFO **La relation interpersonnelle est un phénomène complexe. Les variations de la voix, la gestuelle comptent pour beaucoup dans la bonne réception du message de fond. Les acteurs le savent bien.**

FOCUS

Appuyer son propos par des gestes signifiants

Il est important d'appuyer son discours par des gestes qui retiennent l'attention et soulignent les moments clés.

Mains tendues vers l'auditoire : impliquer le public.

Mains à gauche puis à droite : souligner une opposition.

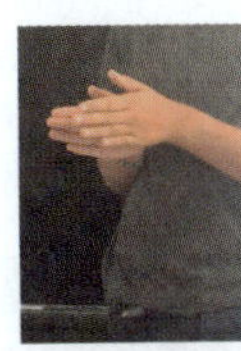

Compter avec ses doigts : énumérer.

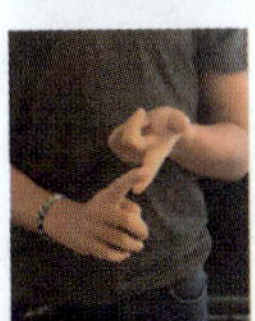

Mains écartées ou rapprochées : exprimer l'union ou la désunion.

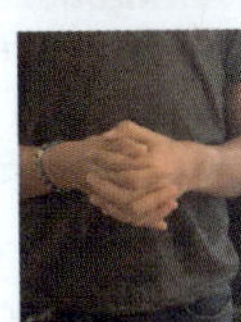

Lever ou baisser un doigt : exprimer un doute ou un questionnement.

Main sur la poitrine : montrer son implication personnelle.

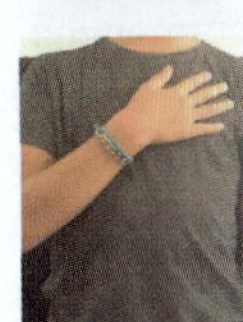

8 S'exprimer de manière claire et fluide

Si une bonne partie de la communication repose sur l'attitude non verbale, il ne faut évidemment pas négliger l'aspect verbal de l'échange. Choisir les mots justes, articuler, faire des pauses sont autant d'atouts dans la prise de parole.

A Utiliser un vocabulaire juste et précis

1. Choisir ses mots

- Vous êtes jugé(e) sur la qualité de votre expression, d'où l'importance de bien choisir vos mots. Il est parfois difficile de trouver la bonne formulation : prenez le temps de chercher les **termes les plus appropriés**.
- Si un terme familier vous échappe, reformulez dans un **registre plus soutenu**. Évitez les contractions (« j'sais pas », « j'pense ») : prononcez correctement les négations en incluant un « ne » audible.

2. Varier son expression

L'examinateur appréciera que vous fassiez un effort pour varier les tournures que vous utilisez.

Varier les expressions utilisées

Donner son opinion : *à mon sens, pour ma part, il me semble, je suis d'avis que…*

Appuyer le propos : *clairement, évidemment, naturellement, nettement…*

Introduire une analyse : *on remarque, on constate, on peut souligner, il est à noter que…*

3. Bannir les tics de langage

Variables d'une époque à une autre, ces petits marqueurs de la communication sont à proscrire le jour de votre oral.

- Commencez par **repérer ceux que vous employez le plus souvent** et essayez de vous en débarrasser lors de vos prises de parole. Il peut s'agir :
  – d'expressions en vogue (« genre », « carrément », « trop », « j'avoue »…) ;
  – de mots de liaison (« donc », « alors », « et voilà », « en fait »…) ;
  – d'onomatopées (« euh », « ben », « bah »…).
- Bannissez également **la mise entre guillemets** (geste à l'appui) qui indique que vous n'avez pas trouvé le mot juste pour vous exprimer.

B Soigner son élocution

● **Parlez distinctement** en articulant pour être bien compris(e). Faites particulièrement attention à ne pas « avaler » les fins de phrases et les fins de mots.

● **Adaptez le volume de votre voix** en fonction de la proximité avec votre auditoire. Ni trop fort, ni pas assez, vous devez trouver le juste équilibre. N'hésitez pas à demander si l'on vous entend.

> CONSEIL **Parler face à un public ne s'improvise pas et, pour éviter de bafouiller, il est nécessaire d'exercer sa voix et de s'entraîner.**

C Adopter le bon rythme

● Ne parlez **ni trop lentement**, pour avoir le temps de tout dire, **ni trop vite**, pour laisser au jury la possibilité d'intégrer ce que vous dites et de prendre des notes.

● Trouvez le juste équilibre en ralentissant ou en accélérant le débit **selon la nature de votre propos** :
– ralentissez lorsque vous présentez le plan, lorsque vous abordez un aspect essentiel, lorsque vous voulez particulièrement retenir l'attention ;
– accélérez au moment des exemples, des énumérations, des citations.

● N'hésitez pas à **reformuler** plusieurs fois un aspect important de votre intervention et à **faire des pauses** entre deux idées.

FOCUS

Recourir à des figures de style

Pour renforcer votre propos, vous pouvez recourir à des figures de style, en particulier à des **figures de construction** (qui jouent sur la syntaxe).

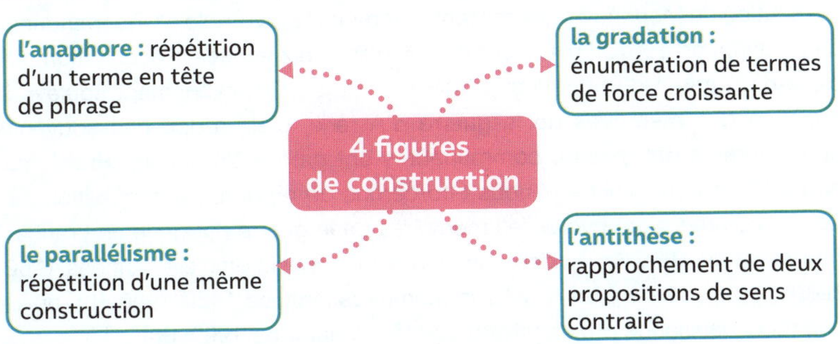

39 Sujet d'oral

Comment ont évolué les mémoires de la guerre d'Algérie en France ?

PRÉSENTATION, SUIVIE D'UN ENTRETIEN

20 min
20 points

INTÉRÊT DU SUJET • L'étude de ce sujet permet de mettre en lumière l'articulation entre histoire et mémoires qui constitue un des grands enjeux du thème 3 du programme. De plus, il porte sur une question d'une brûlante actualité.

39 PISTES POUR L'ORAL

1. PRÉSENTATION D'UNE QUESTION — 5 min

Les titres en couleur mettent en évidence la structure de la présentation.

Introduction

[Accroche] Le 13 septembre 2018, le président de la République Emmanuel Macron reconnaît officiellement la responsabilité de l'armée française dans l'exécution de Maurice Audin, militant communiste favorable à l'indépendance de l'Algérie, en 1957. Il met alors fin à soixante-dix années d'occultation officielle d'un crime d'État. [Présentation du sujet] Cet évènement soulève la question des mémoires de la guerre d'Algérie, c'est-à-dire des souvenirs que différents groupes ou communautés ont gardés du conflit. [Problématique] C'est pourquoi nous nous efforcerons de répondre à la question suivante : comment ont évolué les mémoires de la guerre d'Algérie en France ? [Annonce du plan] Après deux décennies d'amnésie officielle (années 1960-1970) [I], on assiste à un réveil des mémoires (années 1980-1990) [II], puis à une reconnaissance progressive du conflit (à partir de 1999) [III].

I. Un conflit occulté (années 1960-1970)

• Au lendemain des accords d'Évian (18 mars 1962) qui mettent fin à la guerre d'Algérie, le général de Gaulle veut tourner la page au nom de l'unité nationale. En effet, le conflit a affaibli la puissance du pays et a profondément divisé l'opinion publique entre les partisans de l'Algérie française et ceux de l'indépendance du territoire algérien.

• En 1968 est votée une loi d'amnistie qui permet aux membres de l'OAS de sortir de prison ou de rentrer d'exil. Le livre d'Henri Alleg (*La Question*) dénonçant l'usage de la torture par l'armée française est interdit depuis 1958.

À NOTER
L'OAS (Organisation armée secrète) est une organisation terroriste fondée par des militaires partisans de l'Algérie française.

• Cependant, les pieds-noirs et les harkis sont en quête de reconnaissance : en 1970, une loi indemnise les rapatriés d'Algérie pour les biens laissés sur leur terre natale ; en 1974-1975, les harkis se soulèvent pour dénoncer leurs conditions de vie dans les cités d'accueil.

II. Le réveil des mémoires (années 1980-1990)

• Les années 1980 sont marquées par la percée électorale du Front national, nostalgique de l'Algérie française et hostile à l'immigration. Les tensions liées au conflit algérien sont alors réactivées chez la deuxième génération des différentes communautés (pieds-noirs, harkis, immigrés algériens).

• La guerre d'Algérie fait l'objet d'un regain d'intérêt : en 1983, la question entre dans les programmes de lycée ; en 1991, l'historien Benjamin Stora publie *La Gangrène et l'oubli : la mémoire de la guerre d'Algérie*.

III. Un conflit reconnu (depuis 1999)

• En 1999, une loi reconnaît l'existence d'une guerre d'Algérie : c'est la fin de trente-sept années d'« amnésie officielle ». En 2003, une journée d'hommage national aux morts pour la France en Afrique du nord est fixée au 5 décembre.

• Grâce à un accès plus facile aux archives depuis 2001, des historiens comme Guy Pervillé et Raphaëlle Branche renouvellent l'histoire de la guerre.

• Cependant, le débat public est marqué par une « guerre des mémoires » : ainsi, en 2010, le film *Hors-la-loi* de Rachid Bouchareb, qui dénonce la répression des émeutes de Sétif, provoque la colère des pieds-noirs.

À NOTER
La loi sur les archives publiques impose un délai de 60 ans pour la consultation des documents classés « secret défense ».

GRAND ORAL

Conclusion

[Bilan] Ainsi, les mémoires de la guerre d'Algérie en France ont connu une évolution en trois étapes : d'une période d'amnésie officielle, on est passé à un réveil des mémoires, puis à une véritable « guerre des mémoires » liée à la reconnaissance officielle du conflit.

[Ouverture] La multiplication des initiatives mémorielles du président Macron depuis 2021 fait débat aujourd'hui : ne contribue-t-elle pas à entretenir la « guerre des mémoires » ?

2. ÉCHANGE AVEC LE CANDIDAT — 10 min

Voici des exemples de questions que le jury pourrait poser à la suite de votre présentation et des pistes de réponses. N'oubliez pas que l'on peut vous interroger sur d'autres thèmes du programme.

- **Quel est le rôle de Benjamin Stora dans l'étude des mémoires de la guerre d'Algérie ?**

Benjamin Stora a été pionnier dans l'histoire des mémoires de ce conflit. Ainsi, en collaboration avec des historiens algériens comme Mohammed Harbi, il a publié un ouvrage de synthèse intitulé *La Guerre d'Algérie 1954-2004 : la fin de l'amnésie*. C'est pourquoi, en 2020, il a été chargé par le président de la République Emmanuel Macron d'un rapport sur les « questions mémorielles portant sur la colonisation et la guerre d'Algérie ».

- **Quelle autre période historique a donné lieu à une évolution comparable des mémoires ?**

On peut penser au régime de Vichy et à ses responsabilités dans la Shoah. Après une période d'amnésie officielle, les travaux des historiens comme Robert Paxton ou Henry Rousso ont nourri le débat public et poussé la France à reconnaître les crimes de l'État français par la voix du président de la République Jacques Chirac en 1995.

3. ÉCHANGE SUR LE PROJET D'ORIENTATION — 5 min

Le jour J, il vous faudrait bien sûr développer la réponse.

- **Pourquoi avoir choisi ce sujet ?**

J'ai choisi ce sujet car je m'intéresse au phénomène de la décolonisation. De plus, dans ma famille, une personne a effectué son service militaire pendant la guerre d'Algérie.

- **En quoi ce sujet est-il en lien avec votre projet d'orientation ?**

Je me destine à des études d'histoire pour faire de la recherche. Je suis passionné(e) par les travaux en archives : pour moi, c'était le sujet idéal en lien avec le programme de spécialité.

40 Sujet d'oral

La France peut-elle être une puissance de premier plan dans la gouvernance climatique mondiale ?

PRÉSENTATION, SUIVIE D'UN ENTRETIEN

20 min
20 points

INTÉRÊT DU SUJET • Cette étude permet de mettre en lumière l'articulation entre le changement climatique global et la géopolitique mondiale. Il porte un éclairage sur le rôle de notre pays dans les institutions internationales qui tentent d'agir pour l'environnement et notamment contre le réchauffement climatique.

40 PISTES POUR L'ORAL

1. PRÉSENTATION D'UNE QUESTION — 5 min

Les titres en couleur mettent en évidence la structure de la présentation.

Introduction

[Accroche] La notion de gouvernance climatique mondiale a été officiellement reconnue en 1992 à Rio, dans la convention cadre des Nations unies sur les changements climatiques. Elle est définie ainsi : « somme des organisations, des outils politiques, des mécanismes financiers, des lois, des procédures et des normes qui régulent les processus de protection environnementale ». La France participe à cette mise en œuvre de politiques environnementales à l'échelle mondiale. [Présentation du sujet] Notre pays est une puissance moyenne à vocation mondiale qui tente de peser sur les décisions internationales. Elle participe à la gouvernance climatique mondiale notamment dans le but de lutter contre les changements climatiques.

[Formulation de la problématique] Mais la France est-elle en mesure d'être une puissance de premier plan dans la gouvernance climatique mondiale ?

[Annonce du plan] Je montrerai que la question environnementale est un sujet dont la France s'est saisie depuis longtemps [I]. Elle tente d'imposer sa voix à l'échelle internationale [II], mais son poids géopolitique reste pour le moment insuffisant pour s'imposer comme une véritable puissance verte [III].

I. La France, un pays précurseur de la cause environnementale

• Dès les années 1960 et 1970, la France se préoccupe d'environnement en créant ses premiers parcs nationaux. À cette époque, alors que la croissance économique augmente la pression des sociétés sur leurs milieux, la prise de conscience, d'abord sociale et scientifique, de la vulnérabilité de notre planète, devient politique. Le premier ministère de l'Environnement apparaît en France en 1971.

• À l'échelle mondiale, la France tente déjà de faire entendre sa voix : dès 1970, le président Georges Pompidou prononce à Chicago un discours sur les dangers de la pollution et affirme son souhait de préserver les espaces naturels. En 1979, des scientifiques français participent à la première conférence internationale sur le climat. En 1988 naît le GIEC.

> **À NOTER**
> Le GIEC (groupe d'experts intergouvernemental sur l'évolution du climat) a été créé à la demande du G7, groupe des pays les plus industrialisés dont la France est à l'origine.

II. Un acteur de la gouvernance climatique mondiale

• La France est présente au sommet de la Terre à Rio en 1992, aux conférences des parties (COP) depuis 1995. À Kyoto en 1997 elle s'engage à réduire ses émissions de gaz à effet de serre (d'au moins 5 %).

• Sous la présidence de Jacques Chirac, la France tente d'assumer son leadership dans la lutte contre le réchauffement planétaire. Lors de l'ouverture du sommet de la Terre en 2002 à Johannesburg, le président interpelle l'assemblée, je cite : « Notre maison brûle et nous regardons ailleurs. »

• L'accord de Paris en 2015 marque un tournant, car il engage tous les pays du monde à maintenir le réchauffement sous la barre des 2 °C d'ici à 2100. Lorsque Donald Trump décide, en 2017, de retirer les États-Unis de cet accord, Emmanuel Macron appelle les scientifiques américains à venir travailler en France et détourne le slogan de campagne du président américain : *Make our planet great again*.

III. Une « puissance moyenne » dans une gouvernance climatique à construire

• La question climatique n'est pas encore une préoccupation centrale de la géopolitique mondiale. Les grandes puissances ne parviennent pas à respecter leurs engagements pris lors des COP, tandis que les puissances émergentes ne souhaitent pas renoncer à leur modèle de développement.

• Face à ces freins, le poids de la France reste faible. Elle ne peut que dénoncer le climatoscepticisme de certains et les hésitations de ses homologues. C'est surtout à l'échelle européenne (Pacte vert) que la France est l'un des acteurs majeurs d'une politique climatique internationale volontariste.

> **À NOTER**
> La Commission européenne a adopté en 2021 une série de propositions visant à adapter les politiques de l'UE en matière de climat, d'énergie, de transport et de fiscalité pour réduire les émissions de GES.

Conclusion

[Bilan] Ainsi, la gouvernance climatique mondiale reste encore à construire tant les intérêts propres à chaque pays priment encore sur l'intérêt collectif. La France ne réussit pas à tenir un rôle de leader dans la lutte contre le réchauffement planétaire. C'est à l'échelle européenne qu'elle reste la plus active, sans pour autant prendre la direction des opérations. La COP 21 demeure le seul moment où elle a vraiment pesé sur les débats. [Ouverture] Notre pays est cependant engagé dans la cause environnementale. La France a mis en place en 2019 une Commission citoyenne sur le climat afin de proposer des mesures pour réduire de 40 % nos émissions de GES d'ici 2030. Ce qui prouve que c'est encore à l'échelle nationale qu'elle reste la plus efficace.

Support écrit

En préparant ce schéma à l'attention du jury, vous mettez en évidence les actions de la France pour la protection de l'environnement à toutes les échelles. Ainsi vous ouvrez le sujet afin d'initier la discussion lors du 2e temps.

La France, acteur de la protection de l'environnement

À l'échelle mondiale
- ONU (sommets, COP)
- GIEC

À l'échelle européenne
Traités d'Amsterdam et de Lisbonne

À l'échelle nationale
- Ministère de la Transition écologique
- Entreprises, dont FTN

À l'échelle locale
Agenda 21 (régions, départements, communes)

2. ÉCHANGE AVEC LE CANDIDAT

10 min

Voici des exemples de questions que le jury pourrait poser à la suite de votre présentation, ainsi que des réponses possibles.

• **Vous évoquez le développement durable, pourriez-vous nous rappeler la définition de cette notion ?**

Le développement durable est un concept élaboré par le rapport Brundtland en 1987, avant le sommet de la Terre à Rio. Voici comment il est défini : « développement qui répond aux besoins du présent sans compromettre la capacité des générations futures de répondre aux leurs ». Il doit être socialement équitable, économiquement viable et respecter l'environnement.

> CONSEIL
> Vous pouvez utiliser certains termes sans les définir, mais il faut les maîtriser ! Le jury sera tenté de vous demander des éclairages que vous pourrez lui fournir. Réussir un oral est aussi une question de stratégie.

• **Dans votre présentation, vous parlez plutôt de « changements climatiques » que de « réchauffement climatique », pouvez-vous nous dire pour quelle raison ?**

L'accumulation de GES dans l'atmosphère entraîne un réchauffement planétaire, c'est indéniable. Mais toutes les zones climatiques ne sont pas touchées de la même manière : les zones polaires se réchauffent deux fois plus vite que le reste du globe et la hausse des températures ces cent dernières années n'est pas continue. L'ONU comme le GIEC utilisent donc plus souvent le terme de « changements climatiques », incluant l'action des humains.

3. ÉCHANGE SUR LE PROJET D'ORIENTATION

5 min

Le jour J, il vous faudrait bien sûr développer la réponse.

• **Pourquoi avoir choisi ce sujet ?**

L'environnement est un sujet qui nous concerne tous et particulièrement nous, les jeunes, puisque c'est le monde de demain dont il est question. Je suis écodélégué(e) dans mon lycée et, à mon échelle, j'essaie de mobiliser mes camarades. Nous menons des actions concrètes et ponctuelles : recyclage du papier, lutte contre le gaspillage à la cantine, création d'un potager. Mon lycée a obtenu grâce à nos actions le label E3D.

• **En quoi ce sujet est-il en lien avec votre projet d'orientation ?**

J'aimerais faire des études en sciences politiques afin de travailler un jour dans une institution internationale ou dans une ONG. Travailler sur la gouvernance environnementale mondiale m'a permis de réaliser combien la diplomatie est un secteur qui me passionne car, malgré ses lenteurs, il peut conduire à des actions concrètes et porteuses d'espoir pour l'avenir.

EDC PARIS BUSINESS SCHOOL
OPEN UP NEW HORIZONS
ÉLARGIS TES HORIZONS
EXPLORE LE MONDE
CONSTRUIS TON AVENIR
DIPLÔME CONFÉRANT GRADE DE MASTER CONTRÔLÉ PAR L'ÉTAT
DIPLÔME VISÉ CONTRÔLÉ PAR L'ÉTAT
/ PROGRAMME GRANDE ECOLE
/ BACHELOR EN MANAGEMENT
DES SPÉCIALISATIONS
DES PARCOURS D'EXCELLENCE
ALTERNANCE POSSIBLE
110
UNIVERSITÉS PARTENAIRES
*Ouvrez-vous à de nouveaux horizons.
CONFÉRENCE DES GRANDES ÉCOLES
EFMD ACCREDITED Master
UGEI
cdefm
CONFÉRENCE DES DIRECTEURS DES ÉCOLES FRANÇAISES DE MANAGEMENT